Rosa
season

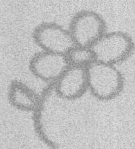

Rosa
season

蔷薇季节

凌霄飞虹　著

天津出版传媒集团

天津人民出版社

图书在版编目（CIP）数据

蔷薇季节 / 凌霄飞虹著 . -- 天津：天津人民出版
社，2018.8 （2025.4重印）
ISBN 978-7-201-13905-0

Ⅰ.①蔷… Ⅱ.①凌… Ⅲ.①长篇小说—中国—当代
Ⅳ.① I247.5

中国版本图书馆 CIP 数据核字（2018）第 176225 号

蔷薇季节
QIANGWEI JIJIE
凌霄飞虹　著

———————————————————

出　　版　天津人民出版社
出 版 人　黄　沛
地　　址　天津市和平区西康路 35 号康岳大厦
邮政编码　300051
网　　址　http://www.tjrmcbs.com
电子邮箱　tjrmcbs@126.com

责任编辑　张　凯
封面设计　杨木子

制版印刷　三河市兴国印务有限公司
经　　销　新华书店
开　　本　660×960 毫米　1/16
印　　张　18.25
字　　数　227 千字
版次印次　2018 年 8 月第 1 版　2025 年 4 月第 3 次印刷
定　　价　59.80 元

———————————————————

引 子

他又点燃一支烟，猛吸了两口，然后用力捻灭在旁边的烟灰缸里。此时整个房间早已被他搞得乌烟瘴气，可面前的电脑上仍然是一片空白。

我这是怎么了，他不禁喃喃自问，难道是老了吗？

不能够啊，我连三十岁都还不到呢，怎么就会变得这么不堪了？曾经的那份热血和激情都哪去了？

自小就梦想与文字为伍的他，现如今真的专职码字了，没想到才刚刚这么几年，脑子就开始枯竭了。剧本的合同已经签了快两个月了，但故事大纲至今都没有理出头绪，照这样的进度下去，估计到明年也完不成任务。

他突然觉得很疲惫，不只是身体，更重要的是内心。

难道这就是人生吗？还没享受完成长的快乐，就已经开始老态龙钟了。房间里没有镜子，他就对着书柜上的玻璃橱窗打量了一下自己，说实话，还并不显老，脸上没有皱纹，身体也并未发福，可为什么心态就跟不上了呢？

外面，从厨房里传来一阵剧烈的咳嗽，那是忙碌的妻子被油烟呛出来的声音，他听了很心疼。

结婚快两年了，为了给他腾出更多的时间来搞创作，贤惠的妻子几乎包揽了全部家务。其实妻子也挺辛苦的，报社的工作本来就忙，每天都要跑这跑那去采访，回到家又要马不停蹄地干家务。

他总觉得对不起她，他也想通过自己的辛苦工作，让她过得轻松舒适一点，可那真的很难。在这个社会上，白手起家的人永远赶不上坐享其成的人。

这时候，桌上的手机响了一声。他拿起来一看，是条陌生的短信：本周日在沂河大酒店举办同学会，敬请阁下务必光临。

同学会？这是哪门子同学会？大学毕业之后这四五年里，他总共也没参加过几次同学会。说实话，他是有些不喜欢那种场合，本来大家重聚一起是应该叙叙旧情、聊聊往事的，可结果却总是搞成炫富大赛。他觉得，如果连老同学之间都变得这么功利，就实在太没意思了。

什么同学会？他还是顺手回了一条。

不一会儿，短信又来了：阳光中学九八级一班的同学会。

看到这几个字，他的心头一震，赶紧把电话打了过去。对方接起电话就说："是我啊，张国豪，你这大忙人还真是难找。"

他一听赶忙赔不是，然后问："你怎么突然想起搞同学会了？"

那头的张国豪继续揶揄他："你真是贵人多忘事啊，这不一转眼都毕业十年了么，也该聚一聚了！"

"哦……对，"他想了想说，"我这脑子生锈了，什么都记不得了。"

"咱们班的同学，能找的我都找了，"张国豪说，"班长大人你可一定要来啊。"

"一定，一定。"他连忙说。

"别忘了把嫂子也带上。"

"咱们班同学聚会,带她干什么?"

那边的张国豪嘿嘿一乐,说:"这个必须带。"

"好吧,"他说,"那星期天见。"

挂断电话,他不禁长叹了一口气,都十年了啊……

十年前,他们还在为赋新词强说愁;十年后,却发现镜子里的自己已然未老先衰。

十年前,他们还单纯得像张白纸;十年后,面对滚滚红尘却开始变得麻木不仁。

人生,又能有几个这样的十年呢?

转眼之间,已是十年,留在阳光中学里的那段青葱岁月也变得遥不可及了……

第一章

一

世纪之交的中国，早已是天翻地覆，可世纪之交的沂蒙山区却刚刚醒来。

沂蒙山犹如一条巨龙横亘在齐鲁大地的南端。沂蒙山是一座古老而神圣的山，它经历过岁月的磨砺，接受过炮火的洗礼，但千百年来，它依然巍峨高峻，依然延绵百里，依然沐浴在温暖的阳光里。

依偎在沂蒙山怀抱里的这个小县城其实就叫依蒙县。日出日落，周而复始，它总是静静地睡在沂蒙山宽大温暖的怀抱里，睡得很香、很甜，即使是沂蒙山那一声声春风般地呼唤也唤不醒它。

然而它终究还是醒来了，在一个阳光明媚的日子里睁开了惺忪的睡眼。这时它才发现，真的不能再睡了，再睡可就要被外面的世界淹没了。

阳光中学就坐落在依蒙县这块刚刚睡醒的土地上。

当初建学校时，校长胡书明在县城里转了十来天，才挑中城区北郊这个地方。此处后靠青山，前临绿水，不管让哪个风水先生看，都是块宝地。

当然，作为一校之长，胡书明还考虑到了另外一层，那就是此处南临县城，北接下边几个乡镇，可以同时招纳周边多处的学生。对于一所只能依靠自身力量招生的私立学校来说，这无疑也是很重要的。

阳光中学后边的青山就叫小青山，这是沂蒙人最地道的取名方式，山如其名，山如其人，淳朴而实在。小青山上栽了满满一山果树，至于是城郊的还是乡镇的，那就不得而知了，反正祖祖辈辈生活在这里的，十有八九都是农民。

山顶上还建了一座小巧玲珑的四角亭。最近几年，县上利用革命老区这一优势，开始着力发展红色旅游业，对于旅游设施的建设力度也加大了不少。

本来，这样的小山是随处可见、平淡无奇的，可一旦立上了这么一座小亭子，就立刻鲜活起来，果真有画龙点睛的效果。时常还会有一些本地或是外地的人上来游玩、聊天，一边往山上走，一边顺便捎上几斤水果，无形之中也为附近的果农带来了生意。

阳光中学前边的小河弯弯曲曲的，高空鸟瞰，就像一条九天仙女遗落人间的飘带，穿梭在一块块青青绿绿的田地中间，也穿梭在田地主人的心里。这么多年来，正是因为有了这条小河，两岸的庄稼才能长得那么欢，那么旺。

阳光中学大门口的题字龙飞凤舞，刚劲无比，是当初胡书明专程跑到市里请一位老书法家给题的。镀金之后的几个大字，在阳光的照耀下，异常夺目，光是看着就能给人增添不少力量。

然而四周的人们每当看到这几个金光大字时，却都各具其态：有的微微一笑，表示信任和赞许；有的从嘴角撇出一丝讥诮，那自然是明显的鄙夷了；还有的干脆一扭头走开，装作什么都没看见。

虽然这两年人们也见到过不少私立学校的招生广告，但从大多数家长眼里流露出来的，还是带有很大怀疑成分的目光。一来因为广告本身就带有哄人的嫌疑，二来因为私立学校毕竟是新生事物，年轻而弱小，传统观念根深蒂固的人们一时半会儿难以接受。县上的一中、二中、实验中学都是老字号、老招牌了，财大气粗，实力雄厚，自然要比这个初生之物可信得多，也荣耀得多。

学校不算太大，可也不算小，目前只有一座教学楼，如果都安排满的话，大约能容纳二十几个班。现在在校的只有高二年级四个班，和前不久刚招来的高一新生五个班，总共不过五六百人。

但这依然是一份不小的功劳。依蒙县并不大，可十六七岁的学生却不少。

然而，还是有一大批学生面临着"下岗"，要他们出去打工吧，都是些尚未成年的孩子，父母舍不得，要他们在家里赋闲吧，自然更是闲不起的。

在这个时候建了这么一所私立高中，正像为久旱的禾苗送上了一场及时雨。不管信不信任，还是有很多渴望上学的"下岗生"要再试上一试的。

作为学校方面，初建伊始，也的确无力和公办学校一争高下，绝大多数条件好的学生对此都看不上眼，所以，暂时也只能把目光投在落榜的这部分学生身上。一年能为几百名这样的学生提供一个重新读书的机会，说起来也功劳不小。

校园的最前面便是那座崭新的四层教学楼，二十多个教室连同实验室、语音室、图书室之类的全部囊括其中。紧跟其后的是学生宿舍，那已经变成一排排瓦房了，瑟缩在一起，就像是教学楼拖在地上的影子。

再往东，占据了半个校园的是学校的大操场。操场边上围了一圈拂地的垂柳，仿若一个个长发飘逸的女孩，每当有风吹过，都会带给人无限遐想。

二

当朝阳还红着脸躲在山尖后边偷看人世风光时，校长胡书明已经骑着那辆本田摩托来到学校了。

熹微的晨光为他披上了一身金辉。此刻，他的脸虽然尚未完全舒展开，但仍旧藏不住那份英豪、果敢之气。时下金秋，正值收获的季节，到处都沉浸在收获成功的喜悦当中。然而作为胡书明的收获——高一新生五个班，三百多名学生，却并没有给他带来多少成功和喜悦的感觉。

1997年，《社会力量办学条例》颁布实施以后，各地的私立学校如雨后春笋般蓬勃成长起来，确也有不少开花结果收益颇丰的，很多精明的商人都看到了这一点，其中当然也包括胡书明。他觉得这是一次很好的机遇，一个合格的商人，就得不放过每一次的机遇。

因此，他在很短的时间内就办起了依蒙县上的第一所私立学校——阳光中学。在去年首届新生的开学典礼上，他曾意气风发地说过：每个人都应该有"敢为天下先"的勇气。我很骄傲，因为我是在依蒙县上第一个办私立学校的人；你们也应该感到骄傲，因为你们是这所私立学校里的第一届学生。我相信，在我们的面前会是一路阳光！

可事实上，摆在他们面前的不是阳光，而是荆棘。办学并不是盖几间教室，请几名教师，再招几名学生的事，远远不是。

一年多来，胡书明以一个商人的精明睿智，使出浑身解数，也还是感到力不从心。一年三百六十五天，他至少有三百天待在阳光中学里，而对于"大本营"阳光大酒店来说，他却成了稀客，至于有老婆有孩子的家，就更是无力顾及了。

从建学校到现在，各项费用已经花掉了好几百万，而去年那届高一四个班总的学费也不过一百多万，况且目前收上来的才刚过八十万。这样一来，阳光大酒店都出现严重的亏空了。

本来胡书明估计今年这届高一再怎么着也能招上五六百名学生的。有了去年一年的努力，社会上对阳光中学肯定又有了进一步的认识，信任程度自然也能提高不少。假如能招上五百名学生，再按每生五千元的入学费计算，也差不多能把去年的坑填平了。可事实却并非如此，他和校委会的一帮人，累死累活地忙活了整整一个夏天，才刚招了三百名学生，况且同去年一样的情况，学费收不上来。

由于欠了一屁股债，刚收起来的那点学费没用几天就被吃掉了一大半，如果到明年、后年还是这个样子，阳光中学可就很危险了。这真让胡书明一筹莫展。

私立学校和公办学校最大的不同就在于资金上面。每个公办学校每年都有国家的大量拨款，而私立学校连一分都没有。办私立学校的人都不是慈善家，因此它要生存和发展，还得从学生身上入手。

只要是一所像点样子的学校，它的开支就是一笔不小的数目。基于此，很多私立学校都办成了"贵族学校"，靠昂贵的学费和教育储备金来支撑学校运转。这胡书明也不是没有想过，但他觉得依蒙县还太穷，一口吃个胖子是行不通的，目前最好的做法也只能是小本起家、细水长流。

可经过了这一年，胡书明越来越觉得当初走私人办学这一步实在不怎么样。一个人走错一步的结果往往都不会是好的，尤其对一个商人而言。

不过胡书明是不会轻易认输的，他从来都没认过输，更输不起，阳光中学虽然像根"鸡肋"一样食之无味，却也还是抛弃不得。

况且刚才又碰到了刘成民老师。刘老师都快六十的人了，还在起早贪黑地忙活，这给了他很大的鼓舞。

三

刘成民从县三中退休已经有三四年了。三中是一所只培养初中生的公办学校，刘成民在里边一教就是三十多年，真可谓"三尺讲台写春秋"。

到了退休那天，他还有些舍不得走，离开了学校再蓦然回首，总有一种被逐出家门的感觉。不过他也知道，自己终究是老了、累了，也应该好好歇一歇了。一生之中，无论怎样兢兢业业，怎样奋力拼搏，都会有停下来的那一天。这样的一生，他很满意也很知足，他觉得自己活得很踏实。

去年暑假的一个下午，火红的夕阳依旧洒出万道金光，把整个世界都抹得红通通的。

他抱着刚满周岁的小孙子在葡萄架下乘凉时，胡书明就风尘仆仆地赶来了，这已经是第三次了。他突然想起刘备三顾茅庐那个故事，莫非自己今天也要做回诸葛亮？

刘成民一边哄着小孙子，一边说："胡校长，我还是那句话：我老了，不中用了。再说我教了一辈子的初中，现在要去教高中，这我恐怕是教不了。"

阳光中学初建伊始，各方面条件都不怎么好，招学生不容易，请老师同样不容易，胡书明此举也是没办法的办法。他说："刘老，您可别说这种话，谁不知道您是咱们县教育界的前辈啊！别说是教学生，就是教老师，您也一定能行！"

刘成民说："可我辛辛苦苦忙碌了大半辈子，如今真是干不动了。"

胡书明顺手指了指说："刘老您看，这才叫夕阳红呢！您不知道，咱这穷山沟里有多少孩子正在盼着上学啊！"

这句话让刘成民很受感动，仔细想想，自从退了休后就这样一直窝在家里，虽然天天也断不了有事做，可心里还是空落落的，要是再去教上两年书也没什么不可以的。最后他说："那好，我就再发挥发挥这夕阳红的余热吧！"

初秋开学的时候，他就成为首届高一·一班的班主任了。他干了三十年的班主任，可这次却不怎么得心应手。

高中和初中只不过一步之差，管理起来却大费周章，他还真有感到力不从心的时候。即使是这样，也依然是吃力不讨好，学生中叫他"老东西""老顽固"的还是好的，那次他去男生宿舍查铺，老远就听到里边有人喊"狼来了"。

第一学期结束时，学校组织学生对任课老师进行考评，考评的结果让刘成民大为恼火。竟然有很多学生要求辞掉他，还给他列出了"十大罪状"，说什么讲课没水平，教学不得法，思想僵化，顽固守旧，难以和学生沟通等等。学生一大，就真的天不怕地不怕了，这要是在以前的学校里，哪能让他们这么嚣张？

虽是如此，胡书明还是很信任他，一直支持他继续当这个班主任。他也很注重搞好和胡书明之间的关系。一方面，他理解胡书明的苦衷，明白胡书明的难处；另一方面，自己毕竟是在人家手底下教书，拿着人家的工资，关系好一点也没什么坏处。

四

教学楼的四楼是实验室、语音室和图书室，三楼以下才是学生教室，高二·一班就在三楼。当初学校就是这样安排的，高年级在上，低年级在下，还有学生曾调侃说教学楼是一座封建等级堡垒。

前一阵子曾吵得沸沸扬扬的，说从他们这一届开始，就文理不分科了，其目的自然是为了克服文科生不讲"理"，理科生不通文的教育弊端，但吵到最后还是分了家。这也再次说明了那个道理：一个新生事物要想站住脚跟，就必须要经过长期的酝酿和长期的努力，甚至是长期的斗争。

虽然刚分科不久，可同学们相互间已经很熟了，毕竟都是文科生，有着共同的语言，这是前提，也是关键。

现在刚吃过早饭，离上课还有一段时间，待在教室里的学生并没有几个。今天倒是很安静，一个个都把头埋在书本后面，一声不响的，或许这也是因为"不安定因素"大都不在教室里的缘故。唯一没静下来的就是挂在黑板上方的石英钟，它永远都在不停地跑，从没有感到累的时候，这仿佛也是在向人们阐释一个浅显而深刻的道理。

当初提出要买石英钟的是宣传委员赵红芳。开班委会时，赵红芳提议说得买个石英钟，用以增强同学们的时间观念。班主任一听觉得提议不错，就欣然应允了。

石英钟也的确给同学们带来了不少好处，比如说看时间方便了，即使学校里不打铃，也绝对让老师拖不了堂。

石英钟和黑板之间还有一段空隙，见缝插针似地贴了一排标语：奋力拼搏，争创一流。字本来是鲜红的，可现在由于很长时间没人擦拭，已经蒙上了厚厚的一层灰尘。

六十多名学生把整个教室挤得满满的，每个桌上的书都堆得很高，每本书里的字都排得很密。若说这是"书山题海"，真的一点儿都不为过。

付文强的位子在教室的西北角。假如把教室看作是中国版图的话，这里应该是在大沙漠里了，沙漠里人烟稀少，人迹罕至，不过他倒是很乐意这样。刘咏波个矮还要到后边来，是为了上课"活动"方便；张国豪个高却要到前边去，是为了与谭华拉近"爱的距离"。付文强没有他们这么多想法，他只是图个清静。

不管是在谁的眼里，付文强都有些怪怪的。尽管他有时也很开朗，很健谈，可眉宇深处却总是凝结着一片淡淡的忧伤，从而留给别人一张不苟言笑的脸。

课余时间里，付文强大都待在自己的位子上，看看书，写点东西什么的，他喜欢这些。有时候，灵感难得之际，他敢也舍得花上一两节他认为不重要的课去尽情发挥。当然，有人找他聊天或是向他求助时，他也从不会拒绝，毕竟，他还是个副班长呢。

让别人不明白的是，为什么付文强人姓付，所担任的职务也都是副的，不论是叫他"副"班长，还是叫他"付"班长，他都听不成"正"的。

"正"的班长是曹菲，可她毕竟是"一介女流之辈"，又恪守着"两耳不闻窗外事，一心只读圣贤书"的古训，所以班里的大事小事仍要落在付文强肩上。

阳光透过窗户射了进来，照在付文强的脸上，他出神地看着窗外，不知是在想什么，连眼都不眨一下。

刚进教室的陈朝晖又习惯性地向付文强这边看了一眼。这样的情景他见多了，他也不知道此刻付文强的脑子里正在想什么。

五

陈朝晖跑进教室的时候正好打预备铃，他总是这么准时，不少同学都说他上一辈子肯定是块手表，要不然就是古代那种计时用的沙漏。这回他依然是满头大汗，不用看也知道刚从操场上跑下来。

运动，是陈朝晖作为一名学生的最大乐趣。

上体育课时，身为体育委员的他总是全场的焦点。篮球场上，他持球穿梭在人群中，来往如飞，三步上篮的动作更是潇洒漂亮，常惹得不少女生嗲声嗲气地冲他呼喊；单双杠上，他更是飞身如燕，一连串高难度动作一气呵成，让四周的同学无不瞠目结舌，都说他要是早生几年的话，中国队就轮不到李小双了。

今年学校举行了一次不怎么正规的春季运动会。在颁奖典礼上，第一个登上领奖台的便是他陈朝晖，而登上领奖台次数最多的也是他陈朝晖。就为此，春运会都结束一个多星期了，班主任刘老师还念念不忘，课上课下时不时地对他大加赞赏，一副感恩戴德的样子。

其实，陈朝晖也有着他自己的烦恼，那就是家庭。他的父母关系不和，经常会为了一点点小事而吵得天翻地覆，他夹在中间左右为难，渐渐地，家的概念对他来说就模糊了。与之相比，他倒是更喜欢学校，因为在学校里和同学们一起蹦蹦跳跳时他可以把什么都忘掉。

他和付文强一个爱动，一个爱静，在性格上有天壤之别，结果却成了非常要好的铁哥们。至于到底为什么，通常，他们都是这样回答的：缘分。

这恐怕是一个放之四海而皆准的解释了。

陈朝晖每次看到付文强那种失神的表情时，都忍不住要替他叹口气，这个阳光季节里的男孩也真是有些奇怪，他心中到底在想什么呢？初恋的女友？还是失散的亲人？

陈朝晖很想知道，很想为付文强排忧解愁，但是他从来都没问过。谁都清楚陈朝晖性子急，喜欢直来直去，痛痛快快，但唯有这件事他是永远也沉得住气的。他知道要是付文强想说，即使他不问，付文强也会说；要是付文强不想说，就算他问一百次、一千次也无济于事，又何必强人所难呢？

所以，他从来都没有问过。

六

林晓晴曾经问过，只问过一次。

林晓晴是隔壁教室里的一个女孩。从进阳光中学的那一天起，她就被分在了二班，后来分科时，由于她是学文科的，便依然原地不动。高二年级共有四个班，文理科各两个，可两个文科班的学生刚过一百二十人，而两个理科班的学生却有一百五十多。理是物质基础，文是上层建筑，出现这种现象不足为怪。

现在还没有上课，她正津津有味地看琼瑶小说《还珠格格》呢！

这到底是第几次重看，似乎连她自己都记不清了。

爱情的确是个永恒的主题，言情小说千篇一律，可相信浪漫的人还是百看不厌。林晓晴可真是个"格格迷"，书桌上，课本上，文具盒上满是贴的小燕子。看到最后，她都分不清真正的格格到底是紫薇、小燕子，还是她自己了。

上天把漂亮的脸蛋给了她，把开朗的性格给了她，把优越的生活条件也给了她，如果硬说还有什么地方对不住她，那就是中考了。去年夏天最热的三天里，林晓晴的同学都在为各自的前程拼死拼活，而她则静静地躺在开着空调的病房里，百无聊赖地数着一吊瓶药液究竟会有多少滴。

可是开学的时候，一样能上高中。对于走进阳光中学，她并没有感到不幸或是丢脸。

林晓晴仿佛就是一个快乐的天使，从来都不知道什么是忧愁，什么是烦恼，很多在别人看来十分苦恼的事，她却都满不在乎。上学期期中考试过后，那些成绩后退的同学被班主任狠批了一通，一个个都唉声叹气、愁眉不展，而一下子后退了七八名的林晓晴却莞尔一笑，一副不以为然的样子："下次考好点就是喽！"听口气，仿佛她已然胸有成竹似的，不过等到了期末，她果然前进了一大截。

人的相遇，往往是在不经意的时候。有一次林晓晴一边听着音乐一边去水房打水，也许是听得太投入了，在水龙头前，她本想把暖瓶里的剩水倒进水渠里，却不小心倒在了一个人的鞋上。她急忙抬起头，于是就看见了那双明亮而忧郁的眼睛。林晓晴慌了神，正要开口道歉，那人却先说了声"没关系"。

成为朋友之后，付文强和她可以讨论世界上先有鸡还是先有蛋；也可以讨论到底是无情女多还是负心汉多。可对于自己为什么老是带些忧郁，他却从来不曾提及。

一班和二班的语文老师都是刘老师，所以付文强的作文也经常会被当作范文"流窜"到林晓晴班里。

林晓晴问付文强，是在看了他的那篇《走进雨巷》之后。

林晓晴说："你猜猜看，如果你是女孩的话，我会叫你什么？"

"什么？"付文强不猜。

林晓晴便咯咯地笑了起来："叫你丁香姑娘！你是有着'丁香一样的颜色，丁香一样的芬芳，丁香一样的忧愁，在雨中哀怨，哀怨又彷徨'的姑娘。"

付文强没说什么，只是微微地笑了笑。

这一笑让林晓晴觉得，他一定是在努力掩饰什么，于是就盯住了他，试探着问："那你，是不是有什么心事呀？"

"我？"付文强显然有些不自然，"我怎么了？"

林晓晴的眼睛更加明亮了，又说："你骗不了我的，谁都能看得出你很忧郁，忧郁的人心里一般都有事。"

付文强扭头看着远方，假装漫不经心地回答说："没什么，我就这样。"

林晓晴便不再问了，可她却在心里暗暗做着决定。付文强太奇怪了，他身在这个色彩斑斓的季节，可心中却总是缺少阳光。

林晓晴决定要想尽一切办法，把他拉回到阳光里，让他知道这个世界原本有多么美好。

第二章

一

早读之后第二节是历史课。历史老师"弓长张"前天已经辞职不干了，这两天没有她的课，因此，她在同学们的脑海里也就变成了历史。

张老师是位女的，三十来岁。有一回，一个校外的人来找章老师却找到她的课堂上了，问清来由后，她就对那人说："我是'弓长张'，不是'立早章'。"随后，同学们也都跟着叫她"弓长张"了。当然也只是在背地里叫叫。如果让她听见，可就要吃不了兜着走了。

其实张老师的辞职和陈朝晖有关系。前天上历史课时，她竟然高抬贵手开始在黑板上写板书，下边的同学都边抄边犯嘀咕：是太阳从西边出来了，还是地球开始倒着转了？

张老师平日里是轻易不写板书的，即使到了非写不可的时候，也经常是找历史课代表代劳一下。对此，同学们都有一个生动形象的称呼：蜻蜓点水教学法。现在她能亲自写板书，机会真是千载难逢，一下子，还让同学们有种受宠若惊的感觉。

张老师又得顾学校，又得顾家，还想满世界地跑跑，根本没时间练字，与其人相比，她的字就没有多少讲究了，不过同学们的眼睛都具有"超强纠错"能力，倒也难为不着。

南边一排中有几个同学不知在小声议论什么，被她发觉了，突然转过身来，脸上一下子就变得乌云密布。那几个同学一看天气突变，立刻便噤若寒蝉，整个教室里连一点儿声音都没有了。

"不愿抄拉倒，就像是我求着你们一样，反正学了东西也不是给我学的，我还懒得多费力气呢！"说着，张老师将手中的粉笔往讲桌上一扔，拉把椅子就坐到讲台一边修指甲去了。

在张老师的课堂上，这是司空见惯的，同学们自然也见多不怪了。想学的，即使没有老师教，也一样能学进去；不想学的，就算整天被老师盯着，他还是不会专心。

教室里十分安静，就连偶尔的咳嗽声，也比平常轻了许多。

同学们都安静了下来，可张老师却又坐不住了。不大一会儿，她突然捂着脸"哎哟"一声跳了起来，大声喊叫："谁打的我？谁打的我？"

张老师一连喊了好几声，都没反应，她又往下边巡视了半天，然后气呼呼地说："陈朝晖，你给我站起来！"

正在为新航路的开辟"指引前进方向"的陈朝晖迟疑了一下还是站起身来。

"怎么了？"他问。

"怎么了？"张老师厉声问道，"装得倒是挺像啊！"

同学们的目光此刻都聚集到了陈朝晖的身上，这些异样的目光让陈朝晖很难堪，"我装什么了我？我招你了还是惹你了？"

张老师也不跟他废话，直接问："为什么扔小石头打我？说不出个一二三来，今儿就别想好过！"

"我打你？"这个无妄之灾陈朝晖可不认，"我吃饱了撑的还是怎么着？"

这话一出，全班哗然。

说到不尊重师长，每个老师都有一肚子的委屈。校长说学生见面不问好，教导主任说学生进办公室不喊报告；班主任说学生乱给老师起绰号；体育老师说一上课，学生就都头疼腿疼肚子疼；而最可怜的还是生物老师，他说，现在的学生简直没法治了，教植物学时，他们叫你植物老师；教动物学时，他们又管你叫动物老师，你说气人不气人？

此事一出"弓长张"辞职了。对同学们来说这倒真是一个很想听到的好消息。

然而正当他们为"弓长张"的离去拍手称快时，突然有人泼冷水般地问了这么一句："'弓长张'走了，那谁来教咱们的历史课啊？"

的确，对学生来说，老师就等于父母，无论原本有多么讨厌，等一旦离开了却又发现其实是离不了的。

这一天直到快打上课铃了，陈朝晖还在想这件事。但愿胡校长已经找到了新的历史老师，不过听他说找个老师也不容易。再说了，这年头都喜欢自吹自擂，万一再找个还不如"弓长张"的老师来，那更把同学们给害了。

此时，他又有些后悔当初的冲动。虽然有没有历史老师，上不上历史课对他来说无关紧要，可"弓长张"所教的并非只有他一个，一班、二班总共一百二十多个同学，他们又怎么能离得开历史老师呢？

陈朝晖在想，如果当时自己能忍一忍的话，这种局面也许就不会出现了。

阳光中学建校不久，可换的老师却已不少了。这到底是学生挑剔还是老师挑剔，不得而知。不过以前新老师来上课之前，总要有人提前通知一声的，这是惯例，而今天没有，陈朝晖也自觉着这个"历史的罪人"是当定了。

上课铃在这时敲响。

陈朝晖下意识地一抬头，却见有一朵"白云"飘进了教室。当然那不是真的白云，而是一位身穿白色套装的年轻美女，她看上去高雅超群而又优雅出众，惹得教室里"唏嘘"一片。

"白云"在众目睽睽之下款步走上讲台，轻启朱唇微露皓齿，声若黄莺出谷般说道："我刚从市师范学院毕业，今天来为你们上历史课。我是第一次教课，不足之处一定会很多，我希望大家发现后能及时给我指出来，这对我们双方来说，都是一种进步。我们的目的只有一个，不管将来怎样，都要尽可能多的学习历史，了解历史，因为这里边有我们取之不尽的财富。"

尽管她在说这些话时表情是严肃的，可她的声音依然很好听，她的姿势依然很好看，全班同学都这么认为。

她停了停，又说："我姓白，洁白的白，在课堂上，你们都要叫我白老师，至于课下嘛……"

她正说着，却不知陈朝晖有意还是无意接了一句："就叫你'白云'好了！"

同学们一听都哄堂大笑，还有的在下边嘀咕说陈朝晖你别好了伤疤忘了疼，再把这个历史老师气跑了，你的罪过可就大了。

白老师竟也笑了，笑得很好看。她说："叫我白云，当然是可以的，其实我的名字就叫白云。不过若是让别的老师听见了，对我还没什么，对你们可就要论及修养了。就我自己而言，还是更希望你们能把我当成朋友，当成姐姐，那样会更有利于我们之前的相互交流。"

陈朝晖听罢，不好意思地挠挠头，"怎么会这么巧？一下子就让我给说中了。"

不知谁在后边高声说了一句："有缘呗！"

同学们又都哈哈大笑。

白老师只微微一笑，便说："好了，以后有时间我们再聊吧，现在开始上课。"

白老师在说这些话时声音并不大，只不过轻轻地一带而过罢了，然而不知为什么，乱哄哄的教室里竟一下子变得鸦雀无声了。白老师刚毕业，是第一次教课，可在同学们看来，仿佛她已经是经验丰富的老教师了。毋庸置疑，她讲得非常好，她把其他老师惯用的那些方法、套路全都抛在一边，呈现给同学们的是一种全新的模式和理念。

理所当然，这一节课同学们都听得很认真，就连平时最不爱听课的同学也收敛了不少，谁都想给这位新来的漂亮老师留下个好印象。或者说，正是因为白老师的到来，才给了他们多一些学习的热情。

下课后，陈朝晖一边往楼下走，一边还情不自禁地哼着："你从哪里来，我的朋友，好像一只蝴蝶，飞进我的窗口……"

随后下来的付文强听了，一针见血地说："应该是'好像一朵白云'吧？"

二

听到下课铃一响，站在离高二·一班教室不远处的胡校长转身就往回走。他刚到校长室，白老师就随后进来了。

"胡校长，我来向您汇报思想了。"白老师边说边擦擦额上的细汗，有种如释重负的感觉。

胡校长赶忙热情地招呼她坐下，又给她倒了杯水过来。

白老师赶忙起身接过水杯，笑着说："我自己来就是，怎么好意思让校长大人为我端茶倒水呢？"

"应该的，应该的，你能在这个时候来我们这小地方教书，可是大功臣一个呀！"胡校长说。

"胡校长，您这样夸奖我，未免太言过其实了吧！"白老师开玩笑地揶揄道。

胡校长并没理会她的话，径自说："一节课下来，感觉怎么样？"

白老师喝了点水润润喉咙，又有些疲惫地往沙发背上靠了靠："刚走进教室时还有点紧张，毕竟是第一次讲课嘛，不过后来就好多了。怎么说呢？我对自己讲的这一堂课基本上还满意。"

"那学生呢？学生怎样？"胡校长又问，"有没有调皮捣乱的，比如说第三排最后那个刘咏波，还有倒数第三桌那个陈朝晖，前一个历史老师可就是因为他们两个走的。"

"刘咏波这一节课挺老实的，陈朝晖嘛……"白老师笑笑，"他给我的第一印象也不错，活泼开朗，而且课也听得非常认真——这一点我是敢肯定的。"

"是吗？"胡校长面带疑问，不过转瞬又点点头，"这样就好，

这样就好，那……"

"胡校长，"白老师打断了他的话，礼貌地笑笑，然后说，"这两个班的历史课我都接下了。"

"怎么？不是说要先试教一个星期的吗？"对于白老师的这一决定，胡校长明显地感到出乎意料。当初她来应聘时，可是非要先试教一个星期才行的。

"不了，我觉得试教一节课就可以了。"

出乎意料归出乎意料，白老师这么快就把历史课接了下来，胡校长还是求之不得。

"那好，那好。"他说。

此刻的胡校长，真的挺感激白老师。对于张老师的离开，胡校长自认为算不上什么损失，可一下子丢下了两个文科班的历史课却是很急人的。本来人们就对私立学校另眼相待，要是学生们回去再一说连历史老师都没有，他这碗饭可就真的别想吃安生了。

在依蒙县这种偏远小镇上，人才资源是相当贫乏的，这一点胡校长比谁都清楚。为了尽快弥补空缺，他在县电视台、县广播电台、县报等一大堆报刊媒体上登载了招聘广告。并且还做成大海报，亲自到街头巷尾去张贴。

谁知广告刚一打出去，这个叫白云的师范毕业生就来应聘了。说实在的，看到她第一眼时，胡校长还有些不信任，总觉得她不过是个孩子罢了。可一席话过后，白云让他感到了吃惊。

胡校长十分欣喜地说："明天有高二·一班的一节历史课，如果没特殊情况的话，你就来正式上课吧！"

白老师却说："别别别，还是先让我试教一个星期再定吧！我心里也没有多少把握。"

白老师也觉得自己刚毕业，授课经验实在不足，就这样潦草答应了，未免会有些不负责任。

然而仅仅一节课就改变了她的所有想法。首先她对自己的能力有了信心，再者她对这里的学生也有了信心，这些学生绝非人们想象中那样的。这么急切地接下这门历史课，也算是对自己曾有的那些庸俗想法的一种否定了。

能听到白老师这么说，胡校长高悬了两天的心终于得以复位。

"那好，"他说，"这个月的工资给你从一号算起。"

"别呀，胡校长，还是从明天开始的好，无功不受禄嘛。"白老师未领盛情却又心存感谢地说道。

第三章

一

星期六到来了，这是一个让绝大多数同学都会为之振奋的日子。他们虽然差不多都已是成年人了，可想飞的翅膀终究还有些纤弱，年轻的心灵终究还有些稚嫩，这都离不开家的温暖与呵护。

刚吃过早饭，有些人就开始坐不住了，在宿舍里收拾收拾东西再到车棚里去检查检查自行车，只等中午的放学铃一响就立马可以"回家看看"了。当然也有些是只收拾东西不看自行车的，那是因为他们家里有更方便的交通工具，或是出于摆阔的念头，或是源自省力的打算，总之只需轻轻拨个电话，坐享其成的美事就可以"呼"之即来。

放学后付文强是一个人走的，他总是这样，来也匆匆去也匆匆，就像一个独行侠似的。

付文强家离学校大约有十里路，可他刚走了不到一半，就看见路中央那块写着"前方施工，禁止通行"的大牌子了。这条路是国道，很多年前修的，现在很多地方都已支离破碎了，时常需要修补。

付文强往两边看了看，只有一条可以绕道回家的路。看到这条路，他却不由地一阵酸楚，心想，这可真是想躲都躲不过啊！

在这条不怎么好走的黄土路上，付文强骑得很慢。但他心里也明白，无论多慢，那个村子迟早还是要经过的。

起风了，秋风很凉爽，两旁树上的黄叶在秋风中簌簌下落。

作家路遥曾这样说过：生活！生活！你不就像这浩荡的秋风一样吗？你把那饱满的生命的颗粒都吹得成熟了，也把心灵中枯萎了的黄叶打落在了人生的路上！

有些东西，付文强明明知道已经是"心灵中枯萎了的黄叶"，可他还是放不下，比如对于林晓清，那份深深的愧疚就一直抛不开。

记忆中的那个村子毕竟还是到了，好长一段时间不来了，这里也没有什么明显变化，依然是那几十户人家，依然星星点点地错落在一座小山坡上。

村头有几个麦场，是打麦子晒东西用的，在这一带，但凡农村大抵都有。

付文强来过几次都是到这儿就开始退步的，这次他想不能再那样了。

麦场上有个人正在弯着腰捆麦秸，付文强看着有些眼熟却还是问："请问，林晓清家在哪边？"

那人迟疑了一下，没说话。付文强又把声音提高了一些，"我是她以前的同学，找她有点事儿。"

那人回过头来，付文强就看见了一张久违了的，满是憔悴的脸。

尽管他早有心理准备的，但看见后着实还是吃了一惊："……林晓清……"

眼前的林晓清看上去比一年前更加消瘦了，脸色也苍白了许多：

"啥事儿？"林晓清淡淡地问。

"你真的不上学了吗？你成绩那么好，不上怪可惜的……"

林晓清笑了笑，笑得有些苍凉和落寞："有什么可惜的，上不上学，对我来说都无所谓。现在不用再整天去对付那些没完没了的作业，倒还轻松多了……"

付文强又何尝不知道，这一定不是她的心里话。

"都怪我，"付文强满带歉意地说，"那时候……"

林晓清打断他的话，"都是多少年前的事了，还说怪谁不怪谁的话。"

快到中秋了，还有几只知了在树上拼命地叫个不停，似乎要永远地留下这最后的绝响。付文强被吵得心烦意乱，半天才问："你在家里都干什么啊？抽空还会看书吗？"

"就是帮爸妈种种庄稼，干干家里的杂活之类的。"林晓清有些自嘲地说。

付文强心里想了很多鼓励她的话，可开口说出来的却只是："我现在在阳光中学上学，要不你也来吧！我们一起上课，一起考大学。"

付文强说得很真挚，很诚恳，可林晓清却很坚决地摇了摇头。"学校这种鬼地方，一旦出来，我永远都不想再进去了。"林晓清终究还是没能压制住自己内心深处的悲伤。

她见付文强的脸色一下子变了很多，知道是自己把话说得太重了，就又接着说："其实不愿去的主要原因还在于我自己，离开学校后，我早就把当初学的那点东西忘干净了，要是再回去上学，跟又跟不上，还不被人笑话死。"

付文强心里清楚她如此牵强附会地解释，只是为了不让他再多一些内疚。到这时，他终于开口问道："你就这么不上学了，家里人不生气吗？你爸爸……不会因此打你骂你吗？"

付文强看着林晓清，这是他一直以来都很想求证的一句话，但林晓清笑了，尽管不是十分爽朗却也十分坦然。她说："你这什么意思啊？是不是怀疑我不是爸妈亲生的？爸爸只有我一个孩子，就算不把我当成掌上明珠，总也不至于打来骂去吧。"

可是她的话还没说完，就听有一个凶神恶煞般的声音怒吼道："死妮子，你在那里磨蹭什么？我养活你不是让你吃闲饭的，回来我非打断你的腿不行！"

林晓清一听吓得魂飞魄散却又尴尬无比，她边挑起麦秸边解释说："这……这是因为家里急等着用，我爸爸才骂我的，他其实轻易不会发脾气的……"

然而无论是怎样掩饰的说辞都已是徒劳了，付文强也不再相信了。那么，之前那些关于林晓清的事就都是真的了？

他再抬起头看看渐渐离去的林晓清。一担麦秸并没有多重，可她纤瘦的肩膀似乎还是不足以承受这点负荷，挑起来一摇三晃的。尽管如此，脚底下还是一步快似一步。

二

星期天下午回学校，并没有限定早晚，只要能按时上晚自习就行了。学校是这么规定的，而老师和学生两方却各有各的想法。

当老师的自然希望学生们来得越早越好，哪怕是一大早就往学校赶呢，然后就安安心心地拿起自己所教的那一门课认真复习、预习，希望他们每一个人都能学有所成，都能光耀门楣，当然也少不了为老师们增光添彩加福利。

而当学生的却大都希望去得越晚越好，哪怕是正好赶上晚自习的铃声敲响呢，甚至连一大部分死心塌地想考学的学生都如此希望。因为走出了校园就是一种放飞，每一个青春学生都渴望着放飞。

林晓晴今天很幸运，一到学校，传达室的老大爷就喊她拿信。老大爷边把信递给林晓晴，边说："晌午打了个盹儿，醒来就见这封信放在窗台上，也不知道是谁放的。"

那的确是一封"来路不明"的信，既没有地址也没有邮票，只是在封面上潦潦草草地写了"高二·二班林晓晴收"几个字。而信中的内容也再简单不过，省去了称呼、客套话和所有修饰性的词语，只是约林晓晴下午四点在小青山的亭子里见面。下边的署名是"晚香姐妹"，日期是今天的。

林晓晴兀自在那里想了半天，也不知道这所谓的"晚香姐妹"是谁，不过她还是去了，要是不弄个明白她才不会甘心呢。

可是林晓晴在那里一直等到四点半，也不曾见有什么"晚香姐妹"姗姗而来，她有些着急也有些生气了，这说不定是哪个不怀好意的家伙搞的恶作剧！一种被人欺骗的感觉油然而生。

就在林晓晴决定往回走的时候，山下边终于出现了两个人影，女的。她们是往山上走的，会不会就是"晚香姐妹"呢？

随着她们的走近，林晓晴能慢慢闻到飘溢在风中的香气了，也能慢慢看清她们的模样了。林晓晴确信自己没有近视，可还是费了老半天工夫才认出这两个打扮妖艳的人是谁。

"嗨，老同学，原来是你们呀！"她们都是林晓晴初中时代的好姐妹，毕业之后一直音信全无。

前边那个红头发踩着足有半尺高的高跟鞋登上亭子，轻启朱唇故作惊讶地说："林晓晴，这么长时间不见了，你怎么还是清汤挂面一样呀？"

林晓晴不太自然地笑笑，"你们却变了好多，我……几乎都认不出来。"

"真的吗？"后边那个黄头发跟了上来，边说边把眼睛眨地跟吹进了沙子一样。

"你们俩……现在干什么啊？"林晓晴原本不打算问的，可还是没忍住。

"就在青年街那边的'晚香美容院'上班哪，"红头发说，"你要是去做美容的话，姐妹们一定给你打八折。"

林晓晴终于明白了所谓的"晚香姐妹"是怎么一回事。

寒暄过后是一阵沉默。为了打破沉默，林晓晴绞尽脑汁，才想起一个话题："钱丽丽呢，她和王涛怎么样了？"

钱丽丽是她们初中时的另一个姐妹，有名的痴情种子。不过说实在的，林晓晴挺佩服她那份勇气的，当初为了和王涛在一起，她可是连她爸的鞭子都没有怕过。

"都什么年代的事了，王涛穷光蛋一个算哪根葱啊，人家早就傍上大款了，听说只比她爸小五岁呢。不过现在流行这个，他们马上就要结婚了，你猜喜宴在哪儿办？皇都大酒店哪！"红头发一脸羡慕地说道。

皇都大酒店是依蒙县最高档的酒店，也是这个小县城在初见规模时的地标性建筑物。

"钱丽丽不是和我们差不多大吗？"林晓晴不解地问道，"她怎么现在就可以结婚了？"

"听说她还打过一次胎了！"

"那，那王涛现在怎么样了？"林晓晴又问。

"追于小娟呀！"黄头发接过来说。

"于小娟不是在一中上学吗？"

"早不上了。"

"为什么？"

"因为她弟弟也考上高中了，姐弟俩一块上学家里供不起，她爸妈就叫她退学了。"

接下来又是一阵彼此的沉默，她们怎么想的林晓晴不知道，但林晓晴是实在找不到能让彼此都感兴趣的话题了。

"我们这次来呢，主要是想问问你愿不愿跟我们一起干，到外边闯荡闯荡，也见见世面去，我看你再闷在学校里可就真傻了。"红头发突然这样说道。

见林晓晴没有开口，她们又开始你一言我一语地规劝开了：

"我算是看透了，人生一世转眼就没，趁着现在还年轻，该享受的就要去尽情享受，要不等年纪大了就什么都晚了！"

"别说什么追求不追求，理想不理想，该吃吃，该玩玩，活得潇洒自在就得了。"

"不了，"好半天，林晓晴才强装出一个笑脸，"你们的好意我心领了，不过我还是得老老实实待在学校里。一个人有一个人的想法，出去闯荡对我来说还太早。"

怕她们不高兴，林晓晴又找了个借口："再说就算我愿意，我爸妈也不会同意的。我可没你们那么命好，什么都能自己做主。"

眼看说不动林晓晴，她们也就不打算多费口舌了："既然这样，那就算了吧。不过要是有时间了，可以去我们那玩玩，保证让你大开眼界。"红头发说完，对黄头发使了个眼色，转身走了。

林晓晴有些伤感地目送她们离开之后，一个人又在亭子里待了好一会儿，才起身回学校去，空留下满山的夕阳和满山的落寞。

人到底应该怎样去活着？这是一个古老而又新鲜的话题。

三

张国豪从星期天的早晨就往谭华家打电话，可她老是不在电话旁，好几次都是她妈妈接的，后来谭母实在忍不住了就问你是谁呀！老打听我们家小华干什么？我可警告你啊，别以为没王法了……

后来他干脆骑车去谭华家楼下等着。左等右等老半天还是看不见谭华的人影，没办法他只得悻悻地离开。可走了一段之后还是不死心，于是又半路折回来，这时却发现谭华正在阳台上浇花呢。

他知道谭华这样不理他，是真的生气了。

不知是一到自己喜欢的人面前就会变傻变笨还是怎么的，他老是贼心不死地想试探一下女孩的心思，可几乎每次的结果都是搬起石头砸自己的脚。

上周六放学回家，是他骑车带着谭华的。他也曾对谭华说过要他家的司机开车来接他们，张国豪的爸爸是大名鼎鼎的振蒙集团老总，有的是钱，家里养三个五个司机根本不在话下。可谭华却说，要坐你张大少爷一个人坐去，本姑娘命不济，担当不起。没办法，他只好跟老爸要了点钱买了辆单车，自觉承担起来回接送谭华的义务。

那天张国豪带着谭华一边骑车一边向后张望，车子都快钻到路下去了。

"不好好骑车，你乱看什么呀？"谭华问他。

"看刚才过去那个女的，她的眉毛修得真漂亮，我觉得你也应该学学。"

谭华在他的后背上使劲掐了一下，故意不接话茬，说："好好骑你的车，我才十七岁还没活够呢！"

或许这一掐一不小心把张国豪的贼胆也给掐出来了，他接着说："真的，我要骗你我是小狗，你自己回头看看不就知道了嘛！"

其实后边根本没有什么"美眉"，张国豪这样说，就是想让谭华吃点醋，可没想到她却吃了火药："她好看你去追她呀！干吗整天死皮赖脸地缠着我不放？"

说着，也不喊张国豪停车就从后座上跳了下来，由于惯性作用，险些摔倒在地。

张国豪一看大事不妙，赶紧停下车来，可这时的谭华已经不管三七二十一随便拦了一辆出租车，钻进去就跑了，张国豪在后边追了半天也没追上。

"谭华，谭华。"张国豪站在楼下喊了两声，可谭华却装作没听见。阳台上摆了几盆品种很好的菊花，时下开得正怒，谭华浇了些水，又蹲下身子细心修剪起枝叶来。

"你还不去学校呀？现在都四点半了。"张国豪一边说着，一边找了个地方将车子放下，准备到楼上去。

张国豪不知道谭华的妈妈在家，可这时她已经听到声音了。

"谁在喊你呀？小华，让邻居们听了多不好。"谭母在屋里问道。

谭华一看被母亲发现了，更是气不打一处来。"噢，一个不知从哪儿来的疯子。"说完就把盆里的剩水从三楼上泼了下来。如果再偏一点，肯定能让张国豪变成落汤鸡。

张国豪这会儿也真生气了，他调转车头就往回走。一边走还一边骂道："人家说天底下女子与小人最难养，谭华是这二者合一！"

谭华家住在一个不错的居民小区内，不过与张国豪家所在的"叠翠花园"相比，还是差了很大一截。

街巷内的路边上有大家共同制造的垃圾堆，原本就不甚宽阔的道路被挤得跟羊肠子一样。张国豪不躲不闪地从垃圾堆上骑过去，把一些啤酒瓶、易拉罐之类的东西碰得"叮叮当当"乱响。

出了小区不远就是一个十字路口，张国豪也不管红灯还亮着，骑车就闯了过去，吓得许多行人、车辆急忙左躲右闪。路旁的交警吹着哨子追他，可他却一拐车把钻进旁边一个菜市场里，三晃两晃就不见了人影。

四

每个星期天的下午，都是宿舍里最热闹的时候。宿舍作为学校生活"三点一线"当中的重要一点，不但提供休息睡眠之用，还可以使同学们那些骄人的个性得以充分展示。

此时的宿舍早已变成小猪窝了：床上的被子、毛毯和衣服之类的，堆得就跟山一样，四面墙上帅哥靓女也贴得满满的，还有在床头挂背包的，在屋里扯晾衣绳的。角角落落里的单放机、收音机也百家争鸣，地上更是一团糟。别看他们平日里在女生面前都一本正经的，但是回到自己的天地里，一个个可就原形毕露了。有的只穿着内裤满屋子跑，有的将臭脚丫子放在别人枕头上蹭，有的肆无忌惮地大讲黄段子，还有抽烟的、打牌的、满嘴脏话的更是不用一一细说了。

刘咏波一边吃着别的同学从家带来的煮花生，一边问正躺在床上发呆的张国豪："张大少，你跟谭华'谈'得怎么样了，举行成人礼了没有啊？"

张国豪正在为谭华的事气恼，也没在意刘咏波的话，只是随便接了一句："成什么人？"

刘咏波继续跟他闹："哈哈，还成什么人呢，当然是让谭大小姐成为你的人啊！"

张国豪这才明白刘咏波说什么，一听又一想，总觉得是在奚落他，就说："成什么成，滚！"

刘咏波一听就知道他们之间又出"故障"了，这是经常有的事，他也特别爱看这种热闹。有人说爱上别人会变成疯子，被别人爱上会变成傻子，刘咏波既不疯也不傻，所以在学校规定的"三大纪律，八项注意"中，唯一不敢越雷池半步的就是这"情"字关。

可对于疯子和傻子之间的趣事，他又常常百看不厌，百听不烦，心血来潮时还会在里边搅上两下子，真是其乐无穷。

"怎么，要黄了啊？"刘咏波故作惊讶地说："感情这东西吧就像弹簧，靠得太近反倒是没什么感觉了，你得拉着，拉得越远就绷得越紧。"

张国豪把满肚子的火气都发向了刘咏波："你再叽叽歪歪，看老子不扁死你。别惹我，正烦着呢！"

刘咏波撇了撇嘴，说道："唉，不听老人言吃亏在眼前！"

"你说什么？"张国豪一下子从床上爬起来用手指着他，"你再说一遍试试！"

"我说你自己的事情自己办，别人可不管。"刘咏波见风使舵地改了口。

过了会儿，又有一个同学开口说："这个星期回去时，听说我有个初中女同学当小姐被公安局抓了。"

这句话让刚刚安静下来的宿舍又热闹起来。这样的事，在电视或是电影上看得再多也许都没什么，然而一旦发生在他们的周围就马上不一样了，他们这才真真切切地感受到，自己虽然躲在院墙高高的象牙塔里，可想象中遥不可及的社会与他们依然是如此的接近。

那位同学继续说着："你们不知道，我那同学当初可老实了，都十五六岁了，和男生单独在一块儿还会脸红，真没想到两年不见就变成这样了。"

同宿舍的朱飞推推小眼镜，惊讶地说："不会吧？咱们说归说，可、可、可……"

他还没有"可"出来，冯军就从外边跑了进来，兴致勃勃地对大伙说："你们快到教室看看去，老头子又挂上了一个'好人好事'记录本。"

也不知是对他没兴趣还是对他的话没兴趣，大伙依然各说各的，谁也没搭理他。冯军倒也知趣，自知留给别人的印象不怎么好，进来只是假装喝水的，然后又急急忙忙出去了。

"好人好事"记录本的事谁心里都清楚，却又都懒得理会。

上个学期一开始，刘老师就拿了一个装订精美的"好人好事"记录本挂在教室的前边。他说："别以为现在就不需要雷锋精神了，别以为小孩过家家才玩这个，这学雷锋做好事的优良传统，咱们什么时候都不能丢！"

这自然也不是件坏事，然而下边除了咂嘴声之外基本没有别的反应。

刘老师打开"好人好事"记录本的扉页比画着说："在这上面，我给你们列了一个评分标准，做什么样的好事就应该加什么样的分数。到学期结束的时候，这也是评'三好'学生的重要参照。"

既然话都说到这份上，同学们可就忙活起来了。拾到一块橡皮要记上，端杯水要记上，连送人点东西都要记上，有的干脆两个人换着记。没出一个月，厚厚的记录本就被记得满满的了，于是又用反面接着记。在上面，越是整天正事不干的，名字出现的次数就越多。

后来，记着记着就突然找不到记录本了，再后来，据说有人曾在垃圾坑那边见过它。就这样，大家多日的心血便轻而易举地付之于垃圾坑了。

宿舍里就是这个样子，只要有人在，就什么事都不愁听不到。随着时间一分一秒地消失，天色也渐渐暗了下来，晚自习快要开始了。一直躺在里边没有说话的付文强正准备去教室，这时朱飞冷不丁问道："二班头，听说老头子要收每人二十块钱的纪律保证金，谁违反一次就要扣掉一块？"

付文强心里明白这件事的底细，却也不好点破，就说："扣一点也好，省得都拖拖拉拉的，再说老头子那么顽固，他定的事谁能反驳得了？"

"好个屁！"刘咏波一听就不高兴了，"我那二十块钱还不够俩星期扣的呢？"

"这也好办，别人交二十你交二百不就得了？"有人开玩笑说。

五

张国豪从宿舍回教室的时候，发现谭华已经来了，正坐在位子上聚精会神地不知在看什么。张国豪盯了她老半天，可她始终没有抬头。

谭华和张国豪闹了别扭回到家，知道张国豪一定会往她家里打电话，就跟母亲说这个周末来找她的电话，凡是男的全都不接。谭母巴不得这样呢！就满口答应了。

星期天上午的一串电话，谭华不用猜也知道是张国豪打来的。后来张国豪去她家楼下等着，她也不出去，张国豪想等就让他等好了，反正等烦了就不等了。

谭华心里是有气，但也不全是因为昨天的事，那只不过是一个小小的借口罢了，她自认为还没有小心眼到那种地步。别人怎么看、怎么说他们，她不管，可她自己却是真心对待张国豪的。她一开始就很在乎他们之间那种不太容易说清的关系，总给她一种新鲜而诱惑的感觉。然而张国豪却越来越让她感到吃力、感到失望了，当初他那些让她欣赏的优点也越来越淡了。谭华对于他们之间的"未来"没有了信心，也没有了方向。她在心里隐隐约约感觉到，恐怕张国豪很难成为她梦中那个白马王子了。

正因如此，所以平时与他相处时就难免会多了一份尖刻，不过她也是希望能用这种方式让张国豪从中有所察觉。然而张国豪却笨得像块木头，谭华的一切努力到头来只不过是让自己更加失望罢了。

她想起了那句一直让人们津津乐道的话——距离产生美。真的是这样吗？难道他们之间是太近了，才会导致彼此的经常碰撞？

张国豪打电话时她不接，张国豪去找她时她不理，她想，这样应该会好一些吧！

以前星期天下午都是她走到小区前边的路口，张国豪就在那里等着，然后用车子带她去学校。然而今天他不在，她也没想让他再带着回学校。

谭华没有自己骑车的习惯，所以她今天打算坐出租车回去，可不知是司机们都跟她作对还是怎么的，等了老半天也没见一辆车。

一阵清脆的车铃声在谭华的身后响起，她回头一看，是赵红芳。赵红芳见她站在路口张望，估计是在等车，于是就说要带她去学校，一边说着一边还把后座上的书包放到前边车筐里。谭华心里有点小感动，就坐了上去。

赵红芳的身材跟她差不多，不高也不胖，可带着她也是稳稳当当的。谭华坐在后边很是放心，却又有些不安心。

说实在的，谭华对赵红芳的印象并不好，顶多只能算作一般，大概赵红芳对她也是一样。她眼里的赵红芳是一个很土很传统的女孩，为人处事循规蹈矩，注定要平凡一生。而在赵红芳看来，她谭华可能就是个真真正正的另类了，看着不顺眼也是肯定的。

不过赵红芳在她有困难的时候还是伸出了热情的手，尽管她有点看不上赵红芳这种女孩，可心里还是多了一份感激之情。

或许，人应该互相去了解才对，再看不惯的人身上也会有让你感觉好的地方，只是你没有发现或是没有想着去发现罢了。

那么，张国豪也是这样吗？

赵红芳一路上跟她说了不少话，有时候她静静地听着，有时候她也跟着一起说，到学校的路就这样不经意间走完了。在校门口下车时，谭华一连说了好几遍感谢的话，她发现赵红芳这人其实也挺好的，自己原来的看法实实在在存有一些偏差。

谭华刚一到学校，就听刘咏波说张国豪得了狂犬病，在宿舍里乱咬人，心里清楚他被她惹恼了，正找机会冲别人发脾气呢。

后来张国豪无精打采地进了教室，谭华知道他在死盯着她，可她无论如何就是不抬头，不哼声。

第四章

一

　　因为"晚香姐妹"的事，林晓晴一连几天都闷闷不乐。班主任陈老师看出来了，问过她几次，她一直都说没事。陈老师对别人很凶，对她却很好。

　　最让她生气的是好朋友王燕，她都苦恼地要死了，王燕还在一边幸灾乐祸地说治疗少女怀春的唯一良药就是白马王子。

　　林晓晴这才明白付文强为什么老爱把心事藏起来，原来是有很多话没法跟别人说。

　　想到付文强，林晓晴的脑海里突然浮现出一个奇怪的想法，就是要把这件事告诉他，而且只告诉他一个人。到底为什么，她也说不清，或许是出于信任，也或许是因为同病相怜。

　　林晓晴找到付文强的时候，付文强也正在找她。那是在一个下午的课外活动——一天里可以尽情放松的时间。

　　一听到付文强说有事找她，林晓晴赶忙丢下自己的心事问："什么事呀？"

　　付文强也不多说，就拉她找了一个僻静的树荫坐下来。

想到王燕刚刚说过的话，林晓晴不禁心虚起来。男孩子毕竟是粗心大意的，什么都不管不顾，这要是让认识的同学看见了，不说闲话才怪呢！林晓晴小心翼翼地向四周看了看，好在并没有几个人，但愿他们全都是近视眼。

"到底什么事呀？这么神秘兮兮的。"林晓晴看了看付文强，又问。

"我想给你讲个故事。"付文强说了句这样的开场白。

"讲故事？"林晓晴忍不住笑了起来，如此费心跑来就是为了讲故事。

"你是不是要说：从前有座山，山里有座庙，庙里有个老和尚……"

林晓晴边说边咯咯地笑着，然而付文强却丝毫没有开玩笑的意思。他的脸又有些严肃了，眉宇深处那片忧郁也慢慢显现出来。

林晓晴吓得一伸舌头，说了声对不起就沉默了。

为了不使她太尴尬，付文强又宽容地笑了笑。这一笑，的确让气氛轻松了不少，同时也让她看清了一件事，那就是付文强只要是笑着，就比不笑时要好看很多。

"还记得那一回吗？"付文强问。

"哪一回？"

"就是你问我心里有什么事的那一回。"

林晓晴当然记得："每个人都应该有自己的秘密，你不想说也没关系，倒是我，好像故意要打探你的隐私一样，弄得挺不好意思的。"

付文强脸上露出些许歉意："那时候我不愿说是因为不知该怎么说，现在我要说的故事也就是这个。"

"那好，你说，我听着。"林晓晴一边点头，一边充满了期待。

夕阳的光辉穿过树隙照了过来，洒在这个特殊的讲述人身上，折射出他曾经走过的一步一步——

初三的学生都在为中考拼命，就像高三的学生都在为高考拼命一样。这虽然是两个不同的阶段，却有着同样的性质，都是决战前夕。

那时的付文强单人单桌。班上的学生是奇数，无论怎么调法，都有一个形单影只的。没有同桌的付文强倒也落得自在逍遥。

他的班主任卢老师人很好，命却很苦。本来学习成绩不错，可偏偏错过了报考好大学的机会；毕业分配时，本来可以进县一中的，可偏偏让人给顶了出来；在南河中学教了三年，本来可以毫不间断地看着他们到最后的，可偏偏在这时父母双双去世了。

突然间成为孤儿的卢老师做不成圣人，在这种关键时刻，他还是要放手学校的事情回家料理父母的后事。

卢老师走后，班主任的担子暂时由几何老师挑着。几何老师脑袋光光像圆球，脖子细细、大腹便便像圆锥，两腿细长像圆柱，他一伸手表示"五"，再翻一下表示"十"。同学们都说他只懂图形和数字，根本没法正常沟通。卢老师走后的班里整天乱成一团。

一天早晨，几何老师不管三七二十一把沉默柔弱的转校生林晓清往付文强的桌上一放就走了。

付文强虽然不怎么欢迎这个突如其来的入侵者，却也没有赶她走的权力，况且他再怎么着还是个班长呢。只剩下这么两个月了，大不了每天共同学习一遍"和平共处五项原则"。

然而有些事常常是难以预料的。刚一下课，就有几个捣蛋鬼聚在一起向付文强挤眉弄眼，最可恨的是，那个梁亮还走上讲台去大声叫嚷："天上掉下个林妹妹，付文强艳福不浅呀！早知道有这种美事儿，我也自己一个桌了。"

全班都哄堂大笑，吵吵闹闹地乱成了一窝蜂。

新来的转校生林晓清瑟缩在位子上，下巴垫着桌面，一声不响，一动不动，就像一只被吓坏了的小鸟，既无助又无望。大概她连做梦都没有想到，自己会碰上这么一个别开生面的欢迎仪式。

看到林晓清可怜楚楚的样子，一股男子汉的豪气油然而生，付文强很气愤地说："梁亮你再乱说我揍死你，林晓清来到这儿，也算是咱们班的一分子，你别在那里没事找事！"

付文强当着班长，难免要这儿管管那儿管管，梁亮是和他作对最多的一个。以前卢老师在，梁亮闹到最后也吃不着什么好果子，但是现在卢老师不在，又快要毕业了，他就没那么多顾虑了。也许在他把矛头指向付文强的那一刻，就带着一种报复心理。

付文强的话音还未落，梁亮又喊道："刚一见面，就心甘情愿做起护花使者来了，林妹妹的魅力好大呀！"

付文强霍地一下站起来，指着梁亮厉声问："你再说一遍！"

梁亮毫不示弱："再说一百遍你又能怎么着？护花使者，护花使者，付文强是林晓清的护花使者！"

付文强冲过去就给了他一拳。但梁亮并没有因此而住口，反而喊得更响了："不做亏心事，不怕鬼叫门，你自己心里就是这么想的，装什么装呀，猪鼻子插葱！"

如果不是上课铃打响了，这场戏还不知要闹到什么地步呢。

二

上课了，来的是一位随和得不能再随和的老师，上他的课跟下课没什么两样。四十五分钟里同学们都兴致勃勃的，教室里异常欢腾，而林晓清却在偷着哭。

如果一个人刚进别人的家门就被泼了一身脏水，肯定会很懊恼的，更何况林晓清自有她难言的苦处。

转校初来，人生地不熟的，林晓清觉得自己被孤立在整个世界之外。她哭得很伤心，既不敢抬头又不敢出声，泪水把课本沾湿了一大片。

"别把那几个混蛋的话放在心上，他们一直都是那样的。"发现林晓清在哭之后，付文强有些手足无措，不知该怎么哄她，好让她别在刚来的第一天就觉得受了委屈。

林晓清没有理会，就跟没听见一样。

付文强停下手里的一切，又拍拍她的胳膊说："真的，你别哭了，下了课我保证替你出这口气。"

林晓清依旧没有理会，却突然往桌子边上靠了靠，跟付文强拉开很明显的一段距离。

付文强这才明白林晓清的意思，他也只好不再跟林晓清说什么了，免得又给她惹一身无妄之灾。整整一节课他都觉得如坐针毡。

初来乍到就意外遭逢一场闹剧，让林晓清从此定格在沉默寡言上，除了她占着全班几十分之一的空间外，教室里再也找不到一点她的气息。

窟窿里一旦冒出风来，就不是能够很容易堵住的。尽管付文强也极力避免与她在各方面的接触，但还是有人要时不时地扯上两句，作为茶余饭后的谈资，以丰富他们空虚烦闷的校园生活。

日子慢极了，太阳老是不往山下落，付文强总怀疑时光老人睡着了。

好不容易熬到星期六，放学铃一响，付文强就冲出了教室。他一口气跑到学校前面的南河边，坐在柳荫下的沙滩上，重新寻找属于自己的那份自由感觉。

有水淙淙地流，有风轻轻地吹，五月的河岸上蜂飞蝶舞。河的对面有不少人在割麦子，闪亮的镰刀一挥，眼前的麦子便纷纷倒地，割着割着，直起腰来挥挥手，一串串折射着阳光的汗水就被甩在了身后。

这是一个多么富有生机的世界啊！付文强想，只有整天无所事事的人才唯恐天下不乱。

他掬起一捧清凉的河水，洗掉满脸的汗水，可林晓清偷偷哭泣的脸却又浮现在眼前。怎么会遇到这么一个女孩呢？有着林黛玉的柔弱，却没有林黛玉的刚强和叛逆。

不一会儿，天上的乌云就层层堆积起来，要下雨了。

田地里的农民匆匆忙忙收拾起东西，然后又匆匆忙忙往家里赶，他们要在大雨来临前再把家里的一切收拾好。仅仅是一会儿工夫，世界就变得空荡了。

不过付文强倒是没有惊慌。他从书包里掏出事先准备好的雨衣往身上一披，抬起头来对着天空挑衅般地说了一句："让暴风雨来得更猛烈些吧！"

夏天的雨总是说来就来。付文强刚披好雨衣，豆大的雨点就从黑沉沉的天空滚落下来，砸在地上微尘四起。风也紧跟着疾了，找东西似的四处乱撞。

林晓清孤孤单单一个人走在风雨之中。她手中除了一个书包之外再没有任何可以避风遮雨的工具。然而书包里装的东西应该是比她更不经淋的，所以她只好紧紧抱着书包，把自己留给这风和雨。

林晓清就这样默默无语地在风雨中急走，踩出一路水花，甩起一路泥巴。

雨停了，林晓清忽然觉得雨停了。

可也不对，眼前明明是大雨倾盆。她一抬头，就看见了那双友善而明亮的大眼睛，一眨一眨的，犹如夜空里闪亮的星星。付文强那件并不很大的雨衣已经有一多半罩在她的身上了。

林晓清打心眼里感激这个好几天来被她搅得站也不是，坐也不是，却还会伸手帮助她的同桌。她的眼眶一热，泪水随着脸上的雨水往下流。可她还是摇摇头说："不用了，我没事的。"

付文强并不为她的话所动，口气很强硬地说："我是班长，你没把我放在眼里是不是？"

林晓清一句话也说不出了，只好默默地向前走。

为了不让这一路走得太沉闷，付文强就讲了许多好玩的事，也问了许多林晓清以前的事。

实在拖不过去，林晓清就说了几句："在以前的学校里，老是有人拿我和男同学开玩笑，闹到最后连学校领导都信以为真了，后来他们就通知家长，让我转学……"

林晓清之所以转学就是为了躲避谣言的，可是她刚一来谣言就随之而来了。那时候，在这片思想还很保守的落后地区，时常会有一些愚昧而又荒唐的事情发生，真让人不知是该笑好，还是该悲好。

他们在一条泥泞不堪的小路上走了半天，才走到林晓清家住的那个村子。

"谢谢你，麻烦你了。"林晓清一连说了好几遍才转身往家里走。

三

在一旁默默倾听的林晓晴已经渐渐明白，在付文强眼里她和林晓清是什么关系了。

"又上演了一场英雄救美，那接下来呢？"林晓晴问。

接下来就是星期天下午的事了。

付文强到学校时已经快上晚自习了，平时他很少来得这么晚。

昨天，为了尽量照顾林晓清，他几乎整个人都淋在了雨中。从碰到她到送她到家，差不多用了一个小时。当林晓清千恩万谢离开后，他都冻得跟筛糠一样了。

回到家里裹着被子就睡着了，醒来时头重得就跟铁锤一样，嗓子也难受得要命。为了不耽误学习，自恃抵抗力很强的他也去打了瓶点滴。

回学校时，其他同学早就来了，教室里沸沸扬扬的，就像一锅煮开了的热粥。

付文强懒得理会他们，跟谁也没打招呼就径自回到自己的位子上。他发现林晓清又在偷偷地哭，同学们各说各的、各玩各的，谁都没有注意到她。

付文强猜想又是那几个混蛋家伙闲着没事拿林晓清寻开心了，可当他抬起头来时才发现了黑板上的"特大新闻"：

天有不测风云，林妹妹归途逢大雨，绝世红颜，天不怜惜。

然而风雨无情人有情，强哥哥半路冲出，一袭雨衣，一片深情，谱写出一曲感人肺腑的千古绝唱。

付文强顿时火冒三丈，他一连问了几声是谁写的也没人哼声，就跑上去三下两下把那些扎眼的文字擦了个干净。这样还不解气，他干脆连手中的黑板擦也从窗户里扔了出去。

"人证"有了，但那几个家伙依然没有罢手，终于有一天还是让他们把"物证"也拿到手了。

学生的主要任务是学习，但毕竟不能让他们整天坐在教室里。通常上午上完两节课之后就是课间操时间，集合起来做广播体操活动一下，以便达到劳逸结合的效果。

可是时间一长，学生们也不怎么当回事了。听到吹哨子就去找个地方站好，听到喊口令就跟着比画两下，懒懒散散就跟没有睡醒一样。

能达到活动效果的倒是眼睛和嘴巴。东瞅瞅，西看看，寻找一些以前未曾发现的亮点，或是可供讨论的焦点，嘴里对老师评头论足，对同学说三道四，如此而已。

下了课间操，付文强穿过拥挤的人群往回走，并没觉察到有人在他背后做手脚。刚进教室，那几个捣蛋鬼就紧随其后，从他背上拽下一张拖得老长的纸条来。

梁亮扬着纸条大声叫喊："快来看呀！这是在付文强背上发现的，强哥哥要发表爱情宣言了。"

喜欢凑热闹的同学们一窝蜂地围了上去，不知是谁用绝对的噪音大声念道："我承认我喜欢林妹妹，你们说的都是真的……"

那帮人在有了"人证""物证"之后更加肆无忌惮起来，他们闹恼了付文强，闹苦了林晓清。

为了照顾林晓清的感受，付文强才肯一忍再忍，但忍来忍去，还是无法让她摆脱流言蜚语。

刚一开始的容忍就是错误的，付文强想，一切的姑息都是纵容！躺在床上睡不着时他暗暗发誓说，从此以后再听见一个说就揍一个，听见两个说就揍两个，直到揍得没人敢张嘴为止。

第二天早晨付文强信步走进教室，但他没有看到林晓清，平日里她都是来得最早的，今天却没有。后来他又发现林晓清的书也不见了，擦得干干净净的桌面上只放了一张小纸条，纸条上写了两句话："我走了，以后不会再给你惹麻烦了。临走之前，真心真意地向你说一声谢谢，也说一声对不起。"

付文强真希望这也像那些谣言一样的不可信，但好几天过去了，他旁边的位子一直都是空的。

林晓清真的走了，她还是软弱地向那些根本没有任何意义的谣言低下了头。怪不得阮玲玉临死之前，会留下"人言可畏"四个字呢！

那帮人发现自己的玩笑开得太过火了之后，也都纷纷向付文强道歉，然而这又有什么用呢？林晓清都已经走了。

四

如果自己不是班长，就不会得罪人；如果自己不是单人独桌，就不会有天上掉下个林妹妹的事发生；如果林晓清不是他的同桌，就不会有今天的结果……付文强钻进了这个牛角尖里，苦恼万分。

在不久后的一天，他自己去了趟林晓清家，他希望能通过自己的劝说让林晓清重回校园。

经过那段崎岖不平的小路就到了雨中来过的那个村口。在村口的麦场边，他向一位大婶打听去林晓清家的路，而那位大婶却反问他是不是林晓清的同学。

付文强点头说是。

那位大婶又问："你是来叫她回去上学的吧？"

付文强又点头说是。

那位大婶说那你就别费心思了，趁早回去吧！她们家的人天天说她，可她铁了心就是不回去。

唉，大婶说着说着就不禁叹了口气，晓清这孩子从小到大都挺老实的，这回也不知为了啥，前一阵子听说学校非要开除她不行，弄到最后好歹转了学，可没上几天她又死活不去了。她爸气得整天打，硬是把一个好好的大闺女打得住了院，这不到现在还没回来呢！俺就不信，自己的孩子怎么能下得了这么狠的手。晓清也真是，她爸叫她回去她就回去好了，上学又不是啥坏事……

从此，林晓清成了付文强的一块心病，每每半夜醒来，他所记起的第一件事，往往就是曾有一个可怜的女孩因为他而永远失去了上学的机会，回到家以后又天天遭到父亲的打骂。

付文强怀着内疚的心情，状态一落千丈，把中考前最关键的一段时间都浪费掉了。在不久后的中考当中，仅仅以两分之差而落榜了，这让很多不知情的人都感觉难以置信。

"怎么会这样啊？"或许是因为付文强讲的这个故事本身就带有极大的不真实性，林晓晴听完后过了好一会儿才开口说话。

见付文强未接话茬，她又问："现在那个林晓清干什么呢？我想应该不是很好吧？"

"她在家里，上星期我刚见过她，是挺惨的。"

从付文强讲完故事的那一刻起，林晓晴就决定不再用自己的事去打扰他了。每个人有每个人应该面对的事情，"晚香姐妹"的事还是留给她自己解决吧！

"是不是在咱们俩还没认识之前，你就开始打我的主意了啊？因为，因为'林晓晴'和'林晓清'只有一字之差，我猜得对不对？"林晓晴这样说着，心里有些酸酸的。

的确，当付文强第一次听到林晓晴的名字时，有好长一段时间都误以为是林晓清。尽管真的不是，可他还是有一种想要认识她的强烈欲望。

付文强点点头，也没有去掩饰什么，他说："刚一开始确实是这样的，不过现在咱们不早就是好朋友了吗？"

听完这话，林晓晴又感到了一丝甜甜的温馨："这回你不怕别人再传什么谣言了啊？就像现在，孤男寡女的躲在这儿，连我都觉得心虚呢。"

付文强微微一笑，不置可否。

第五章

一

当付文强和林晓晴躲在树荫底下讲故事时，宣传委员赵红芳正满世界找他。

其实，她找付文强也只不过是为了告诉他，刘老师叫他尽快把纪律保证金收上来。按说这也不是什么大事，况且付文强早就知道了也说不定，然而赵红芳就是这样的人，哪怕是针眼那么大的一点事儿，她也会一五一十地认真对待。

对于二班头付文强，赵红芳是真正很佩服的。虽然他常常不声不响的，却从不把工作丢在一边；虽然他常常是人群中的一员，却从不随波逐流；虽然他常常会带着些忧郁，却从不故作深沉地说"我想我是海"。

曹菲虽然身为班长，但除了学习之外却再没有什么关心的事，也许老师们会觉得她好学，但赵红芳却觉得那叫不负责任。

相比之下，付文强就要好上千百倍了，虽然他没有曹菲的成绩好，却知道来这里的任务并不只是学习，身为一名学生，除了学习书本知识外，也还有许多事要做。

所以每次改选班干部时，赵红芳第一个要选的不是曹菲，而是付文强，她觉得只有这样才能对得起同学们，也对得起她自己的那张选票。

对于付文强的工作，她自然也是尽最大努力去支持。

这次也是一样，找不到付文强，那她就先帮他收了。本来，这事是不应由副班长来做的，当然也不应由她这个宣传委员来做，可班上就是这种情况，班干部很多，真正肯做事的却没有几个，久而久之，班里就多了一堆摆设。

正当她准备向教室走去的时候，却见谭华急匆匆地跑出来了。

"气死我了。"谭华看到她过来了，就抱怨说。经过星期天下午那次短暂的接触后，谭华见到她比从前亲热了许多。

"谁呀？"她心里知道可还是这样问。

"还有谁？"谭华说，"张国豪那个大混蛋呗，说别人哪能对得起他呀！"

赵红芳每个星期都走离谭华家不远的那个路口，所以对于她和张国豪的事也知道不少。

星期天下午，赵红芳看见谭华脸上带着些生过气的痕迹一个人在那里等车，就已经猜到是和张国豪闹矛盾了。不过这种近乎无聊的事，谭华不说，她也不问。

说实在的，赵红芳对他们俩都是有些看法的。谭华一个劲地赶时髦，把自己打扮得没一点儿学生样，而张国豪仗着家里有钱，整天大手大脚地摆阔，纯粹就是一个败家子，有一次学校停水了，他竟然用矿泉水洗衣服！

然而有看法归有看法，赵红芳并不会因此就故意疏远了他们。谭华回不了学校时，她依然会带上她，谭华开口跟她说话时，她也依然热情地回应。

"互相体谅一下呗，"赵红芳很笨拙地劝解道，"很多事忍一忍就过去了，顶两句说不定就会闹个天翻地覆……没准张国豪也有他自己的难处呢。"

"他会有什么难处？老爸是大款，老妈是太后，自己却是骑在爸妈头上的小皇帝，走到哪里都有一帮狐朋狗友跟着，我看他就是吃饱了撑的！"

为什么不管什么样的男男女女，走到一起后就都会闹个没完没了呢？莫非自从亚当和夏娃走进伊甸园的那一刻起，人类就注定会有这么一种苦难吗？赵红芳百思不得其解。

"你说，像咱们这么大就去说'喜欢一个人'……到底应不应该呢？"赵红芳静静地沉默了片刻，终于开口问道。

谭华一听忍不住笑起来，在她眼里，昔日的赵红芳又重新出现了。

"你问的可真有意思，这要是让别人听了，不笑掉大牙才怪呢！"她说。

二

谭华跑出教室，都是让张国豪给气的。

课外活动时间，教室里人不多，有学习的也有玩的。

上一节是英语听力课，英语老师因为有事耽误了，下课时还没听完。她就把录音机放在了教室里，准备晚自习时接着听。

张国豪觉得谭华真是生气了，都已经有两天不理他了。他坐在谭华后边，上课下课不管怎么逗她，她都不吭声。

每次搬起石头砸在自己脚上之后，张国豪都要拉下他大男子汉的脸，低声下气向谭华赔不是，而每次赔不是，都是需要付出代价的，这回该怎么个"赔"法呢？

请她吃饭？恐怕除了满汉全席之外也快吃得差不多了；请她看电影？她肯定会找出一百个理由来拒绝的；继续送东西？那又该送什么好呢？

没有坚实的物质基础，就难以牢牢地抓住爱情，这是张国豪一路"赔"下来的最大心得。

想来想去，想得张国豪头都大了，也没想出个所以然来。

一时心烦，张国豪见英语老师的录音机还在讲桌上放着，就从书包里掏出盘磁带来问同学们："哎，这个，你们听不听啊？"

这些十七八岁的青少年，正处在一生中最活跃的时期，让他们整天埋头在死气沉沉的教室里的确有些残忍，所以很难找出几个不喜欢听流行歌曲、不喜欢追星的。

张国豪放上磁带，刚听了没半首歌，冷不丁发现谭华正在瞅他，于是马上跟着录音机里唱了起来：你知道我心里只爱你一个人，你的态度我不能平衡……

他对着谭华唱了半天，把谭华气得一扔课本，起身跑了出去。

好几天来，谭华总算对他有了一点表示，尽管只是瞅了他一眼，那也总比不理不睬强。张国豪顿时心花怒放，正要跑出去追，刘老师就迈步进来了。他一听到教室里的歌声就把脸沉了下来。

刘老师心中的流行歌曲是《十五的月亮》，是《小白杨》，是《我的家乡沂蒙山》，而对于时下满街满巷都在传唱的流行歌曲却从来都看不上眼，因而，他也很讨厌学生们听这种格调不高的东西，这叫作"恨屋及乌"。再说了，刘老师一直都认为学生的任务就是学习，尤其还是高中的学生，正处于考大学的关键时期，只要不是在学习，干什么都叫"不务正业"。

刘老师在讲台上威风凛凛地站了会儿，也没人理睬他。他又居高临下环视了一圈，然后问："这是谁放的歌？"

同学们各自静静地坐在位子上，谁也没有搭腔。张国豪抬头看了刘老师一眼，没搭腔。

"谁放的？"他又问了一遍，声音大而带着怒气。

张国豪这才说："我放的。"说这话时，人也未站起来。他是不会怕刘老师的，他知道刘老师也就有点吆喝两声的本事。

"我还当是它自己响的呢！"刘老师有些厌恶地看着他，"这么多同学都在学习，你放这种玩意儿多打扰他们？"

"什么叫'这种玩意儿'啊？"张国豪不服气地说，"现在又不是上课时间，听听歌怎么了？"

"我说过多少遍了，这里是教室，不是歌厅！"刘老师的火气很大，里边带着一股浓烈的火药味，"教室是学习的地方，你想听歌我管不着，可只要别在教室里，别打扰了别人，你爱去哪儿听去哪儿听！"

"又不是光我一个人想听，干吗非要找我的麻烦？"张国豪指了指教室里的同学，"不信你问问他们，有谁不爱听了？"

"胡说！"刘老师的话里明显地带有一些激动的色彩，"你见有几个能一边听歌一边学习的？他们不愿说你你还不知好歹。再听听这些流行歌曲里唱的什么？今天你爱上我明天我抛弃你，全都是些低俗下流的东西！"

"你懂什么！"张国豪不屑一顾地说。

"我不懂你懂，"刘老师不愿跟他再纠缠下去，多说无益还惹一肚子气没必要，就说，"我没工夫跟你扯淡，你给我赶紧把磁带拿出来！"

张国豪背靠着后边的桌子，双手抱在胸前，不急不忙地说："不拿。"

刘老师又问了一遍："你到底拿不拿？"

"不拿！"张国豪依旧说。

"好，你不拿是吧？你不拿我拿！"

刘老师对于录音机知之甚少，连按哪个键可以停下都弄不清。没办法他就挨个按，费了半天工夫才拿出来，可估计那盘带子也被绞得差不多坏了。

刘老师拿出磁带来二话没说，气冲冲地甩门而去。

教室里的同学似乎都被吓住了，又似乎什么都没发生过，一个个不声不响的，而这时张国豪却又重新放上一盘磁带说："不让听我偏听，看你能把我怎么着！"

有几个同学看不过去就劝说："他都这么一大把年纪了，又是班主任，你就别跟他斗了。"

"你们怕他，我可不怕他，他年纪大怎么了？是班主任又怎么了？凭什么就可以不讲理！"

当然更多的人是替他说话的，这让张国豪的劲头更足了。然而新放上的磁带刚听了没两分钟，刘老师又进来了。

"还听！"他这一喊，把几个胆小的同学都吓了一大跳。

"这不是流行歌曲，这是世界名曲！"

"世界名曲有的是，你要是都听，咱这课还上不上了？"

"现在是课外活动时间！"

"课外活动时间也不能听！"

"谁说的？"

"我说的！在高二·一班，我说不能听就是不能听，不服气你可以到别的班去！"

就在刘老师提走录音机的那一瞬间，张国豪已经把手中单放机的音量开到震天响了。

三

江新也是高二·一班的一员，然而连他自己都觉得在这个班里是多余的。人们都倾向于把自己融入一个集体当中，说如果集体是一幢楼房，那么自己就是其中的一块砖头；如果集体是一段道路，那么自己就是其中的一颗铺路石。可在这个集体当中，江新总感觉自己既不是砖头，也不是铺路石，甚至连粒沙子都不是。

上课回答问题时，怎么也叫不着他；每次要想从成绩单上找他的名字，最好的办法是从后往前找。平日里的各项活动，他也没有一样能拿得出手的。让他去打篮球，别人从他手中把球抢过去，然后投进篮筐了他还没反应过来；让他去踢足球他更不敢，一上场不让人把他当球踢了才怪呢；让他去唱歌，其结果顶多也是花很大的力气制造出一串噪音罢了。

在班里，哪怕是最没爱好的同学也会去交两个笔友，相互谈一些彼此都感兴趣的话题，可江新连交友信里要写些什么都不知道。

如果硬要说他还有点儿什么作用的话，那就是可以供大家逗笑了。

有一次刘咏波问他猪八戒的老祖宗是怎么死的，他搜肠刮肚地想了半天还是说不知道，周围的同学就哈哈大笑着告诉他是笨死的。

没分科之前，他和刘咏波就是一个班的，对于他的底细，刘咏波掌握地一清二楚。来到这个班以后，刘咏波也老爱拿一些有关他的糗事，不厌其烦地讲给同学们听，恨得他牙根疼。

就算到了现在的班里，他也依然会闹出一些不可收拾的笑话来。

刚开学的时候，天气还有点热，还有些蚊子，同学们都在宿舍里挂了蚊帐。全宿舍挂的都是白蚊帐，就长得特别胖的沈童一个人挂了红色的。江新看着看着就不由自主地哼起那首儿歌来：麻屋子，红帐子，里面睡着个白胖子。

正躺在里边午休的沈童听了立刻爬起来问："你说谁？"

他说："我说花生。"

沈童一听气得不得了，又问："江新，你再说一遍我听听！"

他说："我一看到你这样就想起了花生，可我真的不是在说你。"

闹到最后，沈童差点儿气死，而周围的同学却差点笑死。

江新不知道自己为什么会这么笨，他想他一定是还没有发育完全就被生出来了，明明是一句很正常的话，可一旦从他嘴里说出来就完全走了样。如此时间一长，也就没有几个同学肯理会他了，吃尽了祸从口出的苦头以后，他也不敢再与别人主动搭话了。

上课的时候他一动不动地趴在桌上，老师讲半天课，他未必能听懂一句，就算听懂了也未必能记住。下课的时候还是一动不动地趴在桌子上，别人怎么玩都不会想到他，他也不敢自告奋勇去参加。他整天都什么事也没有，在学校里唯一的任务就是熬时间。

从小就有些智力缺陷的他，无论走到哪里都是人们眼中的"蛋白质"——笨蛋、白痴、神经质。没办法，父母就让他上学，只要有一丝机会就绝不放过，说是在学校里总比在外边好一些，说不定将来还好歹能考上一所大学呢！

但是江新并不喜欢待在学校里，这里与他朝夕相处的只有冷落和无聊。刚一开始，为了打发时间，他就在桌子上转笔玩。心里盘算着，如果前头指向他，那他就是"蛋白质"，如果后头指向他，那他就不是"蛋白质"，可转来转去，总是前头指向他的时候多。他也总是生气，生那支笔的气，也生自己的气，渐渐地他就不再转笔玩了。

后来他又开始画画，用不到小学三年级的水平去画一些小猫小狗小鸡小鸭之类的弱小动物。有时画着画着冷不丁被人从背后抢了过去，于是又会拿他取笑一番。

再后来他也不这样画了，干脆就拿着笔往课本插图上画，给男的涂上口红，给女的画上胡子，把人改成猴子，再把猴子改成人。

然而就在刚才，他却又因如此乱涂乱画被同桌臭骂了一顿。因为正当他画得起劲时，同桌怒气冲冲地过来一把把课本夺在了手中，他这才看清楚，那本书上面写的是同桌的名字。

四

月上柳梢头。

到中旬了，月亮也将近全圆了。明亮的月辉轻轻吻着大地，垂柳的疏影在风中微微摆动。熄灯铃打响一会儿了，沸腾的角角落落已经渐渐安静下来。

夜好静谧，宛如一潭微风轻拂下的春水。

张国豪又把谭华"请"到了老地方，操场北边第三棵柳树下面。

明朗月光下的谭华，即使是生着气，也依然楚楚动人。惹得张国豪又不禁想入非非，道歉之心也更加坚定了一些。

"找我干吗？"谭华嘟着嘴，明知故问。

"给你赔不是嘛，每次都在这儿的。"

谭华"啧啧"了两声说："谁敢让你张大少爷赔不是啊？你可别把本姑娘的阳寿一下子给折没了。"

张国豪不顾谭华的挖苦，说："那天是我一时糊涂说错了话，我当时只是想跟你闹着玩的，其实在我眼里……"

"你爱夸谁夸谁，关我什么事！"

"当着你的面夸别人，这是我的不对，我也知道你想让我……"

"想让你去死！"谭华说完，转身就摆出一副要走的架势。

张国豪赶忙拉住她，说："先别走啊，还有东西要给你呢！"

谭华一甩手说："我不要，要不起！"

张国豪变魔术般从背后拿出一个精美的音乐盒，举在谭华面前，然后轻轻地打开，美妙的音乐顿时就荡漾开了。

音乐盒的中间是个可爱的芭比娃娃，随着音乐的响起，芭比娃娃缓缓转动着。在娃娃的四周，还有一圈七彩小灯，月光之下，一闪一闪的，煞是好看。

谭华一看到这音乐盒，就惊喜地叫起来："哎呀，芭比娃娃！是不是金园礼品城里那个啊？"

"当然是了。"张国豪说。

"你怎么知道我喜欢这个啊？"谭华捧在手里，爱不释手，"全县城可就那一个地方有卖的！"

"我是谁呀！"张国豪得意地说，"怎么能不知道你喜欢什么呢？"

谭华白了他一眼，说："德行！"

张国豪在冥思苦想了好几天之后，终于想起来谭华曾经跟他提过芭比娃娃的事，于是他就发动自己的狐朋狗友全城搜索，最后才在金园礼品城找到这个。依蒙县不是时尚大都会，能搞到这个音乐盒，着实花了他不少力气。

不过看到谭华这么喜欢，张国豪心里也就满意了，于是赶忙趁热打铁说："这回不生我气了吧？"

"谁说我气了？你配让我生气吗？"谭华一歪头反问道。

"那你为什么好几天都不和我说话？"

"不和你说话又怎么了，我就是讨厌你不行啊？"谭华说，"我问你，今天下午干吗跟班主任发那么大脾气？"

"心里烦嘛，你都不理我了，我哪还有什么好心情？"

"心情再怎么不好也不能跟一个老头子吵架啊，你以为你是谁？"

"遵命！以后再也不敢了。"张国豪嬉皮笑脸地答道。

谭华抓住他的脸狠狠地拧了一把，"你少在这耍贫嘴，赶紧回去睡觉了！"

五

月色很好，刘老师也睡不着。

想来今天的事也怪自己，不就是听听歌吗？有什么大不了的，无论如何也不至于那么大动干戈。或许换了别人也就过去了，可他就是看不惯张国豪那副纨绔子弟的样子，这种坏学生，如果不好好教训教训，迟早是个害人精。

经过这么多年的计划生育宣传，人们也逐渐意识到子女少的好处了，再加上国家的严格控制，即使是农村，也大都超不过两个孩子了。孩子一少自然就都成了父母的掌上明珠，加倍地宠着爱着。这样固然让孩子得到了更多的关爱与呵护，可同时也惯出了一大批小皇帝、小太岁。对于孩子们来说，这到底是爱还是害呢？

刘老师在气愤之余，也感到了自己的不对，和张国豪闹翻事小，可作为班主任，在班里失去了人心则是事大了，他觉得今日之举有点得不偿失。

夜里睡不着，他想去男生宿舍外边听一听他们都在说什么。

男生宿舍外边静悄悄的，可里边却早已乱作一团，夜夜都是如此。

刘老师今天固然让人觉得生气，然而对于谈论他，同学们大都是没有兴趣的，在他们眼里，明星永远比刘老师受欢迎。

他们一会儿研究某明星做没做整容手术，一会儿又讨论某明星拍的三级片，翻来覆去都是一些无聊至极的话题，刘老师实在搞不懂他们心里是怎么想的。

张国豪回到宿舍时，被刘老师撞了个正着。一想到白天的事，他就有气，不过自己终究是个老师。

"干什么去了？到现在才回来。"刘老师按下性子问道。

"去厕所了，我拉肚子。"

刘老师知道再问下去也没什么意义，就说："赶紧回去睡觉吧。"

张国豪一进宿舍，床位在门口的刘咏波便问："哟，又去会佳人了？"

张国豪给了他一拳说："别说话，狼来了，就在门外边站着呢。"

一群说话的舍友听到这，便都不作声了，各自在心里头迅速地过滤，想想自己这一晚上说过多少"犯戒"的话，以便事先有所准备，免得到时候批评起来无言以对。

刘老师这时已经进来了："都什么时候了还不睡觉，到明天谁要是在课堂上打盹儿，就给我小心着点！"

他的话刚一说完，宿舍里就响起了一连串的呼噜声。

"装什么洋蒜，不愿睡滚出去！"刘老师一听气就不打一处来。

好半天，直到没声音了他才往外走，可这时的刘咏波却又说："老师，帮帮忙把门带上吧，我没拖鞋。"

"没脱鞋还让我带门干什么？"

刘咏波裹着被子嘿嘿笑了两声，然后一本正经地解释说："老师你弄错了，我是说没'拖'鞋，不是说没'脱'鞋。"

刘老师听完一甩手就走了。

第六章

一

不知怎么的，这个午饭后教室里竟然比往日上课时还安静。一向吵闹惯了，突然安静了下来，竟让人觉得有些不自在。

冷不丁闯进来的朱飞打破了这份安静，他手里拿着两份报纸，是校报《阳光天堂》。

《阳光天堂》已经办起大半年了，是学校里唯一合法的课外读物，再说平时学校里也没有多少东西可供学生们看，他们已经渐渐有些喜欢它了。

看到校报心里就不痛快的，除去付文强恐怕不会再有别人。

朱飞跑进原本很安静的教室里，一边推着小眼镜一边大喊大叫："快看快看，咱班出文学天才了！简直就是文曲星下凡呀！"

不少同学一听都条件反射般地看着付文强。"错啦，错啦，"朱飞把手中的校报摇得"哗哗"作响，"我就知道你们会猜付班长，可是这回的正确答案是冯军同学。这一期《阳光天堂》上有他的三篇文章呢！整整占了一个版面，你们说这不是天才是什么？"

尽管同学们平日里多多少少都有些讨厌冯军，可当听到他还有如此本领时，依然是一片赞叹声，对于那两张带着冯军荣耀的校报，也纷纷伸手准备抢过来先睹为快。

朱飞一看场面火爆，急忙喊道："大家都小心点啊，千万别弄坏了！"

他又找了个机会夺回一张来，虔诚地捧着送给了正在座位上面静静看着这一切的冯军，同学们接着又都尾随过去，众星捧月般把冯军高高举起。

冯军似乎对周围那些人的称赞与恭维并不感兴趣，他悄悄地扭头看了看付文强，付文强恰好也在这时抬起头来看他。

随即，他便从嘴角撇出了一丝得意扬扬的微笑。

二

听到冯军一连发表了三篇文章的消息，付文强一声不响地坐在位子上，没有任何表示。

后来他忍不住抬头看冯军时，碰巧冯军就对着他笑了。那一笑，他还是很在乎的，他当然知道冯军此刻的洋洋自得是因为什么。

付文强和冯军的关系曾经还算不错，虽然没有达到知根知底的地步，却也比一般的朋友要好一些。

他们之间出现大的裂痕是在高一时的一次作文比赛中。

作为语文老师，刘成民当然希望每一个学生都能把作文写好，假如他也能像寿镜吾栽培鲁迅一样培养出几个文笔不错的学生，那么不光是自己脸上光芒万丈，就连这间"三味书屋"也能流芳百世了。

可学生们却总是拿写作文不当一回事，完全是一副应付公事的模样，每次他刚说出题目来，下边就开始嚷嚷了，不是嫌偏就是嫌旧，叫着嚷着埋怨长此下去会把他们的想象力和创造力全部扼杀在了摇篮里。

他一听气就不打一处来，如今这些学生真是没法儿治了，吃饭挑挑拣拣，穿衣挑挑拣拣，就连写篇作文也挑挑拣拣。他便说，越是偏的题目你们越要写正，越是旧的题目你们越要写新，这才叫想象力，这才叫创造力，这才叫水平呢！

谁知学生们依然不买他的账，公然反驳说这要送到中国作家协会才能行。

有一次，刘老师从一本参考资料上找了一个很好的题目，就拿到课堂上叫同学们去写。他说，这可是新概念大赛的题目，你们也要以参赛的形式去写它，我倒要看看咱班的同学究竟有多大能耐。写完后咱们也进行评选，你们要是觉得我没水平那就找别的语文老师。评选出的前几名一定要好好奖励一下。

班里的作文高手们一看题目的确不错，就都跃跃欲试，这里边当然也包括冯军和付文强。往刘老师手里交作文之前，他们难免会先互相传看一下，自己摸摸底，估量估量位置。冯军对别人的没太在乎，说得更明朗一些，他根本都没把他们放在眼里，冯军放在眼里的竞争对手只有付文强一个。

他看了看付文强的作文，又仔细对比了一下自己的，然后便胸有成竹了，他对付文强说我这次有八成的希望能赢你。

然而最后的评审结果却是出乎意料的，付文强用剩下的两成希望赢了他，抢得了比赛第一名。

冯军对此很不服气，就去找刘老师。刘老师说这可是三四个语文老师一起评的，又不是我一个人的意见。再说了，第一名和第二名的奖品都是一样的，没必要去较这个真儿。

冯军的"篡位"最终没能成功，然而从那以后，付文强却很明显地感觉到冯军对他的敌视了。也是从那以后，付文强才清楚地知道了，冯军原来是把他当作竞争对手的。

接下来的时间里，只要付文强细心留意，就时常会看见冯军手里在一本一本地换着各种写作宝典。为了要超过付文强，他宁可花费掉大量正课时间，破釜沉舟般地不惜代价。

付文强没想到事情会变成这样，他实在无意去和冯军来个"梅雪争春"。为了避免更多不必要的冲突，原本很喜欢投稿的他，从此也只能默默进行。

但是冯军并未因为他的退让而罢手，有时候他会向付文强公开挑衅一下，有时候他也会有意无意地加给付文强一些莫须有的罪名。渐渐地，他们就由不亲不远的朋友变成了不冷不热的对手。

冯军现在可以洋洋自得地向着付文强笑了，因为付文强老早就有从《阳光天堂》编辑部里拿回一大沓退稿的笑柄抓在冯军手里。

对于同学们的曲意奉承，冯军一副爱理不理的样子，他的同桌陈朝晖却感到厌烦至极，陈朝晖把凳子一拉，跑到不远处付文强的桌上去了。

"看把他狂的，还真把自己当人物了。"陈朝晖说。

付文强似笑非笑地一努嘴，没说什么。

"他这可都是冲着你来的。"陈朝晖又说。

"来就来呗。"

"那你就这样让他蹬鼻子上脸啊！"

"犯得着跟他一般见识吗？"付文强一副不以为然的样子，说："跟他有什么好斗的？"

陈朝晖无奈地嘲讽道："你们这些人，都是一样的臭德行，假清高！"

三

冯军是一个很奇怪的学生，自始至终他的学习成绩都并不突出，甚至连语文成绩也不见得有多好，可他的作文却写得很不错。

从小就爱出风头的他，总盼着自己能时时刻刻倍受瞩目。上初中时，成绩平平的他唯一值得骄傲的地方就是写作了。那个时候，大家对于写作水平高的同学还是很另眼相待的，一般都会被冠以"才子"的称号。这让冯军的虚荣心得到了极大满足。

然而遇上了付文强，他在第一个回合里就被从至尊宝座上赶了下来。而且从此以后，就一直没能爬上去。

内心深处，他是佩服付文强的，平心静气地好好审视一下自己，的确在很多方面都比不上付文强，这其中自然也包括写作。然而他又嫉恨付文强，因为他觉得付文强夺走了许多原本属于他的荣耀，只要付文强在，他就只能当配角，对此他有着一万个不甘心。所以在平时的交往当中，他总是有一种要和付文强一争高下的倾向。争来争去不为别的，就是一口气而已，但在最让他感到骄傲的写作上，却始终都是付文强的手下败将。不少知情的老同学都讥笑他江郎才尽了，为此他很是懊恼，渐渐地，也就越来越敌视付文强，越来越想打败付文强了。

高一时的那次作文比赛他是很在乎的，那篇参赛作品中的每一字每一句都凝结着他的心血和汗水。后来他看了付文强的作文，从中找出了几处自己文章中并未存在的缺陷，就感到胜券在握了。于是他不但跟那几个老是讥笑他的老同学定下了每人两瓶可乐的赌约，而且还向付文强作了夸口。

可结果却是他又输了，输掉几瓶可乐倒也还罢了，在自己的朋友和对手面前彻彻底底地输掉了脸面却让他无法忍受。因此，他也确信付文强是有意要跟他过不去的。

冯军长到了十七八岁，最不能容忍的就是别人与他作对，并且还是那个老压制他的人。他觉得与其在付文强身边总是抬不起头来，倒不如远远地离开他。只要能夺回昔日属于他的一切，他宁可不要这个朋友。

埋下头来学习写作是件很枯燥的事，或许就这样去硬钻创作理论也并不是最简捷、最行之有效的方法，但是除此之外他别无选择，他要做给别人——付文强、讥笑他的老同学，还有所有的人——看看，年轻而要强的心不容许他如此轻而易举地就认了输。所以他放弃了许多自己原本想做的事，只为等待一个结果。

有时候，面对讲台上老师的提问，他一脸茫然；有时候，看着离他越来越远的同学，他一脸漠然。渐渐地，他就孤立了自己，他不是老师们眼里的课堂骄子，也不是同学们身边的倾心挚友。他知道这样做其实是得不偿失的，但最终还是没能把战胜付文强的那份好强之心放弃。

年轻气盛的人难免会有一个死不认输的毛病，哪怕明知自己不对，还是会执拗地坚持到底。

后来他向《阳光天堂》的频繁投稿一直都是偷偷摸摸进行的。虽然一次次石沉大海，但他不灰心、不丧气，因为他知道，付文强曾经也有从编辑部领回退稿的经历。既然如此，他就没有输，至少在《阳光天堂》这一点上没有输。

前不久，有一个校报的编辑告诉他：那篇《只要生活里还有阳光》写得不错，已经决定在这一期上登出来了。同时还说了一大堆鼓励他的话，让他再接再厉，继续努力下去，说不定一两年的工夫就能挂上个少年作家的头衔。并举了两个实例说著名作家刘绍棠十三岁就能写小说，深圳女生郁秀十六岁就完成了风靡全国的《花季·雨季》。

冯军一听高兴得不得了，倒不只是因为校报编辑的那番鼓励，小小年纪就能成为一名作家，这固然是求之不得的，但更重要的却是这次他做到了他的对手所未能做到的事。

他想，量你付文强再有本事，可我还是赢了你一次。并且他坚信有了第一次就一定会有第二次、第三次。

由于久遭压抑的心情得到了舒畅无比的放松，一时间文思也如泉涌，当天晚上三节自习下来，又有两篇激情洋溢的文章脱稿而出。他马不停蹄地连夜誊写好，连夜叩门送去，没想到今天三篇文章竟一起被刊登了出来，从而开创了全校投稿史上的新纪录，也给了付文强有力的迎头一击。

所以他才会对着付文强冷笑，并且用这一笑堂堂正正地告诉付文强：你投上一连串稿子的结果是全退了回来，而我投上一连串稿子的结果却是全登了出来。

冯军痛痛快快地出了一口气，为了这样一天的到来，他真的是绞尽脑汁，心力交瘁了。能看到付文强无话可说地假装镇定，能看到往日对他爱答不理的同学都过来夸他，他告诉自己一切付出都是值得的。

但这才只是一场小战役，离决定性的胜利还远着呢，他还得顺着这条路往前走。从他笑的那一刻起，就已经开始正式收复失地了。下一个目标他要争取当上班里的通讯员。一旦争取到了，他不仅会更努力地去写，还会态度谦和地去请班上的同学都来投稿，以便让编辑部里乃至于整个学校都知道他干工作有多么用心，多么出色。

但是他绝对不请付文强写，就算付文强亲手交给他，他也一定不接。

四

付文强没想到林晓晴一见面也提这件事。她说："你们班那个冯军还真行啊，以前从未听到过他的什么动静，这回却一下发表了三篇文章，而且每一篇还都写得不赖。大作家先生，谈谈你的感受吧！"

付文强举起双手说："对此，我有权保持沉默。"

"为什么？"林晓晴不解地问。

"他一直把我当作竞争对手，"付文强直言不讳地说，"这个时候，我不管说什么，别人都会觉得我是居心不良。"

林晓晴歪头盯着付文强，问："请问这个'别人'是包括我呢，还是专指我呢？"

付文强一听自知失口，尴尬地笑笑没有说话。

"竞争对手怎么了？这样不是更好吗？他写你也写，然后你们去展开一场轰轰烈烈的口诛笔伐，就跟现在的文坛一样，那该有多热闹呀！"

"我才没这么无聊呢！"付文强说。

"哟，"林晓晴逗他说，"大作家先生感觉自己的宝座不稳了，开始心虚了吧？"

"千万别瞎猜啊，我可没这个意思。"付文强说得极认真，仿佛林晓晴那样理解是对他天大的冤枉一样。

林晓晴笑了，"知道知道，再过几年，就是'依然故我'先生统领中国文坛了，你还有什么好怕的呢？对吧？"

"你怎么知道的？"付文强感到惊奇了。为了避免一些不必要的麻烦，他往外投稿时总是会用笔名。知道这事的也只有陈朝晖一个人罢了，他不信陈朝晖会偷偷地去向林晓晴告密。

"是那篇《走进雨巷》出卖了你呗，"林晓晴故意揶揄说，"我先是在你的作文本上看见过，后来又在报纸上看见了，要不是你的话，那就只有两种可能了，一种是你抄了那个叫'依然故我'的家伙的，另一种是那个叫'依然故我'的家伙抄了你的！"

这百密一疏的一点让林晓晴抓住了，结果借题发挥，狠狠地把付文强挖苦了一番，付文强没办法，只好求饶。

"付文强这个名字也不是很难听呀，为什么你还要取笔名？赶时髦啊？"林晓晴又说。

"对啊，"付文强说，"看到别人一个个都在取笔名，我也眼红呗。"

"真的是吗？我觉得'依然故我'的意思就是走自己的路，而不去随波逐流，"林晓晴对此表示怀疑，"能用这个笔名的人，应该不会那么没水准吧？"

"承蒙夸奖，小生不胜感激。"付文强拱手说道，他难得有这样贫嘴的时候。或许冯军冲他而来的嚣张气焰，确实给他带来了一些压力，就算称不上压力，但至少也是一种压抑。

林晓晴突发奇想地问道："你说我要是也取个笔名的话，该叫什么好呢？"

付文强见机会来了，就想趁机报复她一下。"依我看啊，最适合于你的笔名就是'晴格格'了，你不是连做梦都在想当格格吗？"

"你以为除了琼瑶的小说我就什么都不知道了？想打击报复我，门都没有！"林晓晴嗤之以鼻，"叫'晴格格'还不如叫'太后老佛爷'呢，那多牛气！"

说罢两个人同时笑了起来。

笑完了，林晓晴又说："我再问你，既然你写文章这么厉害，为什么一直都不往《阳光天堂》投稿呢？说实话，是不是嫌它太差劲了？"

付文强看着林晓晴那副打破砂锅问到底的架势，挠挠头说："要是你真不嫌烦的话，那我再给你讲个故事吧。"

林晓晴一听，笑盈盈地指了指付文强的头，说："你这脑袋瓜里怎么有那么多故事呀？"

五

一提到《阳光天堂》，付文强心里就难免疙疙瘩瘩的。他说："原本我也很喜欢《阳光天堂》的，还往里边投过稿……"

初中时，付文强所在的南河中学就有校报，他也经常在上边发表文章。到了高中后，学校才刚刚起步，别说是办校报了，就连一些最基本的教学设施都还不尽完善。

在应试教育框架之下，高中就被视为决战命运的关键时段，因此各处的老师们也都增大了禁令的强度。学生们虽然时不时地会有令不行，有禁不止，但毕竟也失去了很多自由，其枯燥程度也是可想而知的。

后来，学校提倡由学生自己创办社团，付文强便找了几个志同道合的同学，准备成立一个文学社，然后再办一份报纸。

主意既定就去设计方案，方案设计出来就去找校务主任商量。校务主任一看办报纸要涉及钱的问题，就让他先去找财务处长"胖子余"。

付文强到了财务处以后，"胖子余"却扳着手指头一张一张地跟他算报纸钱，先算一期的，再算一年的，然后又算他们在校这三年的，算来算去竟然算出了一笔不小的数目。接下来"胖子余"又拿出账本来让他看上个月老师的工资有多少，水费有多少，电费有多少，电话费有多少……而上级部门又不会拨给一分钱，其困难拮据状况，"胖子余"说你自己想想去吧。

说了半天，"胖子余"总算给了付文强一个答复，他说："这事也不是我一个人说了就算的，它要牵扯到学校的方方面面，你先回去等等再说吧。"

可付文强回去后左等右等，等得日落山后，等得月沉西厢，也没听到"胖子余"再"说"起过。时间真的可以冲淡一切，这事也是一样，慢慢地就不了了之了。

后来，学校里有几个老师自己办起了《阳光天堂》，这让付文强十分兴奋，他确信那里也是他写作投稿的天堂。时间不长，他就一下子投上了好几篇批判社会丑恶现象的文章。

身处的社会中存在着许多不良现象，付文强觉得，对此每一个人都有责任站出来指正，这样才更有利于社会的健康发展。

但是那几篇文章一投进《阳光天堂》，就仿佛石沉大海般杳无音信。

过了一个多月，付文强实在等不下去了，就到编辑部里去问。在那里的一位老编辑翻出他的稿子又重温了一遍，然后义正严词地对他说："你的文笔是不错的，可就是思想有问题呀！而且很有问题！

不是我吓唬你啊，同学。社会是有让人不满意的地方，但那是你、是我、是我们这种人想说就说的吗？记住，你的身份是学生，你的任务是学习，除此之外的事最好都别去招惹，闹不好到最后倒霉的是你自己⋯⋯"

未等他说完，付文强已经拿着那沓稿子转身走了，并发誓从今以后再也不往《阳光天堂》上投稿了。他实在不知道人们这些明哲保身的处世哲学是从哪儿学来的，怎么一个个都用得如此得心应手？

林晓晴听完禁不住笑了，付文强这份钻牛角尖的劲头实在是傻得可爱。

"就算真生气，过了这么久也该消了吧？现在，我以《阳光天堂》通讯员的名义来向你约稿，你写不写啊？"林晓晴问。

她说的固然也没错，可付文强却不想在这个节骨眼上再去招引一些闲言碎语，于是也来了一次"明哲保身"。

他说："回头再说吧。"

第七章

一

胡书明忽然接到通知说县教委的张副主任要下来检查工作。这个张副主任，是阳光中学的分管领导，同时也是前不久辞职的那个张老师的叔叔。他为何在这个"青黄不接"的时候下来检查工作，让胡书明心里有些没底。

不管是什么单位，只要一听说上级要来检查，大抵都得忙活上半天。胡书明召集起学校所有骨干简单开了个会，然后就各自忙开了。

学生们首先要做的就是打扫卫生。当然平时也不是不打扫卫生，但那在绝大多数情况下其实都是应付公事，拿着扫把随便扫上两下就完了。只有听说领导要来检查时，才会全校总动员，彻底地去打扫上一次。由于多日来的积攒，这一次是会打扫出很多垃圾的，垃圾坑里放不下了就挖坑埋，一个坑不够用就多挖几个。可笑的是，一锹还没铲到底，上次埋下的垃圾已经露出来了。

卫生状况是门面问题，因此必须放在首位。打扫完卫生以后还要交各种各样的作业。平日里老是不交作业的同学，在这时恨不得长出三头六臂十二双眼睛来。一本正经地做是做不完了，最好的办法就是吃"方便面"——抄别人的。自己抄不完就找人抄，一个人不够找两个，两个人不够找三个，有时都抄得五花八门、驴唇不对马嘴。

作业交上以后还要经过一番细心整理：好的放在上面，差的放在底下；交齐的放在显眼处，没交齐的放在隐蔽处。

实验室里的各种仪器虽然因为长时间不用而蒙上了一层灰尘，但等领导们见到时早已被擦得锃光瓦亮了。

这些都做完了，还要被班主任们揪到一起训上半天话：见了领导主动问好，说话态度要和气，哪些话要说，哪些话不要说心里一定得有个数——当然是对学校有利的话说得越多越好，对学校不利的话一句都不准说。

学生忙，老师也没闲着，备课本没写满的要抓紧时间去补，其他资料没准备齐全的也得赶快去东拼西凑。

说到底，这其实还是在应付公事，胡书明心里自然比谁都清楚，但是阳光中学才刚刚起步，各方面管理都不怎么正规，为了学校能在检查中拿个好成绩，对此他也不得不听之任之。

一切准备就绪以后，胡书明就开始焦急而紧张地等待着领导们的莅临了。

今天早上出门时，妻子依然和往常一样反复叮嘱他要多注意休息，有空就回家里吃顿中午饭，老是在学校胡乱填那么两口，营养跟不上。

胡书明有一个好妻子，她不仅是他的挚爱、他的伴侣，更是他事业上的支持者。和妻子结婚时，家里一穷二白，可妻子不但没有因此说一句埋怨的话，相反，每每在他潦倒失意之时，还总是殷殷切切鼓励他让他重新振作起来。

正因为这样，他才有了阳光大酒店，有了百万身家。后来他要办学校时，妻子说这条路不好走，劝他不要办了，但也仅此而已。当他把一个崭新的阳光中学高高矗立在依蒙大地上时，妻子也没再说什么，她默认了。

有时候，默认也是一种支持。

况且，在阳光中学经历了一年多的风风雨雨之后，他的确曾因为当初没听妻子的话而感到后悔过。

以前家里穷得很，整天围着柴米油盐转，夫妻俩倒是形影不离。现在家里有钱了，乱七八糟的事也跟着多了起来，反倒是连吃饭都凑不到一块儿了。

每次出门前，胡书明听到妻子说那些话，都下决心一定要让她高兴一回，可现在想想，他中午回家的次数还真是寥寥无几。这一天，等张副主任一直等到快十二点，他知道自己又要食言了。

中午饭胡书明是在学校吃的，他虽然不能保证张副主任大中午会来，但也不能保证人家大中午不来。为了做到万无一失，他也只好像在家里等他的妻子一样坐着干等了。阳光中学实在是太弱小了，无论在哪一个领导面前，他这个校长都没有什么资格可摆，更别说是面对县教委的张副主任了。

张副主任到阳光中学时已经夕阳西下了。领导毕竟是领导，忙！很多情况下都不能做到准时准点，这在一定程度上也让下边的人更加确信凡是领导都有架子。

张副主任一行并没有几个人，像在其他时候其他学校一样，由胡书明陪着他们到那些该检查的地方转了一圈就结束了，用不了多少时间。然而检查结束后，张副主任却冷不丁地问了一大堆问题。不可否认，有些问题的确是胡书明工作中的不足，但他觉得，张副主任更多的是在鸡蛋里挑骨头。

不管怎样胡书明都知道，以后的日子里，他是闲不下来了。

二

作为一名老师，要想让学生学好自己所讲的课，首先要做的就是培养学生的兴趣，让他们喜欢才行。毕竟，兴趣是最好的老师，有了兴趣，才可能会有学习的动力。

白老师的课讲得很好，历史课已经成了同学们最爱上的一门课了。

陈朝晖本来是很讨厌历史的，可自从听了白老师的几堂课之后，他再也找不出一点不喜欢的理由来了。这一重大转变，连他自己都感到了吃惊。

陈朝晖的学习成绩并不是很好，在这个还不敢和公办学校相比的班里也只能占到中上游。从小学到现在，他从没有过三更起五更眠的经历。调皮好动的他，迟到早退是经常的事，有时甚至还旷课去爬树掏鸟窝，下河捞螃蟹。

初中快毕业的时候，别的同学都忙得连饭也顾不上吃了，可他依然找不到一点紧张感。该学的时候未必能安心学，但该玩的时候却一定会尽情去玩。晚上放学铃一响，第一个往宿舍跑的，从来不是别人。

中考成绩下来的同时也宣布了他的落榜，他的成绩与录取分数线的差距是二十五分。所以他也最恨"二十五"这个数字，陈朝晖总觉得二十五似乎和二百五沾点干系，可他不是个二百五。

中考的落榜，着实让他后悔了几天，能有机会到阳光中学上高中，他也知道要抓紧学习了，可还是没有达到"两耳不闻窗外事，一心只读圣贤书"的境界。在他眼里，只要自己的成绩还能说得过去就行了。

陈朝晖一直都不愿背书，尽管他也曾为此吃过不少苦头，可本性依然难改。分科时，对理科更没兴趣的他，只好硬着头皮进文科班了，据说文科班的学生要比理科班的学生浪漫。比如说看到天上的月亮，文科生能想到人生、爱情等一大堆美好的事物，而理科生想到的却是圆规、半圆仪之类的玩意儿。这当然不是真的，不过陈朝晖却觉得这个说法很有意思。

进了文科班以后，他还是老样子，况且历史老师又是长着一张"僵尸脸"的"弓长张"，这更坚定了他将历史讨厌到底的决心。

气跑"弓长张"之后，陈朝晖正准备和历史课一刀两断呢，没想到在这个时候碰上了白老师。

白老师给陈朝晖的第一印象特别好。他觉得白老师是一座桥，将他和历史这两个陌生的彼岸紧紧连在了一起。他真的喜欢上历史课了，无论白老师布置什么样的作业，他都会去认真完成，哪怕是很绕的历史辩证题，他也能一字不差地背下来。

这时候，陈朝晖才相信，原来只要用上心了，干什么都不会太难。由于打心眼里喜欢，他的历史成绩自然也进步很快，虽然白老师对每一个同学都很好，可也多少有些偏爱他了。

白老师总喜欢穿白色的衣服，不时穿梭在同学们中间，真的就像一朵白云。她是个严格的老师，却不是一个严肃的老师，不管什么时候，白老师脸上总是带着淡淡的笑容，这让她显得特别平易近人。

课堂上，白老师讲着讲着，偶尔不经意地一转身，她的长发尤如黑色的瀑布一般倾泻下来。这一直是陈朝晖眼里最闪亮的风景。

在他看来，白老师是一个完美的老师。

这一节课是单元小结，要总结的东西很多，白老师宁可自己累一点，也不能让同学们理不清头绪。她写完整整一黑板后，准备擦出一块地方来继续写剩余的内容，可刚擦了两下风就吹来了。粉笔末迎面扑向白老师，呛得她老半天咳嗽不止。

正当同学们都在咒骂这该死的风时，陈朝晖起身走上了讲台。

"老师，我来擦吧！"他说。

白老师一看是陈朝晖，就微笑着把黑板擦递给了他，还没来得及开口说什么，又是一阵咳嗽。

陈朝晖走上讲台，三下五除二就把黑板擦得干干净净。

"谢谢啊。"白老师说。

正往回走的陈朝晖一时没听清，就停下脚步回头等着白老师再重复一遍。

"你帮我擦黑板，我说谢谢你。"白老师笑吟吟地又说了一遍。

这次他可是听清楚了，然而一下子又觉得不好意思起来。站在那里一会儿挠挠头发，一会儿摸摸鼻子，不知道回答什么才好，把下边的同学逗得哄堂大笑。

陈朝晖本以为是自己不知所措的样子让同学们发笑的，他都一动不动了，可下边还是笑个不停。他再伸手去摸鼻子时才恍然大悟：擦完黑板，弄得满手都是粉笔末，刚才肯定是抹到脸上去了。

陈朝晖见白老师和同学们都笑个不停，自己也跟着哈哈大笑起来。

三

教几何的孙老师已是个年近花甲的人了，也是从公办学校退休之后又来这里二次打工的。他以前上课从不会迟到，可最近的几节课却一直没来，都是改成了自习，由刘老师来盯着，只说孙老师家里有事，请假了。

课间时间不少同学都在谈论此事，他们比较喜欢孙老师，因此对他为什么不来上课也都比较好奇。

百无聊赖的张国豪很反感身后正在夸夸其谈的冯军，不就是发表了几篇臭文章吗？有什么好拽的，天天把自己弄得跟大作家似的。于是张国豪说："冯军，你不是和校长室里的小方打得火热吗，去问问她不就知道了？"

小方叫方圆，二十岁出头的一个高中毕业生，是胡校长的小姨子。他在校长室当助理，负责端茶倒水，接待客人。

冯军是在一次到校长室送东西时认识她的，说过几句话而已，也谈不上多熟。他心里虽然不愿拿谭华开玩笑，可一听张国豪当着这么多同学让他下不来台，再说谭华正好也不在，还是反击说："你才跟小方打得火热呢！要是让谭华知道了，非休了你不可。孙老师来不来上课，关我什么事啊！"

不过说归说，后来他还是去了。他既然要全面超越付文强，就不能放过同学们给他的任何一次机会。

冯军一去还真问出来了，孙老师没来上课的真正原因根本不是什么家里有事，而是因为和胡校长吵架了。

前天发工资了。发工资对其他老师来说是件值得高兴的事，说不定还会拉上几个朋友去好好"腐败"一回，然而对孙老师来说却不是这样的。他辛辛苦苦、起早贪黑地教了整整一个月，结果只给发了三个星期的工资。孙老师不明白，就去问财务处长"胖子余"。

"胖子余"一笑起来，满脸的肉都乱哆嗦，他说这是胡校长批的，不关他的事，他只负责发钱。

于是孙老师又跑去问胡校长。

胡校长忙得不可开交，孙老师在吃中午饭的时候才找到他。一问方知是因为上个月他有一个星期没签到，学校有规定，只要没签到的就算旷工。

孙老师听完气坏了，他说这个月我还是不签！

胡校长曾经是孙老师的学生，也是后辈，但他现在毕竟是这个学校的校长。当着那么多人，他也不再顾忌什么了，口气很强硬地说："没签就接着扣，这是学校的规章制度，谁违反了都一样！"

一提到这规章制度，孙老师心里就更加生气。学校是规定老师来了以后要先到校长室签到，可既然来了，又用得着签什么到呢？况且，哪个老师不上课，各班班长也会及时反映上去的，这签到纯粹就是形式主义！

孙老师每天都来得很早，上个月末的一天，他去签到了，可校长室还没开门。他就到处找小方，忙活了大半早晨也没见到小方的人影。他一气之下就干脆不签了，他说我还不如腾出点时间来多给学生改两本作业呢！

胡校长说那是因为小方的母亲病了，我批准她那几天晚来半小时的。

就在校长室里的小方听到这，赶紧打圆场说："我提前就在小黑板上通知过的，可能孙老师没有注意到……"

"那也不行，"孙老师说，"这制度本身就不合理，不签到为什么要扣全天的工资啊？"

这固然说得不错，可胡校长也有他不得已的苦衷。学校里老是有那么一部分老师，还不如学生抓得紧呢，拿迟到早退从不当一回事，胡校长说得嘴皮子都磨破了也无济于事，所以他就把这项制度明文规定了出来，还把扣工资加上了。本打算这样能给那一部分老师敲敲警钟的，不想又弄出这种事来了。

最后他告诉孙老师说："是你违反制度在先，这事也不能怨我，学校有这么多老师呢，咱得按规矩办事！"

孙老师虽然拿着原学校的退休金和这里的工资，可手头还是很拮据。

他家成分不好，在"文革"中整天挨批斗，大儿子的学业都跟着荒废了，手头又没有什么过得硬的技术，被淘汰下岗是很自然的事，现在二儿子又要买房子结婚，小女儿还在上大学，家里到处都要花钱。孙老师头发都白了，还是得充当苦力。

不过他说："我是穷，可也从来不赖别人的钱，工资是我辛辛苦苦挣的，是我的劳动成果，你别拿不合理的制度压人。现在我就把话挑明了，这工资要是一天不给我补，我就一天不来上课！"说完便拂袖而去。

四

星期六的天气很晴朗，这一天让林晓晴满怀期待。

林晓晴曾下决心要把忧郁的付文强拉回到阳光里，让他感受这个世界的一切美好，但是她一直都不知道该如何伸手，直到有一天，付文强把心灵最深处的秘密告诉了她。她惊讶于现代文明和封建思想还有如此的碰撞，但同时也感到了欣喜，因为她找到了付文强之所以忧郁的症结所在。

林晓晴心里盘算了好久，都觉得应该去找那个几乎和自己重名的林晓清谈一谈。很多时候，人与人之间所缺少的，就是一种沟通。

昨天打电话回家时，她就告诉妈妈今天要到一个同学家去玩。妈妈说："小妮子家也不怕人笑话，放了学不回家还老往外跑。"

可是说归说，妈妈也并不拦她，妈妈知道她已经长大了。

很幸运，今天是个好天气。林晓晴把付文强送出了视野之外，自己才敢动身。

对于这件事，她不清楚付文强知道后会怎样，说她自作聪明？说她多管闲事？说她胡搅蛮缠？她都不在乎。她觉得不去找那个林晓清，就好像心里丢了些什么似的，老是不对劲。

车子骑到一个叫南河桥的地方，后边突然热闹起来，林晓晴扭头一看，有一大群学生正从临河的一所学校里涌出来。蓦然间，她记起来了，这就是付文强初中时的母校——南河中学，他和林晓清的故事也都是在那里发生的。

林晓晴放慢速度走了一会儿，终于等到了一个付文强的小学妹。就问她知不知道杏山村在哪儿。

杏山村就是林晓清家所在的村子，听起来，那是一个很富有诗意的地方。

那个女孩说："姐姐你算是问巧了，我就是杏山村的。"

林晓晴一听感到真庆幸，她不知道自己的运气为什么老是这么好。

"那你也认识林晓清吧？"林晓晴又问。

"认识，都是一个村的，怎么能不认识呢？"小女孩说，"姐姐你是她同学吗？"

"嗯。"林晓晴点点头。到现在为止，她虽然还没见到林晓清的面，但在她心里，已经对林晓清很亲近了。

一路上，林晓晴也不住地打听一些有关于林晓清的事，小女孩虽然年龄不大，可已经很会向人说事情了。通过小女孩，她对林晓清家的状况又了解了很多。

杏山村到了，站在林晓清家的大门口，林晓晴才知道小女孩说的没错。同是在沂蒙山区这片贫瘠的土地上，同是祖祖辈辈走不出一亩三分地的农民家庭，或许几百年前还同是一个老祖宗，可林晓晴家早已是红砖绿瓦，高墙大院了，而林晓清家至今还住着低矮的茅草屋。

林晓晴轻轻敲了两下林家的破板门，紧接着就听见一阵看家狗的狂叫，目光掠过院墙，还能看见院中拴狗的槐树被拉得一摇一晃的。

这可吓坏了林晓晴。

在这里，但凡是穷苦的农家，大都会养上这么一两条看家狗。这与其说他们小题大做、穷酸无聊，倒不如说越是穷人越知道锅碗瓢盆的来之不易。

过了好一会儿板门才有动静，开门的正是她要拜访的人，林晓晴一看就知道了。

林晓清给她的第一印象就是柔弱。在路上，那个小女孩对她说林晓清有一个很霸道、很不讲理的父亲，他从不把她们母女当人看，整天不顺眼就骂，不顺心就打。或许这也是致使林晓清变得柔弱的一个重要原因吧。

林晓晴恨透了这种所谓的大男子主义和与之伴随的家庭暴力，从而更加同情林晓清了。在她的潜意识里，林晓清仿佛就是她失散多年的姐妹。

林晓清看了半天这张陌生的面孔，才问："你找谁？"

林晓晴在这个时候并没感到初次交往的拘谨，反倒有些反客为主了。

"你就是林晓清吧？"她落落大方地问。

林晓清很惊讶对面这个漂亮女孩怎么一开口就能叫出她的名字。林晓晴也不卖关子，随即解释说："我是付文强的高中同学，叫林晓晴，是晴天的'晴'，不是冷清的'清'。我来想跟你说点事。"

林晓清听罢似乎明白了什么，就说："你是付文强的女朋友吧！我们只是做了几天同桌而已，别的就真没什么了。"

林晓晴一听羞得满脸通红，老半天才说："不是不是，我真的不是他女朋友，我来也不是为了……"听到门后边又有响声，她赶忙停住了。

林晓清的母亲一边开门一边问："清子，谁来了啊？"随即便露出一张很苍老很沧桑的脸来。

"婶子，我是晓清的同学，趁着星期六过来看看她的。"林晓晴对这个母亲也撒了个善意的谎言。

"那，那就快进屋里坐吧！"林母赶忙把大门敞开。

林晓晴一想进屋后反倒更不方便了，就说："不了婶子，我一会儿就得走，就不麻烦了！"

或许林母觉得自家的"寒舍"实在不好意思用来接待这个长得漂亮、穿得漂亮的姑娘，也就默不作声了。这是穷人家说不出口的悲哀。

此时的林晓清可能也感觉到林晓晴对她并没什么恶意，就说："妈，我跟同学去西边逛逛，猪食等我回来再煮吧。"

说着便拉起林晓晴的手向着夕阳洒落的霞光里走去。

五

星期六，暮色已经笼罩了大地，胡书明又马不停蹄地奔波了一个下午，但此刻他还是不能把车头转向回家的方向。

坎坎坷坷地，路是越来越难走了，胡书明第一次感到了累。

为了检验教学质量，最近他组织了一次全校教师讲课比赛。通过这场比赛，他发现了很多问题，有些老师的水平还真不是一般的差，尤其表现在教学模式上，固化、呆板、因循守旧，加之知识面也不够开阔，讲起课来干干巴巴、枯燥无味，别说是学生了，就连他这个校长都听不进去。

眼下这些十七八岁的学生，正处于一生中最活跃的时期，也是最富有想象力和创造力的时期，如果让他们跟着这样的老师，又能真正学到些什么？家长既然花钱把孩子送到了他这里，就说明信任这里，需要这里。可是如果三年之后，从这里走出去的学生，不能给家长一份合格的成绩，他这个校长又将何以立足？

他也深深明白一点，他所招收的学生大都是中考落榜生，起点本来就低，现在教学又跟不上，那将来的结果必然不会让人满意。因此，他决定再换掉几个实在不称职的老师。好在这次是他的主动行为，可以先找好再辞退。

可是学校所能提供的福利待遇并不高，想要挖几个条件好的老师来，又谈何容易？整整一下午，他东奔西跑去了很多地方，可结果几乎是白忙活。

在教育行业打拼了一年多之后，胡书明越来越觉得身上的担子重了。学校，本来是让学生自由成长的地方，可现行的教育体制下，事实上很多方面是恰恰相反的。所有的目标都指向高考，各式各样的学生都一概而论，全社会都在追求全才教育，无论这个学生的真实情况如何，都要让他全面发展。

全才教育固然是人人所期望的，但当一些学生无法成为全才时，是否应该多创造一些机会让他成为某一方面的人才呢？胡书明在思考这个问题，他觉得，整个社会都应该来一起思考这个问题。

一下午的奔波让胡书明十分疲惫。这个时候，城里的万家灯火都亮起来了，出门在外的人们都急急忙忙地往自己家里赶去，而他却把车子开向了孙老师家。

那天的事，胡书明知道自己有一万个不应该，可在当时情况下他没有别的选择。作为一个校长，他必须时刻维护自己的威严，如果他在大庭广众之下把扣下的工资还给孙老师，那接下来的后果必定更加难以收拾。

两天过去了，他估计孙老师的气也消了，这个时候再去请他，结果可能会好一些。

别的老师他可以赶走，但孙老师不能走，孙老师不但教学经验丰富，而且在全县的教育界也是很有威望的，只要他在这里多教一天，就能给阳光中学多带来一天的声誉。这就是品牌效应，现在的人都信这个。

拐拐转转一路走来，孙老师家在一个胡同深处，难找得很。

其实孙老师也是胡书明的老师，在高中时，曾教过他半年数学课。那时候，胡书明是全班最穷最可怜的学生，却也是学习成绩最好的学生。

胡书明和孙老师虽然不是同一辈，可说起来也是一起经历过事情的。那半年的相处时间，感情很是融洽，而现在彼此阅历都深了，坐在一起的机会也有了，距离反倒是拉远了。

胡书明犹豫了一下才去敲门，开门的是孙老师的小孙女。她一看是个陌生人，"啪"地一下又把门关上了。过了一会儿，孙老师自己开门把胡书明招呼进屋，并没有因为那天的事而怠慢他。

孙老师家有一间小而拥挤的会客室，四周的墙壁上挂满了学生们赠送的锦旗和字画，有些落款名字在胡书明听起来都是如雷贯耳的。孙老师真是一个桃李满天下的老园丁了。

胡书明此时才忽然意识到，这些年风里来雨里去的，竟没能抽空来孙老师家看看，心中的愧疚感不由地又增加了许多。

"孙老师，那天的事……"

"别说了，"孙老师马上制止住他，"各人有各人的难处，再说又都在气头上。就算你不来，下星期我也会回学校的。一个当老师的，再怎么着也不能把学生撂一边不管。"

胡书明一听不知该说什么好，从厨房里涌出来的油烟把他呛得直咳嗽。最后，他从包里掏出事先准备好的钱，恭敬地说："孙老师，那天守着大伙我也没办法，现在我给您一分不少送来了。"

然而孙老师又一次制止了他，孙老师说什么也没收那些钱。"三五百块钱也没什么大不了的，咱们就别来这一套了。你说的也没错，是我违反制度在先，我还是你的老师呢，要是连我都不好好带头，那你还能指望谁？"

　　孙老师的言辞如此恳切，让胡书明差点掉下泪来。当他要起身告辞时，孙老师又拉住他说："天不早了，正好你师娘也炒了几个菜，就坐下来陪我喝两盅吧。有些话早想跟你说了，可能会对你以后的办学有用……"

第八章

一

中午饭后，刘老师早早地就到教室里去了，在以前，这种情况是从不曾有过的。和同学们接触时间长了，他也能看得出来，学生们大都喜欢年轻的老师，比方说教历史的白老师。

也的确，她虽然已经当上老师了，可看起来还是有些稚气未脱，能和学生打成一片本也不足为怪。可说实在的，刘老师对她的印象并不是很好。他觉得老师就是老师，学生就是学生，这中间是有严格界线的。尤其是一个年轻漂亮的女老师老爱穿着那些所谓突出线条美的衣服穿梭在男生之间，甚至还和他们像哥们一样说说笑笑，就更不像话了。

就算是学生喜欢白老师尚且还能说得过去，但同样是上了年纪的老师，教几何的孙老师就比他受欢迎，这实在让人大大费解。他也想了解学生，可他们的心对他来说一直都是关闭的。

刘老师进了教室，他想这总应该算是一个和学生接触的机会。为了带好这个班，他也只能多抓住一些机会了。或许他多去几次，就能消除他们对他的戒备和排斥，让他了解他们，也让他们了解他。

教室里的人不多，趁着还没上课，同学们很想多活动一会儿。

离门口最近的是谭华，对于刘老师的进门她只是歪头瞥了一眼，并没说什么话。刘老师不太喜欢这个学生，她的穿着打扮更让他看不惯，紧身的牛仔裤，紧身的毛衣，把自己裹得就像一根芝麻棍。人长得不高是天生的，没什么大不了，可她偏偏还要穿什么底厚半尺的"松糕鞋"，离远了一看，只见鞋不见人。她把头发也染黄了，虽然不很重，可还是能一眼就看得出来，这让刘老师很气愤。

看到了谭华，刘老师不禁又看了看她后边的张国豪。此时的张国豪也抬起头来看着他，目光复杂，让人琢磨不透，但总之是充满敌意的。张国豪看了他一会儿，又低下头去看自己的书了。不过刘老师知道，那肯定不是老师们推荐看的那种书。

关于这"一对儿"的事，他也早就有所耳闻，用他们的说法是拍拖。现在的年轻人可真怪，连说话都这么抽象，这么晦涩，其实不就是搞对象吗？据说他们都正经八百地过日子了。比如像买饭这样又得争又得挤的"力气活"是张国豪的，而刷饭盒之类的"家务事"则由谭华来做。听起来就跟真事一样，可刘老师觉得小孩子过家家也是这个样子的。

张国豪什么时候都让人头疼，三天两头搅得班里不安生，又是打架斗殴，又是旷课迟到，又是搞对象，下一步还说不定会干出什么更为出格的事来呢！

江新依然是趴在桌子上，刘老师仔细看了看，也没看清他在干什么。这个学生，与张国豪正好相反，在班里整天不声不响、不这不那的，就跟没有他一样。

赵红芳的位子在第三排的前边，每节课刘老师自然都看得很清楚。这几天，她的精神状态很不好，学习热情也减退了许多。就连现在，她虽然是在目不转睛地盯着课本，可也未必就真看进去了，只冲她半天都不翻一页书就能看得出来。

刘老师真希望他们之中的哪一个会突然问："老师，这个问题怎么解？"或是说："老师，咱们聊聊天吧！"可他转了大半圈也没碰上一个开口的。现在，他觉得这个班主任当得真有些失败了。

陈朝晖不在。这小子整天泡在球场上，他本可以再努力一些的。

陈朝晖的同桌冯军是在的。他也是个好学生，肯吃苦，爱学习，尤其是在作文方面还不时地想和付文强一争高低。十七八岁的小伙子，就要有这么一股子不服输的劲头才行。刘老师本以为他会问，可是他也没问。

快走到尽头了，付文强应该会问吧？而且他的问题一定还很有深度，有些甚至连刘老师都回答不准，可依然盼望他能问。刘老师走到他的书桌旁站住了，好半天，付文强觉察到身边有人，才抬起了头。付文强朝刘老师笑了笑，又低下头去思考问题了。

难道连他也没有要问的吗？刘老师无比失望地往回走去，不经意间又看见了那个好人好事记录本，它被孤零零地挂在教室前边的墙角处，就像被学生摒弃的他。

他走上前去翻开看了看，已经挂上好几个月了，可还是一个字都没有，要是在上个学期，应该早就记得满满的了。那一本他看过，尽是一些鸡毛蒜皮的小事，可他还是希望他们能多帮助别人做一点，哪怕都是这些鸡毛蒜皮呢！

到了今天，以自我为中心的个人主义越来越严重了，不管大事小事，人们首先想到的是自己，自己的一切得到满足以后才是别人，甚至还有越来越多的人永远都没有满足的时候。

刘老师希望能用这个小本子提醒一下同学们，别忘了这个世界上还有雷锋精神。可是它实在太小太微不足道了，以至于绝大多数同学都视而不见、弃之不理。雷锋精神就真的过时了吗？刘老师绝不相信。

二

天突然冷了下来。寒气一来，感冒也就随之而来了，学校食堂虽然也开始免费送姜汤，可毕竟还是有点晚了。这几天，各个教室里的"动静"都很大。

第二节晚自习时，刘老师让付文强把上个月的考勤统计一下，尽快交上去。付文强知道班主任的脾气，也就马不停蹄了。

大半节自习下来终于统计完了，结果依然不尽人意。付文强没停留就送了过去，要是等下了课刘老师亲自来要，十有八九又会"晴转多云"了。

隔壁林晓晴的位子就靠着窗户，付文强经过二班的时候没有看见她。不好好上自习也不知去哪儿了，总不会也去送考勤记录了吧？这可不林晓晴要负责的工作。

考勤结果果然让刘老师大为不满，就其中的一些问题，刘老师又问了他半天，直到上第三节晚自习了他才回教室。可此时的林晓晴依然不在，这就未免有些奇怪了。学校里的确有一部分女生敢请假甚至旷课去看录像、上网或者约会，但林晓晴不是那样的人，没有特殊情况，她是不会轻易缺课的。

放学后，付文强就叫住和林晓晴关系不错的王燕，向她打听。

王燕待人不错，可就是那张嘴不饶人，她一看见付文强，便抿着嘴笑起来，然后才说："林妹妹都感冒半天了，你也不去看看，是不是不想让她好了啊？"

付文强一听林晓晴病了，也没去在乎王燕说什么，赶忙问："严不严重啊？"

"三节晚自习都没来上了，你说严不严重啊？"

"那，那吃药了没有啊？"

"吃什么药呀！"王燕一脸怒气地说："校医也不知死哪儿去了，怎么敲都不开门，晓晴让等等再说呢！"

"这还能等啊？"付文强反倒是着急了，"这样吧，我去想办法，半个小时后你到楼西头去，我给你送药。"

"是给你的林妹妹送药，别连你也说胡话。"王燕故意纠正道。

付文强也不管她，转身正要往楼下跑，却一下子撞到刚走出教室的陈朝晖。

陈朝晖看到他那副慌慌张张的样子，不解地问："干吗去啊？就跟掉了魂似的。"

"走，跟我拿药去。"付文强正愁没人做伴呢！

"去卫生室？"

"卫生室没人，咱们得到学校外边去。"

"你生病了啊？"

"没有。"

"没病那你拿什么药？"

"不是我，是给林晓晴拿的。"

陈朝晖听了嘿嘿一笑，不怀好意地说："看来你是真病了……"

付文强知道他想说什么，赶忙制止，"停停停，瞎扯什么呢！"

天空中看不见一个星子，夜黑如墨染。出了学校，他们两个就像探险队员一样摸摸索索地往前走。

陈朝晖问："你不是有手电吗？怎么不用啊？"

"这不是出来得急么，哪有时间去宿舍拿啊？"

走着走着，起风了，有些冷，穿着一件薄毛衣的陈朝晖能感觉到，随即他问："你穿毛衣了吗？"

"早上穿着的，中午嫌热又让我给脱了。"此时的付文强也真的快给冻坏了。

"恐怕到明天就该林妹妹给你拿药了吧？唉，想我陈朝晖一世风流，到头来竟连个送衣送药的人都没有！"

这是一个引火烧身的话题，付文强干脆不予理睬。

好不容易找到了附近的一家诊所，可惜已经关门了，他们叫了半天也没人应声。付文强摸到门上有一个牌子，正好陈朝晖带着打火机，打亮了一看，上面写了四个字：暂停营业。

"想关心林妹妹，天公不作美也没办法，咱们打道回府吧。"陈朝晖说。

而付文强却说，"谁说没办法，继续往前走，一千米之内保证还能找到一家。"

等把药拿到的时候，学校已经关门了，好在爬大门这一点难不住他们俩。

离教学楼还有一段路，王燕的手电已经照过来了。天又黑又冷，风还呼呼地吹着，要不是为了林晓晴，打死她也不愿在这儿站着。听到有动静，她赶忙拿手电照了照，幸好是付文强他们而不是别人。

等到他们过来了，王燕气呼呼地说："我可是个女孩子哎，说是等半个小时的，现在可不止半个小时了，要是再等下去，你们直接来给我收尸好了。"

付文强刚想开口，陈朝晖却抢先说道："我们俩跑腿的还没说什么呢，让你在这等会儿你就这么多牢骚！"

王燕索性跟他赌起气来："跑不跑腿关我什么事啊，又不是给我拿药。"

"我们就是给自己拿药啊！"陈朝晖也不相让。

付文强怕大半夜的被人撞见了不好，就赶紧把药递给王燕，说："该吃几片都写在上边了，快回去吧，谢谢你啊。"

看付文强比较客气，临走时，王燕打算也给他一点温暖，就说："林妹妹知道以后，非感动死不可。"

三

林晓晴感冒好了的时候已经临近期中考试了。

上小学时，每逢考试都吓得要命，仿佛一考不好天就会塌下来似的，到了初中，也还能认认真真地去对待，可升入高中以后，三天一大考，两天一小考，学生们真的都被考滑了，没有几个人再把考试当回事，真是"除却高考不是考"。

考试前夜，各个宿舍里该怎么玩的还是怎么玩，该怎么侃的还是怎么侃。值班老师大道理小道理地说了一串又一串依然毫不顶事。有的学生干脆把宿舍门反锁了，气得值班老师一个劲地敲门砸窗。

不少同学学习积极性最高的时候，大概就是考前的半个小时。坐在考场里"哗啦哗啦"地翻书，总觉得这儿也重要，那儿也重要，可惜的是这儿也没记住，那儿也没记住，仅凭这半个小时的临阵磨枪是起不到什么作用的。好在天无绝人之路，大家还可以把希望寄托在作弊上。

要说到作弊，每个同学大抵都有一套自己的绝招。

现在语文已经考开一会儿了，监考员是班主任刘老师和教化学的杨老师，他们俩宛如两尊天神般虎视眈眈地站在讲台上。虽是如此，可下边还是不怎么老实。

最先坐不住的是刘咏波。其实早在几天前，他已经买了一大堆零食，开始对班里那些学习好的同学进行"糖衣炮弹"腐蚀了。不过这年头人的胆子越来越大了，拿人钱财，不替人消灾的比比皆是，所以刘咏波一直都在担心自己的那些手段是否有效。

他的担心并非多余，因为在问曹菲的时候就吃了"闭门羹"。若论单科成绩，曹菲未必全是第一，但是若论总成绩，曹菲无疑是班里的"大姐大"。刘咏波那天对她千叮咛万嘱咐，可她总是笑而不答，当时他就觉得有些靠不住，现在果真如此了。他一个劲蹬曹菲的凳子，可人家就是假装不知道，后来连杨老师都看出来了，吓得刘咏波赶忙把头一缩，噤若寒蝉。

不过，他并没能老实多久，一会儿又把目光瞄向了一旁的朱飞。女生不给抄，他只好自认倒霉，可男生要是不给抄，考完后他就不会善罢甘休了。

看到朱飞已经做完了选择题，他突然大声问："橡皮，橡皮，谁借我橡皮用一下啊。"

考语文借橡皮，仔细一想就知道里边有鬼，不过他们的"阴谋"还是得逞了。朱飞向他挤了挤藏在玻璃片后边的小眼睛，便若无其事地把橡皮递给了他。刘咏波接在手里，从橡皮套中抽出答案就尽情地抄了起来。

与刘咏波的付出大于回报相比，冯军可就便捷多了，那完全就是"无本生意"。他的一旁是赵红芳，语文成绩也是不错的。他在文具盒里放上一面小镜子，稍稍利用一下物理课上所学的知识，就把别人的答案尽收于自己的眼底。

其实考语文他本不该抄的，可事实上，在他顺利当上班里的通讯员以后，一方面要积极地写作投稿，另一方面又要费心耗神地去和同学们交往，根本都没有时间好好学习，甚至连鲁迅的《祝福》选自《呐喊》还是《彷徨》这种常识性的问题都没记住，看到赵红芳写的是《彷徨》，他也跟着填了个《彷徨》。

付文强并不赞成考试作弊，可为了哥们义气，他也不能不帮忙。考前陈朝晖就告诉他了：ABCD 分别用咳嗽、咂舌、打响指、敲桌子代表。所以一场考试下来，最不老实的恐怕就要数他了。

被安排到最后一桌的张国豪倒是不愁抄不着，他愁的是手里的答案传不出去。后来见杨老师出去了，他才暗自高兴起来。

其实同学们心里都很清楚，这一场要防的主要就是杨老师。在文科班里，理化老师是最难"混"的，因为即使他们讲得天花乱坠，台下也很少有人认真去听。现在在考场上监得严一些，一是符合了学校的精神，二又给那些自以为"道不同不相为谋"的学生一点颜色看看，何乐而不为呢？但刘老师教的就是语文，学生考好了，他脸上也有光彩，所以下边只要别太明目张胆，他也就睁一只眼闭一只眼了。

杨老师一出教室，同学们自然兴奋不已，张国豪也趁机将刚刚抄完的纸条递给了旁边的同学，为了保险起见，他又举手把刘老师"引"了过来，东扯葫芦西扯瓢地问了一大串不知所云的问题。刘老师被他这么一纠缠，其他同学可就趁机忙活了起来，那张纸条也顺利地传到谭华手里。考完试以后，大家都在吹嘘自己的抄招如何绝妙时，张国豪说他动用的是"互联网"。

别人一个个都抄得很起劲，可江新就只有眼巴巴看着的份了。离他不远的赵红芳虽然不乐意让冯军抄，却很同情江新，想来想去，最后还是匆匆忙忙地写了一串答案，趁人不注意扔在了江新的桌上。

好不容易考完了这一场。往教室外面走的时候，刘老师随手拾起地上的一个纸团，胸有成竹地对杨老师说："我敢打赌，这上面写的肯定是答案。"

谁知拆开一看，竟写了这样几句话：孙子出题难，儿子监考严，老子不会做，回家去种田。

四

林晓晴又一次站在了"晚香美容院"的门口。到现在为止，她都忘记这是第几次来了，但还是没有鼓起迈步进去的勇气。

"晚香美容院"是座十分洋气的二层小楼，和周围那些古朴陈旧的建筑物混在一起，显得格格不入。也许是因为这里的人们思想还比较落后，跟不上时代潮流，尽管美容院门口整天挂着个"欢迎光临"的牌子，可生意还是没见有多么兴隆。

自从上次在小青山的亭子里见面后，林晓晴就再也没有看到过她们的人影。虽是如此，可她还是常常挂念着她们，担心着她们，毕竟曾经也是很要好的姐妹，哪能一下子就忘了呢？

想到以前，林晓晴的心里就隐隐作痛，那时候她们是那么纯真，那么可爱，而一转眼工夫就换成了这副模样，林晓晴在心里很难接受。诚然，她们都很时髦，都很前卫，可华丽的外表却无论如何也掩饰不了空虚的内心。相反的，一个只知享受而不思进取的人，当他的外表越华丽时，反而越容易暴露出内心的空虚。

林晓晴真想不顾一节地冲进去，苦口婆心也好，不厌其烦也好，总之要好好劝劝她们，让她们别这样轻浅地看待世界，别这样轻浮地对待人生。可是她又害怕面对她们，她不知道自己所坚守的这些理论，对她们来说是否真有意义。

也许从此以后终生永不再见面，谁也不知道谁的消息会更好一些呢。

正当林晓晴转身要走时，满脸堆笑的老板娘就吆吆喝喝地迎出来了。"小妹妹要做美容吗？别不好意思，像你这么大来做美容的有的是，女人嘛！就要爱惜自己。"

"女人"这两个字让林晓晴听得很不顺耳，她从没认为自己已经是个"女人"了。

尽管老板娘打扮得花枝招展的，可看上去还是有四十好几了，她的脸如果不是被那些乱七八糟的东西抹平了的话，肯定就是个微缩的黄土高原。

"不是，不是。"林晓晴赶忙说。对于老板娘那些话，她就像躲瘟神一样避之不及，唯恐回答慢了就会沾染到自己身上。

"什么是不是的，刚来的时候谁都会这样磨蹭半天，可来上两回呀，比自己家都亲了，撵也撵不走。"

林晓晴试了好几试才开口："我是来找我同学的，她们说就是在这儿上班。"

"找人呀！"老板娘的满脸笑容一下子全甩进了太平洋里，"找谁？"

林晓晴说出了她们的名字。

"人家早走啦，"老板娘咧着个大嘴说，"我这小庙哪能装得下她们那种大神仙啊，人家到深圳闯天下去了，还说要开着'宝马'回来呢！我看呀，能坐上拖拉机就不错了，哼！"

老板娘说她们才刚走不到一个星期，这让林晓晴万分后悔，就这么轻而易举地错过了，难道真的要彼此终生永不再见面了吗？

深圳是个好地方，可并不是对所有人来说的。她们能不能把深圳的天下闯下来呢？林晓晴不知道。

那次，真应该告诉付文强，让他给出出主意的。此刻的林晓晴又开始埋怨起自己来。

五

天越来越冷，冬天的气息已经很浓了，世界进入冬天，生机少了许多。

阳光中学也真的进入了冬天，这对胡书明来说实在是太快了。去年首届新生开学时，他还是意气风发的，他也的确把一所崭新的私立学校摆在了人们面前，让很多人不得不竖指称赞。

胡书明是一个商人，无往不利的他在生意场上能够运筹帷幄，决胜千里，但是办学毕竟不同于做生意，一个合格的商人未必就能当好一个合格的校长。

阳光中学成立这一年多来，收支严重不平衡，学校就像一只贪得无厌的怪兽，张着血盆大口，光进不出。幸好还有阳光大酒店在后边吃力地补贴着，才使得学校一直支撑到今天。然而离开了胡书明的保驾护航之后，阳光大酒店也不再是一帆风顺了。

胡书明顶着寒冷的晨风慢慢向学校赶去，车轮碾碎了满地白霜。

这些日子以来，他明显地憔悴多了。由于副总经理邱国柱的监管不力，致使酒店进来了一批假酒，不但给自己造成了很大损失，也给顾客们带来了不小的伤害。事情闹下来，又让胡书明着着实实赔了一笔。

让他想不通的是，原本还算精明的邱国柱怎么能办出这种事来？然而事情已经发生了，说什么都为时已晚。当初他买回摩托车的时候，妻子方欣就曾说过，奔驰放着也不开，还不如卖了的好，没想到现在这话竟然应验了。为了给阳光大酒店先揍一点活动资金，他也没有别的选择，因为那是他的大本营，也是阳光中学的供血中枢，他绝不能让它也倒下去。

卖了一辆奔驰，资金上总算是多少有了点缓解。然而这还不是最重要的，假酒事件带来影响最大的是信誉。生意人都知道信誉第一的道理，这样一来，又不知要多花费多少气力才能重新挽回顾客的信赖。

阳光大酒店突遭厄运，阳光中学也好不到哪里去。上一个月老师的工资就让胡书明费了很大的劲，这个月就更是不用提了。说得实在一点，这些老师也是出来混饭吃的，要是他们连饭都吃不起了，谁还有心思去认真教书呢？

如果说一辆奔驰可以勉强维持住阳光大酒店的话，那么阳光中学呢？又拿什么来让它渡过眼下的难关？

胡书明的确感到为难了。要他放弃阳光中学，说放不下倒还不至于，不甘心却是真的。在商场上打拼惯了的他，不允许自己搞不出名堂就半途而废，再说还有这么多学生呢，也不是想丢就能丢得了的。

胡书明来到学校里，把自己的困难处境告诉了财务处长"胖子余"，希望他真的能给自己想出一个两全齐美的办法来。

"胖子余"吸着烟沉思了片刻，然后说："办法倒是有一个，也能帮着学校渡过目前的难关……"也许是由于想法太大胆的缘故，他没敢一口气说下去。

胡书明未免有点病急乱投医的心理，一听"胖子余"说有办法如遇救星，赶忙问："是什么办法，快说来听听呀！"

"胖子余"还是有些不敢说，"其实也没什么，反正我觉得完全可行。"

胡书明从他的话里听出了些什么，可又觉得他是在吊自己的胃口，于是说："你看这里就咱俩，还有什么不好说的？"

事已至此，"胖子余"也没什么好顾忌的了，"下一个学期的学杂费又快收了，我看咱就早收两天，每个学生再多收一点，这样咱就能把学校再维持几个月。目前，最要紧的是先过了这个难关，等这一阵儿过去了，就什么都好说了。"

看胡书明没有马上搭腔，"胖子余"又进一步解释说："我觉得这也没有什么，学生们又不知道，就算他们知道了，咱也还有个借口……"

"胖子余"往胡书明跟前凑了凑，继续说："学生刚入学时的住宿费，咱们不是给免了吗？这回要是有谁问起来，咱就说是补收的，现在学校有困难，家长学生也总得体谅一些吧！"

对于学校的乱收费现象，胡书明还是很清楚的。为了自己的利益而去骗取学生家长的血汗钱，这其实就是一种变相敲诈。如此一来，学校都成什么了？他这个校长又成什么了？开酒店怕的是信誉被毁，办学校同样也怕。

"不行，这绝对不行！"胡书明立场坚定地说，"我们办的是学校，而不是骗子公司。"

"这招不行，那我再给出个主意，""胖子余"摸摸光秃秃的大脑袋，又说，"要不咱们也收教育储备金吧，这个没事，现在很多咱这样的学校都在收呢。"

　　所谓教育储备金，实际上是学生家长向学校提供的一种大额借贷，这笔钱暂时给学校使用，所产生利息用于支付学生的学费，本金等学生离校时再全额返还。

　　"胖子余"说的没错，很多私立学校都是靠这个发展起来的，可是胡校长却还在为难："就咱们这些学生的家庭实力，根本达不到啊？要他们交个学费还拖三拖四呢！"

　　说到学费，胡书明脑子里突然一亮，他高兴地一拍桌子说："对呀！咱们不是还有一部分学费没收上来吗？就收这个！高一的刚来，咱先缓缓，高二的还差四五十万呢，这笔钱要是收上来了，也够咱们学校用几个月了。我们体谅学生，学生也要体谅我们才是啊。"

　　胡书明兴奋得不得了，当下就说："老余，这事由你去办，越快越好！"

　　"胖子余"却撇撇嘴说："唉，这事更难办！"

　　一场收学费的风波瞬息席卷了高二年级，致使不少同学犹如陷入白色恐怖一样提心吊胆。胡校长终于可以睡个好觉了，可夜深人静的时候，高二的各个宿舍里却又多出了几声长长的哀叹。

第九章

一

在这个信息沟通还不是很发达的年代，凡是学生大多都喜欢写信，当然也很喜欢收信。有意无意间收到一封远方来信的感觉，大约都是很爽的。

但是老师却不喜欢这些，无论是谁都盼着学生们尽可能多地掌握自己所讲授的知识，而写信看信是要浪费时间的，更何况很多时候还是在课堂上呢！

课间操刚下，张国豪就拿着一大沓信喳喳呼呼地进了教室。他收到信的机会倒不多，但每次一听说来信了，照样跑得比谁都快。

同学们一窝蜂地围了上去，各人找各人的信。刘咏波也跑过来凑热闹，他一个劲地问有没有江新的信。

班里的其他同学，多多少少都曾收到过信，但唯独江新从来没有。这次，当然还是没有了。

张国豪手里攥的最后一封信是谭华的，他一直都在关注着谭华的来信。这封信也和前几封一样，依然是从那所名牌大学里寄来的，字迹刚劲，力道十足，一看就知道是出自男生之手。

他在手里攥了半天，还是给了谭华。谭华一见就高兴地说："啊，可是盼来了。"

原来她还在一直暗暗盼着某个人的来信，这让张国豪有些不安，像是感觉到了一种潜在的危机。

"谁给你的信啊？"他问。

"关你什么事？"谭华扭头瞪了他一眼，仿佛故意气他似的。

张国豪在后边恨得咬牙切齿，谭华却哼着歌儿跑到宿舍去看信了。

今天付文强也收到了一封信，是从棉纺厂寄来的，可他实在想不出自己和棉纺厂里的哪个人有过联系。

他拆开来先看了看署名，是林晓清。

付文强立刻感到了这封信的沉重，他不知道林晓清怎么会突然去了棉纺厂，又怎么会突然给他来了这么一封信。但是既然已经拆开了，他就无法不看下去。

信是这样写的：

付文强，你一定很奇怪我怎么会突然给你写信吧？其实也不突然，有些话我早就想跟你说了，就是一直没勇气说。

青春，本应是五彩斑斓、亮丽多姿的，可我的青春从一开始就是灰色的。我觉得上苍对我很不公平，把那么多的不如意都压在我身上，我也曾想就这样认命算了。

人的一生，该经历什么样的风雨，该得到什么样的结局，也许真是早就注定了的。

大约在一个月之前，你那个差点和我重名的同学来找我了，可能因为都是女孩子的缘故，我们很谈得来。整整一个下午，她都在用心劝我，给我讲了那么一大堆道理，让我千万不要消沉下去。我很感激她，但最终说服我的还是我自己，我想我真的不能就这么去认命，我才只有十七岁，连个成年人都算不上，怎么可以就要认命了呢？

你的同学林晓晴，尽管只做了我生命历程中的一缕阳光，可是也足以让我一辈子感激不尽了，如果没有这缕阳光，至少现在我还待在黑暗里。这次我没有直接给她写信，请你代我好好谢谢她，虽然一个"谢"字并不能表达我的心情。

现在想想，以前的我真的是太懦弱了，命运不会无缘无故给谁设置暗礁，坎坷多难的人生，也许是因为自己没有把握好方向。如果现在就轻言放弃的话，那是对自己、对未来的极端不负责任。

听林晓晴说，因为我的事，你一直都郁郁寡欢，很抱歉，这是我始料不及的。

不过我想对你说的是：一个人，如果一直徘徊在昨天里，为失去的昨天而苦恼难过，那么他同样也会失去今天和明天。我都已经打起精神来了，你还有什么理由不振作呢？走过了湿淋淋的雨季，才能看见秋天辽阔的天空，走出了心灵的阴霾，同样也是一种成熟。青春，就应该是朝气蓬勃的，我们谁都不能辜负了它。

再说一说我自己吧！我已经成功说服我爸妈，到棉纺厂当了一名纺纱女工。现在车间里都在争先创优，虽然我还是个新手，可我，就要去做最好的！

……

付文强真没想到会是这样的一封信，读着读着，他渐渐有了一种久违了的如释重负的感觉。是啊！这一年多来，自己确实被林晓清的事折磨得很累了。

记得有一回，林晓晴拉他去县文化广场看一幅有关于解放思想的宣传画。上面画着一群扔掉包袱的人在前边尽情地奔跑，而后边很远处却有一个扛着包袱，弯腰驼背，累得满头大汗的人在艰难往前挪步子。

付文强知道她的用意，可他还是扔不掉这个包袱。不过现在，付文强终于像一只出笼的小鸟一样重新找回了自由。青春的天空是蔚蓝的，青春的阳光是灿烂的，青春的心也是毫无阴霾的。

真好，付文强说，青春真好！

二

付文强真不知道该怎样感谢林晓晴才好，在这件事上，她才是最大的功臣。这件让付文强左右为难、束手无策的事，她只是轻轻一拨，就立刻柳暗花明了。那个娇小纤弱的她，怎么还会有这种本事呢？

不过林晓晴今天运气不佳，上课开小差让班主任陈老师给逮住了。

陈老师这人脾气挺大，可对林晓晴却很好，林晓晴也很喜欢他。不少同学都觉得奇怪，其实林晓晴自己也不知道这是为什么。

这节代数课是讲评期中试卷，卷子不算难，林晓晴觉得自己能够得心应手，所以陈老师在讲评的时候，她就不免有些松懈了。一个人一旦松懈下来，往往就会胡思乱想，林晓晴此刻又想起了"晚香姐妹"。

离开依蒙县都大半个月了，还没有一点消息，看来她们真把那个曾经朝夕相伴的林晓晴忘掉了。想到这里，她又觉得委屈，在她们的天平上，金钱终究还是要重于友情的。

眼下北方已经真真正正开始冷了，此时的深圳会是什么样子呢？她们在那个人生地不熟的地方，是否也会感到冷呢？

林晓晴敲了敲自己的头，竭力制止住这些乱七八糟的思绪，何必老往坏处想呢！她们也许早已经发达了，再过些日子，说不定就真会开着宝马回来了。奇迹往往都是在意想不到的时候出现的，像深圳那样的大城市，应该遍地都是奇迹吧！

林晓晴走神了，陈老师看得出来。陈老师对林晓晴总有一种特殊的怜爱，仿佛是与生俱来的一样。以前的林晓晴很单纯，很乐观，但是这个学期却老是心事重重的，问过几次她也不肯说，陈老师对她真的有些放心不下。这么可爱的一个小女孩，说什么也不能让她走了弯路。

"林晓晴，你来讲一讲。"陈老师突然说。

看到林晓晴惊慌失措的样子，陈老师知道她没有找到题目，心底那份怜爱油然而起。为了不让她在众多同学面前出丑，陈老师接着说道："你来把选择题的第七小题讲一讲。"

林晓晴当然会讲，而且还讲得很好，她所担心的是讲完以后的事。

然而等她讲完了，陈老师却只说了一句："讲得不错，坐下吧。"至于其他的话，林晓晴知道他是用眼睛"说"出来的。

都放学吃饭了，林晓晴还在想着课上的事，陈老师真是对她太好了，若换成别的同学的话，肯定不会是这种结果。她也闹不明白，陈老师怎么会对她这么好呢？

付文强跑过来喊"林晓晴"把她吓了一大跳，她抬头一看，付文强已经买饭回来了。这一次他怎么会这么积极？

"林晓晴，我该怎么感谢你呢？"付文强一过来就没头没脑地说。

林晓晴一听倒是糊涂了，刚才王燕说她神经分分的，怎么此刻的付文强也神经分分的？

她一脸茫然地看着付文强，"什么该怎么谢我呀，我怎么了？"

"你去找林晓清了呀！忘了吗？"

林晓晴这才恍然，过去这么长时间后，付文强不提，她还真想不起来。不过听他这口气，想必结果还是不错的吧："噢，对呀，你……不会怪我多事吧？"

"怎么会呢？"付文强真挚地说，"你帮了我一个大忙了，我怎么还能怪你呢？她现在已经在棉纺厂上班了，一切都很好，她还让我谢谢你呢！"

林晓晴听了很是欣慰，自己的一番苦心总算没有白费。她不但帮了付文强，也帮了林晓清，很出色地完成了她当初给自己定的任务。

"嘿嘿，那就好。说实话，我一直都怕把事情搞砸了呢。"她悄悄地舒了一口气说。

"你说我该怎么感谢你好呢？"付文强又问了一遍。

林晓晴一听这话，心里美滋滋的，却又觉得这样一来反倒拉远了彼此的距离。就说："朋友之间还说什么谢啊？那多见外！再说我也真的没做什么大不了的事。"

林晓晴轻描淡写地一带而过，可付文强却远不这么认为。林晓晴见他还是不肯罢休，只好胡乱拿话岔开说："今天中午吃什么菜呀？"

"青椒土豆丝，"付文强说，"还有……"

"太棒了，我不跟你说了，我要赶紧去抢！"说完，林晓晴转身就要走，她是最爱吃土豆丝的。

付文强却一把拉住林晓晴，不由分说就把自己的饭盒塞在林晓晴手中，然后捧着两个干馒头，一边啃一边跑了。

林晓晴看到付文强这副模样，心里很高兴，她真的把他拉回到了阳光里。

三

冯军在门口想了半天，然后跑进教室对大伙说："我有一个故事，你们听不听啊？"

教室里各人忙各人的，基本没人响应他。

冯军见自己苦心经营的一切，到头来还是引不起别人的兴趣，不禁暗自感叹人情冷暖、世态炎凉。他刚发表文章那会儿，同学们的确都对他很好，可那几天一过，一切又都恢复了旧样。看来，要让大家从讨厌你转变为喜欢你，真不是件容易的事。

他想了想又说："是关于爱情的，绝对很感人！"

这一招果然奏效了，一下子就吊起不少同学的胃口来了。看到同学们这个样子，冯军一面很高兴，一面又为自己在别人眼里还不如"爱情"两个字有分量而暗自伤心。不过，随后他还是忙不迭地讲了一个因为愚昧而引发的爱情悲剧。

说的是在偏远山区有一对恋人，女的很富男的很穷，他们的婚姻遭到了女方家长的阻挠，男的被逼无奈就出去打工挣彩礼钱，约好以三年为限。女的为支持鼓励他就每月给他写一封信，夏天到了就嘱咐他注意饮食；冬天到了，就叮咛他多加衣服；至于逢年过节以及过生日时，更是祝福不断。

如此过了三年，当他挣够彩礼回来时，才知道那女的早已因抗拒不了另一桩婚姻而自杀了，那些信都是她临死前写好了，编上号让自己的妹妹替她寄的。

听完之后立刻就有人表示怀疑，说马上就要二十一世纪了，绝不可能还会有这种事发生。也有的说，可见要建立一个法制社会是多么必要而又多么艰难。

一向提倡"恋爱自由"的张国豪却说："自己的爱情就得由自己做主，别人谁都管不着，你们说对不对？"

刘咏波一听就跟着起哄："谭华，张大少问你对不对呢？"

谭华坐在位子上头也不抬地说："对你个头，关我什么事啊？神经病！"

这时，以往从不爱凑热闹的赵红芳也说："这样的故事多了，很多人都会为了让别人过得好一点，而说一些善意的谎言。"

不巧的是，这句话正好传入了付文强的耳朵里。这种事真的很多吗？那么林晓清去棉纺厂的事是不是也是这样？甚至说，那根本就是她们两个串通好了来骗他的？

中午一放学，付文强就蹬上车子出去了，陈朝晖喊他吃饭，他连头都没回。

棉纺厂在县城东边一个远离商业区的地方，付文强找了半天才找到。小厂不大，可也是全县的龙头企业。

付文强刚到门口就被一个小保安拦住了，他说现在还没下班，外人不得入内。

"你来这里干什么？"小保安又问。

付文强一听，觉得自己好像成了受审的犯人，不过这也没办法，因为人家就是管这个的，就像医生一见病人就会问哪儿不舒服一样。

"我想找个人，不知道有没有。"付文强说。

"谁呀？"小保安说，"你问我就可以。"

"她叫林晓清，是从南河镇杏山村来的。"

"有，"小保安很爽快地说，"我认识她。"可说话间目光却变得十分警觉了，好像是要看清楚付文强跟她有什么关联一样。

付文强也懒得过多解释，只是说："我是她老同学，中午没事顺便过来看看。"

听小保安刚才的话，他一定了解一些林晓清的情况，付文强顾不得小保安会不会再多想什么，还是接着向他打听起来，不过小保安倒也都告诉他了。

原来他和林晓清是一个村的，林晓清进棉纺厂也是全靠他帮忙。可进来了并不代表就能干好，对此一窍不通的林晓清就更不用说了，刚来几天的确是老出差错，再往后她就像刻苦学习的学生那样废寝忘食、夜以继日，很快就熟能生巧了。

由于林晓清进步飞快，领导们也十分欣赏，整天喊着让全车间的工人都向她学习，因此她一下子竟成了焦点人物。

说着说着，小保安忽然带着一副未卜先知的神态说："我敢说，她在厂里边肯定干不多长时间。"

"为什么啊？"付文强问。

小保安哈哈大笑起来，也不知他是有意还是无意吓唬付文强的。他又说："我的意思是说，以她这个拼劲，用不了半年就要升职了。"

"噢……"付文强故意不露出吃惊的神色，免得再让小保安看了笑话，而那句"她能撑得住吗"最终还是没有问出口。

外边的人突然多了起来，小保安看了看表说："到下班时间了，我去给你叫。"

付文强在保卫室里坐不住，就随后跟着出来了。一下班，原本空荡荡的院子里很快就热闹起来了。穿着统一工作服的姑娘们三个一群，两个一伙地往外走，说说笑笑，打打闹闹，很青春、很亮丽。

"付文强。"

他听到喊声，赶忙扭头一看，林晓清变了许多。她也穿着和别的姑娘一样的工作服，帽子还抓在手里，头发用一支发卡别在脑后，这样一来倒是多了几分成熟。眼前的林晓清看上去有些疲惫，不过却很阳光。

只看这一眼，付文强就知道她一定能撑得住了。

林晓清把步子换成了小跑，三步两步来到付文强跟前："你怎么来了啊，今天不上课吗？"

"趁着中午放学，我过来看看你。"

"他说他是顺便来的。"一旁的小保安插嘴说。

林晓清听完笑了笑，说："顺便也好，专程也罢，反正来到这里就是客。"

付文强听得出她很喜欢这里，因为她把这里当成了自己的家。

林晓清沉吟了一下，又问："你不会是不相信我那些话吧？"

"来的时候不信，现在信了。"付文强坦白道。

"那好，就让我们做个约定吧！"林晓清伸出了手，"你看也看过了，心也该放下了。再过两年，我以正式职工的身份欢迎你。不过，你要是不戴一个名牌大学的校徽来的话，恕不接见。"

"行！"付文强也伸出了手，"山大、山师大的校徽可以吗？"

"这可是你说的啊。"林晓清听完很爽朗地笑了起来。

四

付文强真是高兴得不得了，好几天来，都不用等隔壁的林晓晴来要，就主动把语文笔记什么的送过去了。

对于林晓晴，他真不知该怎么感谢好了，原来她的可人之处并不只是在于一颦一笑、一举手、一投足之间。

付文强能越来越清晰地记起认识林晓晴以来的点点滴滴了。

林晓清的事，林晓晴已经帮他解决了，然而眼前又有一件困扰他的事该怎么办呢？

最是那回眸一笑，惹得百花报春早，

晓风暗月歌声飘，红颜正为君来傲。

最是那情痴年少，寻得三江把月邀，

春露秋霜时辰好，芳心正为君来摇。

……

这是不久前一部电视剧里的歌曲，此时却出现在了他的课本中。

上个星期，付文强在自己的课本里已经发现过一首歌了，是《羞答答的玫瑰静悄悄地开》。当时，他只以为是哪个女生和他闹着玩写的呢，就随手一放没去理会。然而到现在他才明白，十有八九已经有一朵"羞答答的玫瑰"在自己身旁"静悄悄地开"了。

字迹娟秀工整，一看就是出自女生之手，尽管抄歌的人刻意让字体有所改变，但看起来仍然很眼熟。

这朵"羞答答的玫瑰"到底是谁呢？为这事，这两天付文强又一直在胡思乱想。

端倪一旦露了出来，就难免会觉得人人可疑，然而仔细想想，又感觉哪一个都不像。直到有一天，不知是谁在旁边一个劲地喊：

"赵红芳，赵红芳，把你的化学作业拿来我看一下啊，赵红芳！"

付文强听了，脑海中骤然闪过一道亮光，划破云帏雾幛，让他看清了一个事先不为人知的世界。"红颜正为君来傲""芳心正为君来摇"，原来是这么一个"红"颜，这么一颗"芳"心啊！

付文强一下子恍然大悟了。

这个时候再回过头来想想赵红芳从前的种种举动，一切也就都不足为怪了，然而可笑的是，以前他对此却从未有过丝毫留意。

这注定又是一个"美丽的错误"，但想到应该怎么去处理时，付文强为难了。

五

赵红芳一路哼着歌儿向小青山上的亭子里走去，脸上带着少女内心的秘密被人发现后的娇羞。在她眼里，他就是与众不同，自己写得那么隐秘，可还是被他看出来了。要是换了别的任何一个男生，肯定都不会知道的，男生中除了他全是粗心大意的。

其实，每一个女孩都希望她所喜欢的男孩，能从别人注意不到的角度去关注她。

"赵红芳，干什么去啊，这么高兴？"同宿舍的一个女生鬼一样突然出现在她面前，冷不丁问道。

"没……不干什么，随便走走，心里烦着呢！"

"用我陪吗？"

"不用！不用！"

"呵，这么敏感，我看是去约会吧？"

"胡说八道，你才去约会呢！"赵红芳脸上一副很生气的样子，可心中还是甜滋滋的像吃了蜜。

他平时虽然话不太多，却经常能一开口就妙语连珠，这才叫真正的魅力呢！他虽然没有刘德华那么帅，没有郭富城那么酷，却从不随波逐流赶时髦，这才是时下的男孩最缺少的品质呢！

"然而他竟会约了我！"一股自豪感油然而生，她感觉童话里的灰姑娘终于被高贵的王子发现了，"现在他去了吗？在等我吗？我可不能让他等得太久了，虽然这对我来说非常非常的幸福……"

付文强的确在等她。冬日的小青山上没有一丝绿意，光秃秃的果树静静地立在那里，仿佛都已经灵魂出窍。没有风，天却很冷。

记得有本书中曾这样说：对于异性的爱慕之情是步入青春期的少男少女很容易产生的，尽管这种感情是朦胧的，却又是美好的；尽管是无益于学习和成长的，却又是不可避免的。与其回避它，不如正确对待它；与其扼制它，不如引导它。

少男少女们大多是鲁莽而执着的，他们矢志不渝的相信着《荆棘鸟》里所讲的爱情：有那么一只鸟儿，它一生只唱一次，那歌声比世上所有的歌声都更加优美动听。从离开巢窝的那一刻起，它就在寻找着荆棘树，直到如愿以偿才停下脚步。然后它把自己的身体扎进最长、最尖的棘刺上，在那荒蛮的枝条之间放开歌喉。在奄奄一息的时刻，它超越了自身的痛苦，而那歌声竟然使云雀和夜莺都黯然失色。这是一曲无比美好的歌，曲终而命竭。然而，整个世界都在静静地谛听，上帝也在苍穹中微笑。因为最美好的东西只能用深痛巨创来换取。

久经世事的人们见惯了虚假和伪善，他们往往都不再相信爱情，常会视它如游戏，拿它做玩偶。但是十七八岁的少男少女不一样，他们愿意相信天长地久的爱情，他们愿意做一只为爱献身的荆棘鸟。这份让成年人不屑一顾的感情，却常常会把自以为是的大人比得无地自容。

一百个人眼里有一百个哈姆雷特，一百个人心中也有一百种爱情吗？青春少年到底该不该拥有爱情呢？人们张口闭口都说早恋对学习、对成长有怎样的危害，难道真的这么绝对吗？到底多早才算早……付文强心里很乱，怎么也想不出一个答案来。

但是他知道，情感的波涛往往在你毫无准备的时候席卷而来，当你真正明白过来时已经想躲都躲不开了。

"唉，真傻呀！"付文强想着想着，不由自主地叹了口气。

"你，说的是我吗？"不知什么时候，赵红芳已经站在了他身后。

付文强万没想到她已经来了，一时间没回过神来，脱口道："不是……"话一说出又觉得不对，于是急忙改口说，"是……"

赵红芳没有放过他，她又走近半步，用那双过于放肆的眼睛盯着他，执拗地追问："到底是不是嘛？"

付文强没敢看她的眼睛，但他想那一定是很热切的。反正无论怎么绕弯子，最终还是要回到这个答案上来，他就斩钉截铁地说："是。"

这已经完全没必要再问别的了，结果是出乎意料的，也是残酷的，赵红芳站在那里无话可说了。付文强一抬头发现她的眼眶里已经盛满了泪水，盈盈的，汪汪的，眼珠微微一动，就哗哗地往下流。付文强有些发慌了，"其实我觉得……"

赵红芳不想听解释，她转身就往山下跑，颗颗泪珠飞溅在冬日的小青山上。一瞬间，她就感觉到这个冬天的寒冷了。

付文强看着赵红芳渐渐消失的身影，懒懒地靠在石柱上，喃喃自问道："我说的是她吗？"

第十章

一

"是给女朋友过生日吗？"

蛋糕店的服务生很有礼貌地问。她人长得很漂亮，说起话来两个浅浅的酒窝里就往外流淌笑容，谁见了都觉得喜欢。

"不是，"陈朝晖有些发窘，"是给我妈。"

"哦，是吗？您的妈妈可真有福气。"

从服务生惊讶的目光里他能看得出，在他的同龄人中，给自己妈妈过生日的绝对没有给女朋友过生日的多。他也随之笑笑说："你给推荐一盒吧。"

卖东西的自然是有挑东西的眼力。她给陈朝晖推荐了一盒让他找不出一点毛病的蛋糕。因为是给妈妈买的，他就没还价。这个做法很幼稚，可他还是做了。

陈朝晖临出蛋糕店时，服务生又送上了一句话："先生慢走，祝您妈妈生日快乐。"

他听了很高兴，这是一个好的开始。

妈妈的生日到了，陈朝晖没有忘记，今天专程请了假，想给妈妈过这个生日。

陈朝晖的父母是经媒婆撮合结合到一起的，别人都说他们是先结婚后恋爱。人非草木，将近二十年了，他们并不是没有感情，可就是一直不停地吵，年复一年，没完没了。

从小，他就知道父母都是爱他的，可他们在那种吵吵闹闹的生活中却常常会把他忽略掉。陈朝晖觉得自己是一个弃儿，没人管没人问。

看到别人家都和和睦睦的，而自己家却没有安宁之日，陈朝晖又是生气又是无奈。可面对着自己的生身父母，他又能怎样呢？没办法，也只好躲着他们了，只要一有机会，他就主动跑得远远的。

初中的时候，陈朝晖有一次去同学家玩，见他们一家人生活得真好。吃饭时，同学的父亲不但给妻子倒酒，还跟她一起喝。他的母亲更是慈祥和善，对待家里人好，对待陈朝晖这个外人也好得不得了。这种好和自己母亲的好完全不同。

陈朝晖还清楚地记得，那天他洗手时，就是同学的母亲给倒的水，拿的香皂，他刚洗完手一直腰，她又把毛巾递了过来，还顺手给他整了整衣领，拿掉落在肩上的头发。这种无微不至的关怀让他心醉神往，有好几次，在叫"婶子"时，他都差点喊"妈妈"。

"我要是生在他们家该有多好。"一下午，这个奇怪的想法都在他脑海里盘旋，生了根一样赶也赶不走。玩到天黑，他该回家了，这时同学全家又都出来送他，送了好远。陈朝晖来到这个世上十几年，第一次知道了恋恋不舍是什么感觉。那种感觉让他一辈子都忘不了。

月亮升起来了，满天的星星也都跳了出来。小时候，奶奶经常对他说天上的一颗星星就代表地上的一个人，天上有多少星星，地上就有多少人。那时的他怎么也不信，而现在，他却觉得奶奶的话其实一点都不假。在离陈朝晖很远的天空中有一团星，围得那么紧，它们给彼此光明，给彼此温暖，那想必就是代表那位同学的家吧。而自己，大概就是旁边孤孤零零、黯淡无光的那颗吧！

父母并不是非得吵架不可的，很多时候，他们之中无论是谁少说一句都会相安无事，但就是谁也不让谁。陈朝晖倒也并不是真的讨厌他们，只是受不了他们的吵。他也知道，躲得了一时躲不了一世，老是这么躲下去也不是办法，不如找个机会，和他们好好谈一谈。想来想去，他想到了今天。

今天是妈妈的生日。

夕阳西下，他回来得正是时候，各家各户的炊烟都升起来了。生活，就是在这简简单单、平平淡淡中度过的，酸甜苦辣，冷暖自知。父母那种吵吵闹闹的过日子方式是否也算是生活呢？

想着想着，陈朝晖摇摇头笑了，连自己都想不到一向大大咧咧、鲁鲁莽莽的他居然也能悟出这么多"道理"来。

也许所谓道理，就是人们在思考多了以后所得到的结论。

陈朝晖刚进家门就听见父母的吵闹声了。他不清楚为什么会这么巧，难道是父母知道他要回来，故意来气他的吗？

他们的火气很大，吵声也很响，每次都是这个样子。后来便有东西被扔了出来，就落在陈朝晖的跟前。是条板凳，凳子腿摔断了，凳子面也摔裂了，就像这个残破的家庭一样七零八落地甩在他的面前。

吵吧！闹吧！扔吧！把房子炸了才好呢！陈朝晖忘了自己在路上是怎么想的了，他把蛋糕往院子里一丢，转身就向外走。吵闹中的爸妈看见了他，都停下手来一个劲地喊他，可是他一直没有回头。

二

刘成民越来越感到悲哀了，这是他三十年教书生涯中从来不曾有过的。他真的想靠近自己的学生，可无论怎么努力，学生们始终拒他于千里之外。

来阳光中学"发挥余热"也许就是个错误，他想，三十年的教书生涯本已结束，可他又给加上这么灰头土脸的一笔，倒真是画蛇添足了。

他刘成民成了一个众叛亲离的末路英雄，这听起来似乎有些悲壮，有些残酷，可同时也让他清醒了许多。他时常在想：过去的三十年里，那一次次的辉煌和成就当中是否也掺进过沙子？自己一度坚守的思想阵地里是否也有生了锈的枪炮？或者说以前的三十年是否还同样适用于现在和以后？

冬天，慢慢地进入了最冷的时段，为了御寒，现实的人们不得不层层加衣。想来，在很早以前，学生们就已经在自己周围筑好了坚固的堡垒，到目前为止，他丝毫不曾攻破。但他希望那些堡垒都是冰做的，在遇到足够的温暖以后，可以一点一点地消融。

今晚的月色很好，这又使他想起了几个月前的那个明月之夜。那时面对这群很不听话的学生，他有的还只是气愤和痛惜，而现在却都变成自己不可名状的悲哀了。

时光老人就这么一把一把地挥洒着光阴，该去珍惜的不是他自己，而是这滚滚红尘里的芸芸众生。青春是亮丽多彩的，更是短暂的，怎么才能让这些青少年在成长的路上稳步快速地前进，是老师们义不容辞的责任。可眼下刘成民要逾越他和学生们之间的那道障碍，又是多么难啊！

因为进男生宿舍，他曾不止一次地惹一肚子气，可现在他还是硬着头皮进去了，那里是学生的世界，而他就是要到学生的世界中去。

宿舍里依然很乱，有的说某班的一个女生做完双眼皮手术后，难看得就跟妖精似的；有的说人都冻死了热水还供应不上，这算什么学校呀；还有的说今天某某老师讲错了一个地方，我给指了出来，居然还挨了一顿骂……

若在以前，刘成民一听肯定就雷霆大怒，不管三七二十一，先训上一顿再说。但今天他按捺住了，细心想想，他们的话里也不是永远没有道理的。他甚至还想，以后要是能每天都在这里当一个旁听者也是不错的。

可是学生们一看见他进了宿舍，便都闭口不言了。刘老师试着说了几句婉转温和的话，依然没人回应，他看到像小猪一样拱在被窝里的刘咏波，就喊了他两声，心想或许能从这个活宝身上挑起个话头来。

好半天，刘咏波在里边爱理不理地回了句："喊什么喊，我早睡着了。"

刘老师一听哭笑不得，心里纵然有火，也只好忍着："睡着了还说什么话？"

"梦话呗。"他刚说完，刘咏波就接上了这么一句，惹得宿舍里一阵哄笑。

后来他到了张国豪的床前，这回让刘老师很满意，在大吵大闹的学生之中并没有他，张国豪不出来惹事，已经是对他工作的极大支持了。张国豪的大被子把枕头都裹在了里面，想来已经蒙头大睡了，这种情况倒真是很难得。

刘老师想张国豪这样睡下去会闷坏的，就往下拉了拉被子。一拉没露出头来，再一拉还是没有。这就奇怪了，刘老师干脆掀开被子一看，根本就没有张国豪的人影，底下只不过塞了几件衣服而已。

张国豪去干什么了他也知道个大概，可还是问了问近旁的几个学生。他们不是说不知道，就是驴唇不对马嘴地胡诌。刘老师暗暗叹了口气，不管自己怎么开诚布公，到头来，他们还是在提防着他啊！

算了，刘老师想，我都这么一大把年纪了，吃饱了撑的，管他们干什么，反正说了也没人听，何必再自寻烦恼呢？

想到这，刘老师带着一份莫大的失望和无奈走出了宿舍。

夜很静，洒满校园的月光早被寒风吹冷了，走在其中就像走在霜田里一样。现在也真的快要下霜了吧？这么冷，张国豪也不知道何时才能回来。他怎么会宁可挨冷受冻也不待在学校里呢？难道外面的世界就真的有那么精彩吗？

刘老师在寒冷的月光里站了半天，却又转身朝男生宿舍走去。

三

当最黑暗的一段过去后，夜就开始一层一层地揭开面纱了。霜很重，就像下了一层浅浅的小雪。雪天不冷，现在很冷。

出去上了一晚上网之后，张国豪在这时翻墙回来了。

仅仅这么两年的时间，网络就以它无与伦比的生命力在中国大地上生根发芽，掀起了一股强劲的网络旋风，急剧冲击着传统的信息产业，也冲击着年轻人的心。

最近，张国豪在同城聊天室里结识了一位名叫"最美的谎言"的女网友。经过几次接触，他们聊得很投机，然而可惜的是，她说她只有周末才会出来。果不其然，这次张国豪等了一晚上，都没有见她上线。

父亲在张国豪眼里是个很英明的人，可送他来阳光中学读书这件事却让张国豪觉得很糟糕。一提来这个学校，张国豪就有一肚子的火无处发。当初他其实什么高中都没考上，是父亲通过钱的魔力把他送进了县一中，可他只在那里勉强待了一个学期，就叫人家给撵出来了。二中和实验中学对他的大名早有耳闻，都紧闭大门拒不接收，因此他也只好"屈就"阳光中学了。

张国豪觉得自己已经不小了，也具备了一些处理事务的能力，让他在父亲的公司里学上一天，绝对比在学校里学上半年都管用。可父亲偏不，非要赶着鸭子上架，让他在这所破学校里瞎混。要说是为了混张文凭，那更是可笑的，一张高中文凭比一张废纸强不了多少，再说进老爸的公司也不需要任何文凭。

张国豪从不认为知识与能力是画等号的，很多时候，在学校里所学到的和外边所需要的会相差十万八千里，有的人学了很多年的东西到头来却一点都派不上用场。比如说超市里的收银员，整天面对的就是加减乘除，小学五年级的水平就足够了，但当他们想到自己还是某大学的本科、专科毕业生时，心里就不会感到委屈吗？

当然，张国豪的理想并不是一个超市收银员，可这依然影响不了他的那套理论。改革开放后出现的首批富翁文化水平都不是很高，却一样能大把大把地赚钱。远的不管，只说父亲，他还未必能有张国豪的知识水平高呢，结果依然是统领着集团公司上千号人，依然能在并不是没有能人的沂蒙大地上首屈一指。

但是，既然父亲一定要他在这里混，他也只好硬着头皮混了，张国豪就算敢和父亲玩明修栈道、暗度陈仓的小聪明，却也还没有公然抗命的胆子。

他回来的时候离起床还有三四个小时，他也的确困得快睁不开眼了，这时再去睡觉，效率肯定要比平时高得多。

宿舍里很黑，同学们都在沉沉地睡着，梦话已经说过去了，只有打鼾声还在继续。

张国豪摸索到自己的床位前，刚要躺下，却碰到了一个人。他特别讨厌别人睡在他床上，可他不在的时候却老是有人来偷占，原因很简单，就是因为他的床比别人的床舒服。

"谁？"张国豪一边问一边伸手去摸放在床头的手电。手电打开一照却发现是刘老师，这让他很惊讶。刘老师靠着床沿半躺着，双眼有些惺忪，完全是一副刚刚睡醒的模样。

"回来了……那就快睡吧！明天还要上课呢！"刘老师见张国豪回来了，就起身给他让开地方。刘老师大概是躺的姿势不对，时间一长就把腿压麻了，起身时一下子没有站稳，扶着床腿半天才缓过来。刚刚醒来，人也还有些迷糊，他不知道，其实现在已经是"明天"了。

张国豪一时间不知该说什么好，只好装模作样地去收拾堆在被子底下的衣服了。刘老师也没有再说什么，就晃晃悠悠地往外走去，刚走两步一个不小心竟撞到了旁边的床上，张国豪这才想起来，赶忙把手电筒送给了他。

刘老师在关宿舍门的时候说了一声"何苦呢"，下边似乎还有什么话，张国豪没有听真切。

四

天亮以后，张国豪就去找谭华了。前半夜没合眼，后半夜又没睡踏实，让他的双眼里布满了血丝。谭华一看就知道他昨晚上又跑出去玩了，便说："自己找罪受，何苦呢？"

张国豪再一次听到那三个字，心里受到了触动，但一下子又说不上是种什么滋味，就把昨天夜里发生的事情一五一十地告诉了谭华。

谭华听了也很惊讶，说："老头子其实也没你想的那么可恶，你发现了没有，他现在脾气已经好多了。"

"可我还是不喜欢他，"张国豪说，"当然，我知道他也不喜欢我。"

"所以说，他才想用他的这番苦心来感化你。"谭华一针见血地说。

这句话确实是点到了张国豪的心里，不过他却说："我有什么好让他感化的？说得就跟我是个不良少年一样。就算要感化，那也是你来感化我，对吧？"

谭华好心好意开导他，他却在这里耍贫嘴，把谭华气得白了他一眼不说话了，只是在心里暗笑他的嘴硬。

过了一会儿，张国豪又难为情地说："我真不该把手电给他用，一会儿去拿的时候还得面对他。要不，你去帮我拿回来吧！"

谭华一听又气又恼，"我去给你拿算是哪门子事啊？你堂堂一大老爷们，连这点勇气都没有了，丢不丢人呀！"

"不去就不去呗，你喊这么大声干什么啊？大不了我不要了！"张国豪脸上挂不住，站起来气呼呼地甩手而去。

谭华看着张国豪悻悻离去的身影有些失望，她渐渐明白了白马王子的传说是多么不可信。所有的王子都在童话里，只能用来哄骗那些八九岁的小孩子。

谭华出生在一个富裕家庭里，父亲是个体老板，思想开化，又肯实干，所以挣起钱来并不困难，虽然还称不上什么"款"，可她家也先于中国的平均步伐提前迈入了小康之门。

出生在这样的家庭里，她从小就衣食无忧，前辈们的苦更是见都不曾见过的。将近成年了，她一方面在为自己的明天努力着，另一方面也很注重自身形象的塑造，总想着不能让青春暗淡无光。人的一生不长，属于青春的时间更短，如果不好好善待，一旦逝去可就再无找回了。

社会在逐步开放，视野也在慢慢开阔，即使生在这个落后的地区，她也依然没有落伍。琼瑶、席绢的小说还是看的，可已经不会再为里边那些不食人间烟火的纯情故事动情了。谭华在别人眼里是个很入潮流的女孩，这和她十七岁的年龄有些不相称。但她不管，只要能让自己开心、洒脱、自然，她就不愿去顾虑太多。

谭华注意张国豪，其实并不比张国豪注意她早。正当她慢慢对张国豪有了一些好感时，张国豪已经把那封赤裸裸的情书递过来了。上面写的那些话虽然很肉麻，却是谭华的第一次感动，张国豪的豪气充斥了她的世界的每一个角落。

要说哪个处在青春期的男孩女孩身后没有一段故事，别人大都不会相信。给谭华写情书的自然不止张国豪一个，但那些人全是千篇一律地找各种理由，说各种好话，然后再旁敲侧击地暗示想和她交个朋友，完全是一副酸溜溜的奶油小生模样。

谭华讨厌这种矫揉造作的虚伪，所以她才独独在意了张国豪。

后来，她也曾想过这是否就是真正的爱情，可又一想，在这个物欲横流的世界上，就算是真正的爱情也时常会转瞬即逝，还去在乎那么多干什么呢？反正张国豪带给她的是一种新奇而美妙的感觉，让她不由自主地心动。老师在讲台上讲早恋的危害时，她就在下边偷偷地笑，她觉得那是在演儿童剧，天真而滑稽，有人看却没人相信。

然而她也慢慢地发现了天长地久的誓言是多么不牢靠，白马王子的传说有多么不可信。

毕竟是人无完人啊！她所欣赏的那个张国豪离她越来越远了，随之而来的，是他们之间的各种不如意，她总觉得，他们彼此都在努力，可努力的方向却始终错着位。

更让她难以忍受的是，即便是这样，张国豪还总是想把她攥在手心里，她想这样一来我都成什么了？

刚才张国豪在她面前的表现实在有些差劲，她不想看到张国豪孬种的样子。不过到了下午，谭华见张国豪拿着手电在教室里晃来晃去，她知道那是在晃给她看。有心也好，无意也罢，这总算是亮出了他的一点男子汉气魄。

人无完人嘛！谭华又一次对自己说。如果你有心去讨厌一个人，那么所看到的就都是他的缺点，然而一旦错过了机会，又会想起他的种种好处。能包容的就试着去包容一下吧，免得一失足成千古恨。在这个世界上，永远买不到的药是后悔药。

五

残阳西下，一个很容易给人带来伤感的时间。

赵红芳独自一个人走出了校园。冰冻慢慢封住了大地，树叶早已落光，野草也早已枯萎，站在冬日的原野上，有一种茫然若失的感觉。无意间，心头又凝结上一片忧伤。

城区离这儿还有一段距离，所以它的轮廓能看得很全。楼房渐渐多了，也渐渐高了，就像蚕从蛹变成蛾似的，完全没有了原来的模样。赵红芳还记得小时候妈妈带她来时的情景，整个县城都是平房和瓦房，偶尔看见一座老式楼，幼小的她连有几扇窗户都能数得一清二楚。那时她是十分调皮的，完全不像现在，每次跟母亲进城赶集或是逛商店时，她都高兴得仿佛进了天堂，看见有什么好吃的好玩的，随手拿着就走，而母亲呢？也没办法，只好跟在她后边一份一份地付钱。

那是什么时候的事了，似乎就在昨天吧？可她每次回想起来都觉得隔了好远。无忧无虑的时代真的已经远去了，而现在……人的长大为什么总要伴随着无穷的烦恼呢？

冬日的原野，空旷而萧索，能看见人工痕迹的只有几个白菜窖，是城郊农民们的。所谓"窖"，也只不过是一种长条状的坑罢了，有半米多深，一米多宽，长度三四五六米不等。把白菜并排在里边，而后用玉米秸盖住，上面再培上一层土，这样不但保证白菜不被冻坏，而且还保证随吃随拿的方便。这样的菜窖，冬天在这里很容易见到。赵红芳看了总觉得它们应该像点什么才对，像什么呢？大概是像坟墓吧！白菜待在里边暗无天日，可出来吧，又要面对风刀霜剑的严冬，真是好为难啊！

赵红芳不经意地一低头，不远处有一个红红的东西吸引了她，走过去拾起来一看，是一张红纸片，上面写着一个大大的"奢"字。是谁家又办喜事了？在这儿的农村，按照古老的风俗，谁家要是娶媳妇都会撒一路"奢"字的，图个吉利。赵红芳查过几回字典了，都没查到这个字，应该是念"大吉"才对，可也有不少人都念"喜"字，管它呢，谁会去在乎这个。

不知不觉就来到了小青山上的亭子。亭子依旧，石凳依旧，而他却没有了。石凳冷冰冰的，石柱也冷冰冰的，整个亭子里都捕捉不到一丝他的气息，只剩了风、寒冷和她。

带有"奢"字的纸片裁得方方正正，黑亮的"奢"字写得工工整整，字里字外都透着一股吉庆味儿。赵红芳忽然动手撕了起来，讨厌的"奢"字！该死的"奢"字！可是，就算撕了又有什么用呢？纸片可以撕碎，"奢"字可以撕碎，自己的悲伤却是撕不碎的。赵红芳的泪水无声无息地涌了出来。对于自己那份莫大的悲伤，她至今还是没有勇气去面对，她多么希望那只是一场梦啊！梦一醒，也就什么都重新开始了。

为什么多情总被无情伤？为什么刚走上青春路就掉进了荆棘丛？付文强你对我太不公平了，太不公平了！她再也无法控制自己，一下子趴在亭子中的石桌上失声痛哭起来。这些日子，她过得实在太压抑了。

风还在吹，她还在哭，泪水湿了她的衣袖，湿了冰冷的石桌，湿了她的整个冬日世界。

她哭了好久，哭过之后就好受了许多，也平静了许多。她的目光又一次落在了山下那些白菜窖上，白菜在地窖里自然可以躲过寒冬，但是它依然是在静静等待着另一种死亡。是的，不能像白菜那样，人怎么能像白菜呢？冬天要来就让它来吧！如果冬天来了，春天还会远吗？

不能再哭了，不能再掉泪了，为什么非要让人家说女孩的眼泪不值钱呢？

一抹残阳仿佛不胜寒意，正一步紧似一步地往山下跑。该落下去的就快落下去吧！明天的太阳定会是全新的！脸上还挂着泪水呢！都要皱了，赵红芳伸出手来擦拭残泪时才发现，那张被撕成几片的"奢"字还攥在她的手里。

扔了它！

不，还是留着吧！放在一个别人都看不到的地方，就像珍惜自己一样珍惜着它，也许等十年二十年以后，它还能为自己讲述这段故事。那时候再听起来，一定很可笑吧！

回到教室，她就把雪莱的那句诗写在自己最珍爱的笔记本上，写完后又仔细描了一遍，还是有些不忍放手。

预备铃响了，付文强急匆匆地跑进教室，一下子把赵红芳还没来得及放好的笔记本碰到了地上。笔记本敞开了，那句话毫无遮掩地展现在了他的面前：如果冬天来了，春天还会远吗？

他低下了头，一定是看见了。真见鬼！为什么自己的心事老是让他窥探到呢？

付文强拾起笔记本，合上，放好，还对她笑了笑。赵红芳知道他为什么笑，他一定是觉得终于放下这个包袱了。原来，自己在人家看来只不过是一个包袱啊！

想到这，赵红芳的心里又是一阵酸痛。

第十一章

一

千禧年的元旦快要到了。

这个"洋"年，在上了岁数的人眼里没什么特别，可对于这些年轻的学生却意义非凡，一千年一次呢，几十代人才能轮到一回！

每逢临近节日，人们总想着送一份或轻或重的礼物给亲近友好之人，以表达自己的祝福和情谊。大款、大腕们可以一掷千金，甚至送汽车，送洋房，而学生们办不到，几块钱或是几毛钱一张的贺卡便是他们手中最流行、最合适的礼物。

付文强花十块钱买了四张贺卡准备送人。像陈朝晖这样的铁哥们好得穿一条裤子，送了反倒是见外，其他一般的朋友也不必送，反正他也没有那么多钱，四张就已经足够了。

首先要送的是林晓晴，虽然他们也是好朋友，可终究意义不同，林晓晴不但是他的朋友，更是他的知心人，再说……反正就是不能不送。

林晓清也是不能不送的。曾经，他的确把林晓清当成一个包袱，但现在无论如何都不会再认为结识她是一件让人后悔的事了。毕竟，人都是在一步步前进的过程中成熟起来的。走出一片阴霾，就会发现一种美丽。放下林晓清这个包袱，同时又收获了林晓清这个朋友。

初中的班主任卢老师更是要送的，在付文强心里，他自始至终都是最好的老师。一张卡片轻微绵薄，然而重的是那份心意。

还有最后一张，他早已经想过要送谁了，但动笔时又有点犹豫不决，也就暂且先放一放了。

付文强把一张漂漂亮亮的贺卡亲手交给了林晓晴，林晓晴笑逐颜开地说："谢谢啦，你可别指望我能礼尚往来哟！"

付文强拱手作揖道："林小姐言重了，想我齐鲁礼仪之邦，自古就是名山名川出名士，小生又岂是那贪财好物之人？"

一串"孔乙己"式的酸话逗得林晓晴哈哈大笑起来，心中不禁又为那件事叫好，丢掉心灵包袱的付文强就是和从前不一样了。

付文强刚回到教室，就见陈朝晖拿着一张贺卡在那里等他了。

付文强撇着嘴瞅了瞅他说："哟，你这是发什么癔症啊？跟我也玩这一套！"

陈朝晖把那贺卡在手里晃了晃说："你不要啊，那我这就给林大小姐送回去了？"

付文强一听是林晓晴送的，赶紧一把夺了过来。

陈朝晖贴在他耳边说："你们俩可真是心有灵犀啊！"

付文强给了他一拳，说："闭嘴吧你！过元旦了，互赠一下贺卡有什么好奇怪的？就像咱俩，谁也没有想到谁，这不也是心有灵犀吗？"

陈朝晖见付文强的同桌不在，就坐了下来，眨巴着眼睛说："我觉得吧，林妹妹对你有那意思了……"

不等他说完，付文强就把话打断了："有你个头啊！捕风捉影的。"

"有没有也不是我说了算的，你自己去试探试探，不就什么都清楚了吗？"

付文强知道对于这个问题，陈朝晖还会说个没完没了，就起来赶他："走走走，别在这唠叨了，妨碍我看贺卡！"

"你看你的，关我什么事？"

"里面还有情书啊，少儿不宜！"

陈朝晖走后，付文强琢磨了半天他刚才那句话，也没有琢磨出什么来，只好先去传达室寄另外那两张贺卡了。

二

付文强到传达室时，发现有自己的一个邮包，被孤零零地扔在桌子上。由于学校没有邮箱，来来往往的信件、邮包全都放在这张桌子上，传达室的老大爷嫌爬楼麻烦，也经常不给送。偶尔碰到一两封重要信件时，才会在门口的小黑板上通知一下。

邮包是一个叫"颖儿"的笔友写来的，鼓鼓囊囊的。他们这个年龄的人，在枯燥的校园生活中，大都喜欢交上这么一两个笔友。虽然素未谋面，却可以心心相通，虽然远隔天涯，却常常会感觉就在身边。

千禧年的元旦是个值得纪念的日子，笔友颖儿给他寄来了一大堆特殊意义的礼物，害得付文强又后悔怎么把她给忘了。

下午饭后，付文强怀着一颗忐忑不安的心前去赴约，刚下楼就碰到林晓晴了。林晓晴手里拿着三封信兴高采烈地对他炫耀说："看啊！

全是今天收到的！"

看到她，又想想陈朝晖上午说过的话，他没头没脑地说："这算什么啊，你猜我笔友今天给我寄来了一份什么礼物……"

"慢着，"林晓晴打断了他的话，"你什么时候交上笔友了？"

"很久了啊，还没上高中之前就有了！"

林晓晴瞅着他问："女的吧？"

"当然是女的了，男的谁交啊？"付文强故意说，"可漂亮了！"

"哎哟，真还看不出来，你也一肚子花花肠子。"

"同性相斥，异性相吸，自然界的规律嘛！"付文强的脸上竟然露出了几分得意，"比如说你吧，要是给一个女的写信，写出花来她也肯定不会理你，可是相反的，你要是给一个男的写，我敢保证，就算他三天三夜没合眼了，也会先屁颠屁颠地给你回信。"

林晓晴撇了撇嘴说："胡说八道，我才不信呢。"

"你猜我笔友给我寄什么来了？"付文强又问。

"不猜！"林晓晴的头摇得跟拨浪鼓一样。

"为什么不猜？"

"没有为什么，就是不猜！"

没办法，付文强只好自己招供说："是整整一千颗幸运星，全是她自己叠的，花了一个多月时间呢！"

"哟！"林晓晴转动着眼珠说，"都发展到这种程度了啊？我看下一次她说不定就把自己装在大箱子里给你寄来了。"

付文强越听心里越美，继续说："先别急，还有呢，她居然还说千万不能让我女朋友看见了，要不然会吃醋的……"

"你女朋友是谁啊？"林晓晴反问道。

"这我也不知道啊，看来，谁吃醋就是谁了。"

没想到，他的话刚说完，林晓晴就瞪了他一眼说："要是我说我吃醋，借你俩胆儿，你敢承认我是你女朋友吗？"

"啊……这……"林晓晴把他的阴谋诡计一揭穿，却让他不知道说什么好了。

林晓晴拿手中的信在他脑袋上使劲一拍，说："这你个头啊，本姑娘要回去看信了！"

可是刚走出几步，她就偷偷地骂道："付文强你个大混蛋！"

三

本以为可以暗窥天机，不想结果又是自作聪明，付文强发誓再也不上陈朝晖的当了，这种蠢招，在林晓晴面前实在是小儿科。

林晓晴的谜团没有解开，眼下还有一个谜团正在等着他呢！自从那次他在小青山上拒绝了赵红芳之后，赵红芳就再没有主动开口跟他说过一句话，他想这又重复了一个千篇一律的结局。

很多青春期的少男少女们，心中一旦有了一个影子，就会把对方想得比谁都好，然而当自己被这个影子伤了心以后，又会视对方为死敌，就算天天见面，也老死不相往来。

付文强本来觉得赵红芳和他也会这样的，可没想到今天她却突然开口约他在老地方见。

"在老地方见"，这是多么浪漫温馨的一句话啊，但此刻给付文强的感觉却像一颗定时炸弹。

该说的都已经说完了，该恨的也可以尽情去恨了，为什么还要在老地方见呢？

那次，他在赵红芳的笔记本上看到雪莱那句诗时，真的很欣慰，恨不恨他都没关系，毕竟，她已经从那份悲伤中走出来了。这同时也让付文强感到了意外。

说实在的，他一直认为赵红芳是个认死理的人，凡事都太过于认真，因此在考虑如何拒绝她时，付文强感到了为难。后来，自己阴差阳错的一句话虽然把这事给解决了，可他却整天提心吊胆的，生怕她一时想不开，会做出什么让人意想不到的事来。

可是她没有，她说："如果冬天来了，春天还会远吗？"当付文强看到这句话时，无比惊喜。这也应该算是一种成熟吧！蹚过淋漓的雨季，就没有人会一无所获。

她的这份成熟让付文强很感意外，可谁知真正的意外却是现在，当付文强自认为万事大吉、高枕无忧之后，却意外地挨了一记"回马枪"。现在，赵红芳又约他在老地方见了。

付文强知道该来的总会来，不管你怎么躲都躲不过去，也就只好硬着头皮去了。

赵红芳就在那个曾经被她视为伤心地的亭子里。风依然在吹，石凳依然冰冷，而她却不再流泪了。曾经，她留在亭子里的那些眼泪，现在早已不复存在了。

那次她问谭华，像她们这么大就去喜欢或是爱一个人到底应不该时，谭华说这话会让人笑掉大牙。但现在她仍然要问一问应不应该，这次不是问别人，也不是问自己，她要问明天，也许只有明天的答案才是最正确的答案。

大老远，赵红芳就看见踯躅不敢向前的付文强了。这又何苦啊！自作多情的人，不但害苦了自己，同时也害苦了别人。

于是她就喊了一声："付文强，你至于吓成这样吗，我又不会吃了你！"

可是等到付文强真的站在她跟前了，她又在担心刚才的话是否说重了。

他们默默地站了好久，赵红芳突然扬起头，说："付文强，我要在高考的时候和你一比高低，你敢应战吗？"

这的确有些突然，付文强先是一愣，不过随即笑了，他说："敢！"

一抹斜阳的余晖落在赵红芳的脸颊上，她笑靥如花。

回去的路上，付文强就知道那第四张贺卡到底该不该送出去了。

四

阳光中学的脚步越迈越艰难了，胡书明陷入了"四面楚歌"的境地。阳光中学里没有了阳光，只剩下荆棘。

元旦的时候，同学们本都是盼着放假的，可是居然没有放，也没搞任何庆祝活动。胡书明承诺在期末考试结束后再给大家补上。尽管这也把叫嚷不停的同学们安抚住了，可他们心里的怨言还是无法平息。

这天早晨的天气不是很好。白老师像往常一样骑着自行车去学校，她的心情也是阴阴郁郁的。今天元旦，她本来也打算放松放松自己，去做一些有纪念意义的事情，可是胡书明把她这个机会给没收了。

当初，她能来阳光中学教书，其中一个很重要的原因就是佩服胡书明那份勇气。再穷的地方也有富翁，在依蒙县，阳光大酒店的老板胡书明虽算不上多么财大气粗，可他却在这片贫瘠的土地上办起了第一所私立学校。

这就足以让白老师对这个原本没有什么印象的商人另眼相看了。

毕竟，第一个开口吃螃蟹的人可以称得上英雄。

其实，父亲原本是想让她去县一中的，县一中的条件显然比这儿好上不止一倍，可前前后后跑了十几趟也没能跑成。一个退了休的老工人的确没有太大的能力与财力。

为人父母的，为了子女一辈子都有操不完的心。

父亲年纪大了，白老师实在不忍心，就在阳光中学公开招聘历史老师的时候，毫不犹豫地报了名。

白老师觉得她能来这里也是一份很大的荣幸，这使得她有机会接触和了解这群落榜的中学生。他们虽然倒在了应试教育的分数线前，却也并非就是什么坏学生，能给他们提供继续读书的机会，胡书明这份功劳不小。

然而确切地说，胡书明是个商人，不是个校长，至少还不是个合格的校长，他驾驶的这趟阳光列车没能顺顺利利地一往直前走。

白老师也听到过不少私立学校破产的消息，弄得一大帮十七八岁的中学生都找不到个安身立命之地，她真的不希望阳光中学也是这种结局。

白老师按出了一串清脆的铃声，然后拐进学校。冬日的校园有些荒凉却很整洁，整体看起来，确实是座有些气势的象牙之塔。可是又有谁知道，撑在这底下的是一群已经快迈不动脚步的人呢！

白老师大老远就看见陈朝晖拿着历史课本等在她的办公室门口了。她不禁欣慰又无奈地笑笑，这小子真是学历史学疯了，大清早的不去上自习，反倒是跑来这里追问问题了。

陈朝晖是白老师眼里进步最快的学生。刚一开始，他连一些最基本的常识都记不住，经常会闹出"关公战秦琼"式的笑话。可经过这一段时间的不懈努力，现在他已经是历史课上的佼佼者了。白老师喜欢这样好学上进的学生，这让她更加深信了一句话：有志者，事竟成。

不过说实在的，这小子还不行，他才只是历史课学得好呢，其他几门功课依然很薄弱。白老师当然希望他把历史学好，但同时更希望他能把每一门功课都学好。

"又发现对哪一历史性问题的评价不合理了？"白老师一边拿钥匙开门一边问。

陈朝晖经常来找白老师讨论问题，他觉得课本上的东西也并不完全正确。比如说，一讲到伟人，就全是完美无瑕，连一丁点儿缺点都看不到；一讲到坏人，就全是罪大恶极，从头到脚都没有任何可取之处。说着说着，陈朝晖还老爱举那个例子：土匪头子刘黑七就算再坏，可到了他母亲跟前还是个大孝子呢！

陈朝晖这小子竟敢说教材编写组的不是！不过白老师觉得，很多时候他的话也未尝没有道理。

"这回可不是，书上哪有那么多毛病可挑啊！"陈朝晖笑得有些发傻，有些发憨。

接着，他便急忙从历史课本里抽出一张贺卡来递给了白老师。这张精挑细选、精美无比的贺卡连他的铁哥们付文强都不知道。

"白老师，祝您元旦快乐！"他恭恭敬敬地说道。

白老师显然没想到今天会收到这样一份意外的祝福，她先是有些吃惊，随后开心地笑了。毕竟，这也是学生的一份心意，况且还是她最钟爱的学生呢！

白老师看着正想往回跑的陈朝晖，说："老师出来得匆忙了，没有准备什么礼物，就送你句元旦快乐吧！"

有这句话，陈朝晖已经感觉比吃了蜜还甜了。

五

同学们盼星星盼月亮，终于盼到元旦的来临，谁都想趁机把心放飞到九霄云外，痛痛快快、潇潇洒洒地玩上一天。可胡校长不给这个机会，一句话就斩断了他们五彩斑斓的美好遐想。

这个时候，仔细一听，校园的每个角落里都哀声载道、怨言四起。

对于胡校长的承诺，同学们更是不信。这年头，烟有假，酒有假，衣服鞋帽有假，就连皇天为证、后土为鉴的海誓山盟都有假。期末考试之后就放假过年了，他还把庆祝补给谁去？

元旦这一天的早晨是刘老师在盯自习课。

教室里乱哄哄地，一听就知道是"民愤"，好好读书的却没有几个，这其中反倒要数刘咏波"读"得最卖力了："我轻轻地舞着，在拥挤的人群之中，你投射过来异样的眼神。诧异也好，欣赏也罢，并不曾使我的舞步凌乱。因为令我飞扬的，不是你注视的目光，而是我年轻的心……"

《第一次的亲密接触》里这段话，曾经感动过无数少男少女，但此刻从刘咏波嘴里读出来，却显得滑稽无比，直逗得满教室的同学都说他发春了。

刘老师知道他是在故意捣乱，可也没法说什么。对于一个文科生来说，上自习所要读的也并不单单是课本上的课文，再说今天的情况下学生有怨气也是情有可原的——此时的刘老师，破天荒地体会到了这一点。

刘咏波这一闹，张国豪也开始凑热闹，他在座位上肆无忌惮地讲一些捉弄人的段子，直逗得谭华"咯咯咯咯"乐个不停。

在他们相处的时候，谭华又退了一步，虽然不能说退一步海阔天空，可她毕竟又找回了几分对于他们"未来"的自信心。谭华总是试图让自己多一点包容，少一分挑剔，这样还真让她发现了一些原本看不到的美丽。

然而叫她深感悲哀的是，她终究成不了那样一个人，如果张国豪一直做不到她心坎里去，她自己也不知道还能坚持多久。

谭华的笑，让张国豪心里美滋滋的。最近一段时间里，谭华对他比以前好了许多，他也不知道到底为什么，可是能感到她的好，能看到她的笑，这还是让他心里好受了许多。看来，只要自己紧抓不放，谭华还是会乖乖待在他手心的。

他太喜欢谭华了，绝不能让她跑掉。

刘老师还在教室里，他们却越闹越欢。这些学生实在是太容易走向对立面了，刘老师想，他们心里不高兴，就一定会想方设法发泄出来，才不管有没有老师在呢。

可是他们只知道自己在该放假的时候还被关在教室里，心中委屈，又怎么会知道作为一个把握全局的校长，胡书明眼下又有怎样的难处呢？

"大清早的不好好上自习，一个个都说得这么带劲儿，"刘老师实在看不下去了，就说："那好，你们不想读书我也不勉强，我给你们讲个故事听吧！"

这倒是新奇了，刘老师居然也会讲故事，他能有什么好故事？很多同学都这样想。

"这是发生在咱们沂蒙山区的故事，不过已经是二三十年前了……"果不其然，刘老师一开口，就带着一股陈芝麻烂谷子的味道。

"有一个学生，从小就没了妈妈，他爸爸也长年瘫在床上。可他还是靠自己供自己上完了高中。穷人孩子早当家，这话一点都不假，要是被逼急了啥事都能做得出来。"

"你们现在都三天两头的买衣裳，只要感觉不时髦了马上就扔到一边去。可他呢？在外上学好几年里就只有两身衣裳，夏天是一件的确良褂子加上一条黑裤子；冬天是一身洗得发白的旧军装。这还是他一个当兵的亲戚送的。"

"他穿的鞋也是自己做的，有一回上体育课时，他竟然把鞋底跑掉了，同学们都笑话他，让他赶紧扔掉，可是他却又赤着脚跑回宿舍把鞋底缝了上去。"

"在外上学的时候，每逢回家，都是他自己磨玉米糊、高粱糊，自己支起鏊子来烙煎饼。然后他把好的叠起来留给病床上的父亲，叠不成个的碎煎饼渣带到学校里用开水泡着吃。"

"可你们现在呢？就算是家里给叠得好好的，包得好好的，还都嫌寒碜，还都不愿带，顿顿都要吃白面馒头！三十年前的生活水平当然不能跟三十年后相比，但三十年后的吃苦精神，跟三十年前是一样的！"

刘老师这种教育人的方式虽然有些古板生硬，但多少还是起到了一点作用，教室里慢慢地安静了下来。他又继续讲他的故事："后来，这个学生靠自己的努力办起了一个大酒店，再后来，他就成了咱们这个学校的校长了……"

"胡校长？"下边的同学异口同声地惊讶地问道。他们的确都没想到刘老师讲了半天故事，主角竟然是胡校长。

可刘老师紧接着就确认了："对，就是咱们胡校长。他所经历的难处还远远不止这些，"刘老师真的对自己的学生推心置腹了，"所以我希望你们不管对我有什么看法，对其他老师有什么看法，都别去跟胡校长顶着干，他能做到今天这一步，已经很不容易了。"

第十二章

一

胡书明在二十年前的确一贫如洗，但这并不说明他们家未曾辉煌过。事实上，从他父亲往上的很多代里，他们家一直都是地主大户。

胡书明上学的年龄要比同龄的孩子晚得多，刚上学的那几年，他虽然也和别人坐在同一个教室里，却无论如何也和他们坐不到同一个台阶上去。

高中毕业的时候，不用说他也知道这一辈子圆不了大学梦了。所以在同学们都斗志昂扬地走向考场时，他却收拾起自己的东西回了家，从此主动结束了他的学生生涯。

离开学校的胡书明仍不过是书生一个，上了十多年学下来，他学到手的手艺只有烙煎饼和腌咸菜。然而烙煎饼在周围的农村里，又根本算不上是什么手艺，随便找出一个家庭主妇都会烙，而且还绝不比胡书明烙的差。腌咸菜就更不用说了，谁家的天井里没有一两个咸菜缸呢？

读过书的年轻人优越就优越在脑子比别人灵活，思路比别人来得快。周围的人们都没想到吃了千百年的煎饼咸菜还可以拿去卖钱，可胡书明想到了。于是他就前头挑着个小坛子，后头挑着个小笾子，起早贪黑的到依蒙县城的大街小巷上叫卖。随着生活水平地提高，有些城里人吃多了大鱼大肉、白面馒头之后，就渐渐感到发腻了，开始怀念起从前吃煎饼就咸菜的清苦日子，胡书明的到来正迎合了他们的心意。

当然，在当时还比较贫穷落后的沂蒙山区，吃腻了大鱼大肉的人家毕竟没有多少，不过他一天能卖上块儿八毛的就已经很满足了，他没有什么过高的奢求。况且家里还守着好几亩地，总不至于被饿死了。

这时候，胡书明的家里堆满了煎饼，可他自己吃的依然是叠不成个的煎饼渣；咸菜本是农村里最平常、最不算菜的一样菜，可现在他也舍不得拣像样的吃了，因为他现在知道了，那都是可以卖钱的。

后来他手头渐渐宽裕了一点，就开始着手增添一点新鲜花样，力求把煎饼烙得更好一些，把咸菜腌得更香一些。事实证明，这一步他并没有走错，如此一来，的确给他多带来了不少回头客。

现在每每夜深人静睡不着的时候，胡书明老是在想，要是没有当年吃的那些苦，受的那些罪，多年以后的今天，他是否还会有这么一份不大不小的产业呢？

也许世上并没有命运多舛和一帆风顺之说，如果早些年经历的事多了，那么接下来的路就会觉得好走一些；如果早些年一直躲在父母的怀抱里，那么接下来需要自己走路时，就连一条普普通通的沟坎，可能都很难迈过去。

不管怎样，胡书明对于年轻时期的经历从未后悔过，当然这还有另一个原因，那就是在这期间他遇上了自己的妻子。

二

妻子方欣和自己结婚刚过十年，可相识却已经有十七八个年头了。

那时候的方欣跟现在的小姨子方圆差不多大，也是一个刚刚二十岁的姑娘。

刚刚二十的方欣住在依蒙县城里，是胡书明的老主顾。一般的，方家早上吃的煎饼由方母来买，而饭后上班时，方欣则经常会捎上两个，等到中午在厂里吃。有时候，还能一次捎上七八个，拿回去分给同伴们。胡书明也确实挣过她的不少钱。

当时的胡书明只是因为方欣老买他的煎饼而心存感激，除此之外并没有过任何非分之想，更没料到有朝一日他这个穷小子居然还能上演一出英雄救美的好戏。

方欣家前边是一条黄土路，那时的县城还没能把柏油路铺到每一个角落里。出事那天下着大雨，中午一般不回家的方欣恰好在这一天临时有事，不得不回来一趟。

十多年了，胡书明还记得很清楚，雨中的方欣骑着自行车本想快蹬两下冲上那个小坡的，可惜力气不够，刚上了一半车子就从泥泞的黄土路上滑了下来。方欣一下子摔倒在地，头正好撞在路边的一块石头上，鲜血随着雨水流了一地。直到今天，方欣的前额处还能看见一块疤痕，所以她一直都留着长长的刘海。

就在不远处一个屋檐下避雨的胡书明看到后，扔下煎饼挑子就跑了过去，二话没说把方欣背起来送进了县医院。

后来要交住院费时，胡书明掏遍了自己所有的衣兜只掏出了被雨水淋湿的三块五毛钱。医院的人被他弄得哭笑不得，说这些钱不够。可他却说我就这么些钱了，还是今天卖煎饼挣的呢！要不然，你们先救人，我跑回去跟她父母要，实在不行，你们干脆把我押这儿算了……

出院后，方欣自然而然地就对他好了起来。其实，在此之前也不坏，只不过性质完全变了。刚回去上班的第一天她就对他说："我在东关的服装厂上班，那里的好多姐妹都喜欢吃你的煎饼，我觉得你要是在我们厂子门口摆个小滩，再弄上几张桌子，炒点小菜什么的，肯定比这样挣得多。"

说着还冷不丁塞给了他二百块钱。

胡书明只当她是因为自己救她命的事而来感谢的，怎么也不肯收。弄到最后，方欣说，你要是真觉得这钱不该要，那就算我借给你的，十年以后你再还，到时候连本带利你还我四百。不曾想，等到十年的时候，连方欣的人都是他的了。

不得不承认，方欣确实给他指了一条好路，正是从那以后，他的生意才有了一日千里的发展。

起初，胡书明的菜老是炒不好，唯一能拿出手的还是咸菜。为此，方欣常常利用星期天的时间把他带回自己家里，亲手教他炒菜，甚至有时还是边学边教的。一来二去、耳厮鬓摩的，胡书明也渐渐明白了她的真实心思。

然而在封建思想盘踞几千年的土地上，他们像许多类似的人那样，婚姻最大的阻力来自方欣的父母。

当然，方父方母不接纳胡书明的原因是多方面的，虽然他曾救过方欣，但这个理由在方家眼里不太容易站住脚：一来胡书明的出身不好；二来他是个乡下人；三来他虽然做了点生意，可还是太穷，方欣要是嫁给了他，说不定得跟着受一辈子苦。

所以，这桩有情人成眷属的婚姻就这样被搁浅了。

令胡书明感动、给胡书明勇气的是，不管家人怎么阻挠，方欣对他的心却日久弥坚，这也让自以为一文不值的胡书明下定了永不放弃的决心。

历史走进二十世纪九十年代的时候，中国大地已经步入了一个新的春天，这时的胡书明也已经拥有了一爿像点样子的小饭馆。同时，他和方欣也都老大不小了，再耗下去实在耗不起了。方家父母怕再阻挠下去会害得女儿没人要了，才顶着亲戚朋友异样的目光，勉强同意了他们的婚事。

最终，这场两辈人之间的斗争，方欣以她八年的青春作代价换取了胜利。

胡书明把婚礼办得铺张了一些，因为他知道，自己如果再不这样做，那么方欣在父母面前，方欣父母在亲戚朋友面前，可就真的抬不起头来了。事实上，即使他不铺张，这也是一笔很不小的花销，结婚毕竟不是一件小事，况且还是一个乡下人在县城里结婚呢！

一场婚礼，把胡书明几年来起早贪黑、风风雨雨积攒下的一点钱轻而易举就花光了，因此，婚后的生活还是不好过。结婚前，他一个人吃饱了全家不饿，街头巷尾随处都可以安身立命。但结婚后就再也不能这样饥一顿、饱一顿，居无定所了。尤其是两年之后女儿雪洁的出世，更是把整个家庭的担子都压在了胡书明肩上。

生活依然很拮据，步履依然很艰难，但更为艰难的岁月他都熬过来了，胡书明不会再怕什么。一个成家后的男子汉，即使是一无所长，也得担负起养活全家的责任。

三

元旦这天晚上，胡书明带着一身疲惫回到家时已经快十点了。

由于胡书明工作性质的缘故，他们家一直都有晚吃饭的习惯，此时的方欣正在厨房里做饭，忙忙碌碌的，不时敲打出一阵阵锅碗瓢盆交响曲。女儿雪洁正在小书桌上画画，一见他进门就小鸟一般飞入他的怀中，甜甜地喊着爸爸，说一串很天真的话，讲一些很幼稚的事。然而这一切都让胡书明感到无比温馨，因为这是他的家——世界上最安全、最舒适的避风港湾。

元旦是法定节日，本来应该放假的，可张副主任在教委工作会议上刚刚点名批评了阳光中学，思量再三，他还是决定不放假了。

张副主任自从来阳光中学检查过以后，就对这里抓得紧了，过问的事也越来越多了。前两天在会上，张副主任光批评胡书明就用了足足二十分钟，说他不会办学，在拿学生们的前途开玩笑，搞不好会把自己弄成历史罪人；说阳光中学就像一盘散沙，一点也不规范，没有个正规学校的样子；说学校的领导就像一群苍蝇乱飞乱撞，一年多了还找不到个明确的方向……

说到气头上，张副主任还拍着桌子给他下最后通牒：这学期期末考试时，阳光中学的成绩要是超不过全县平均分数线，县教委就考虑收回他的办学资质，让阳光中学早点关门歇业！

虽然说，很多问题提的都没错，但胡书明还是觉得心里委屈。阳光中学开办一年多来，他这个分管领导不但从未给学校提供半点方便，最近半年还一再地逼迫打压，甚至是挤对他。这常常让胡书明觉得，张副主任态度的转变多少与张老师的辞职有关。

到现在，胡书明真是有些后悔当初为什么要埋下这么条祸根了。

然而猜归猜，想归想，人家毕竟是自己的主管领导，再说也都没有超出人家的权力范围，好听难听自己都得听，好做难做自己都得做。

利用整整一个下午的时间，他把办学一年多来的经验和不足认真、深刻地总结了一下，当然最主要的是总结不足。通过这份材料来看，阳光中学还真是千疮百孔、漏洞无数，他自己离一个真正合格的校长也还差了一大截子。

胡书明为难了，他的确不能拿着学生们的前途开玩笑。办学校和开酒店不一样，其结果是绝对不能用成功和失败来衡量。当初，胡书明还只是觉得阳光中学像根鸡肋，食之无味，弃之可惜，可现在他却觉得无论吃与不吃，他心里都一样不是个滋味。

这不禁让他想起了一些大老板，看着企业不赚钱了，就捡一些便宜塞在腰包里，然后把偌大的公司随手一扔，自己到天南海北逍遥去了。胡书明不能这样做，他这个挑子没处可撂。

在办公室里，他又写了一份具体细致的工作规划，以此作为下一步的行动指南。他想，还是自己的工作没做好，如果不是真的存在这么多问题，张副主任也不至于三天两头找他的事。既然自己的工作没做到家，那也就不能怨领导说了。相反的，他还应该感谢张副主任才是，要是他什么都不过问的话，今天这些问题，胡书明或许到明天后天还认识不到。

胡书明想，来到这个世界上的四十多年，虽然算不上有多么长，可他也经历过不少事了。从当初挑着挑子卖煎饼咸菜，一步一步走到今天，他从没轻易地放弃过什么。现在阳光中学虽然出了困难，但他还是会继续坚持下去，不到最后绝不认输！

末了，他铺纸磨墨，挥笔写下了那副曾激励蒲松龄一生的名联：

有志者，事竟成，破釜沉舟，百二秦关终属楚；苦心人，天不负，卧薪尝胆，三千越甲可吞吴。

四

菜还没有端上来，方欣还在厨房里忙活个不停，给胡书明当过师傅的她，在这方面早已称得上是专家了。

胡书明刚洗掉一身的疲惫出来，连一杯水都还没来得及喝，雪洁就过来拉他去看自己画的画了。

在一张画纸上，用五颜六色的画笔画了一个歪歪扭扭的大房子，雪洁一个劲地让他猜猜这是什么。胡书明无从猜起，雪洁就告诉他这是她画的爸爸的学校，全班同学都知道她爸爸有一所大学校。

后来胡书明又问她今天学了些什么，她说今天老师要她们说说自己的理想。胡书明问她什么是理想，雪洁说理想就是长大以后要做的事。胡书明又问那你的理想是什么呢？雪洁说我的理想是有一天能到爸爸的学校里去上学，当爸爸的学生。胡书明听了，老半天只是点头说行行行，好好好。

和成年人在一起时，哪怕是闲聊，往往也会因为两句毫无意义的废话互斗半天心机，但是和小孩子在一起，却能到的世界上最真实、最质朴的话语。

要到爸爸的学校去上学，也许并不能称之为是雪洁的理想，说不定过两天她就会忘了，然而此时此刻，却给胡书明带来了太多的感动。

吃饭的时候，方欣忽然问他："书明，你现在是不是很难啊？"

妻子这句没头没尾的话把胡书明说懵了，他当然是很难了，但那都是妻子不知道的。作为丈夫，胡书明常常为欠了妻子太多而自责，所以很多工作上的不顺心，他总是一个人默默忍受，以免说出来让妻子担心。

见胡书明没有答话，方欣又说："今天我去酒店了，国柱把那边的事都告诉我了，连你卖车的事也跟我说了。"

胡书明听了不禁皱皱眉头，在心里骂道："这个邱国柱真混蛋，诚心拆我的台！"

"国柱还说，学校的情况更不好，因为没钱，都快支撑不下去了……"

一旁的雪洁忽然插嘴说："爸爸不是管着邱叔叔吗？他怎么还敢说爸爸的学校不好呢？邱叔叔一定是个大坏蛋！"

方欣又给雪洁夹了点菜，说："小孩子家吃饭时不许乱说话。"

说到邱国柱，胡书明总是很头疼，他有能力也有事业心，他为阳光大酒店的发展立下了汗马功劳，这都不假，可就是冒冒失失的，总办一些不靠谱的事出来！上次的假酒事件还没消停，他又弄出来好几次乱子了，胡书明真怕他再这么没轻没重，说不定哪天就把阳光大酒店也弄散了架。

不过，胡书明心里虽然不满，可嘴上也只是很平淡地说："别听国柱瞎说，他那人你又不是不知道？说话做事从来没个准！"

方欣忽然放下筷子说："书明，你还想把我哄到什么时候，我可是你老婆呀！"

妻子的态度一下子变得如此激动，让胡书明真不知该说什么好了。

"这么多年来，你不管干什么，我从来没说过半句阻拦的话，可办学校不一样，阳光中学就是个无底洞啊！刚刚一年的时间，就把整个酒店都掏空了，那接下来该怎么办啊……"方欣动情地说，"听我一句话行吗？别再犯傻了，把学校丢开吧！书明，就算我求你了。"

第十三章

一

元旦过后的日子里，学校的各方面管理真的正规有序了不少。热火朝天的氛围也给很多同学增添了学习劲头，但不可避免地仍有人无动于衷，张国豪便是其中一个。

不管学校是宽是严是松是紧，对他来说都毫无意义，他也不会去在乎这些，以前该怎么样现在还怎么样，依然是我行我素，毫不紧张。

这些日子以来，张国豪可是叫"最美的谎言"那死丫头给气坏了。他心里烦，老想找她聊聊天，可她呢，却仍然坚持只有周末才上网的原则，张国豪左等右等，就是见不到她半点踪影。

张国豪之所以喜欢跟她聊天，倒不是因为他有多么喜欢这个"最美的谎言"，而是因为他们之间有一个牵动张国豪的话题，那就是聊他的女朋友谭华。

有句话说得好——因为陌生，所以勇敢。平常在同学们面前，张国豪基本上不怎么谈论谭华的事，可是跟这个素未谋面的女网友倒是什么都说，他隔三岔五就会把他们之间的故事讲给"最美的谎言"听，而"最美的谎言"呢，不但乐意听他这些八卦，有时还会给他当参谋，帮他出主意什么的。

有时候，连张国豪自己都会恍惚起来，他真希望谭华能学学这个"最美的谎言"。看看这个善解人意的"谎言"，再想想那个刁蛮古怪的谭华，张国豪真是要多来气有多来气。

好不容易等到了周末，"最美的谎言"果真姗姗而来了，这次张国豪的问题是："我现在很迷茫，突然不知道她是不是真心喜欢我了。"

"混蛋吧你！"此刻"最美的谎言"居然顾不得自己一贯保持的乖乖女形象了，破口就骂，"连这都搞不清，你还谈什么恋爱啊，白痴！"

"她要是真心喜欢我，为什么还对我反反复复，时好时坏呢？"

"看来你还是不懂女孩的心。""最美的谎言"说，"她对你时好时坏，也许正是因为她离不开你。你应该反思反思自己，到底有没有做到她想要的那样。"

"错！"张国豪说，"现在不是她离不开我，而是她想要离开我。"

"她想要离开你？""最美的谎言"不解地问，"你这话是什么意思啊？"

"她现在要另攀高枝了，对方是一个大学生，经常给她写信。"

"你怀疑她啊？""最美的谎言"问。

"是啊。"张国豪说，"难道这不该怀疑吗？"

"什么东西啊，你这样还配当她男朋友吗？""最美的谎言"气呼呼地说道，"她是你的女朋友不假，可又不是你的私人物品。谁还没有几个异性朋友啊，就像我们俩，不也经常私下来往吗？咱俩也有问题？"

"咱们是咱们，他们是他们，那根本就不一样，有些人在特定的时候出现肯定就会有特定的意义。"

"去你的特定意义吧，你一个大男人就不能把心放宽一点？"

"她都要跑了，我怎么放宽心啊？"

"你弄清那男的是谁了吗？你就在这胡乱猜测。"

"别提这事了，一提我就来气！她居然跟我说那人是她表哥，骗鬼呢，当我是三岁小孩啊？为什么早没表哥，晚没表哥，偏偏在我俩感情出问题的时候就来表哥了？"

"说不定真是表哥呢？你不妨就先信了再说。"

"我凭什么信啊，我要信她我就是傻子！"

"那你相信我好了，我也是个女人，我也谈过恋爱，你现在的态度有点不对，有时间还是好好找找自身的原因吧。"

"我有什么好反思的，"张国豪说，"我的问题就是给她自由太多了，弄得她现在都开始变心了。"

"得了吧你，这只是你的主观臆测，女人才不是那个样子的，女人一旦喜欢上一个人，是不会轻易放手的。"

"行了行了，别在那说的跟唱的似的，连你的话我也不能信了，因为你本来就是个'最美的谎言'，只会麻痹别人！"

"最美的谎言"好心相劝反被狗咬，气得半天没说话。张国豪都等得有些不耐烦了，眼前的屏幕上才显现出一行字来："去死吧你，我要回家了！"

二

这天早晨，人们一推门就看到了一场意外降临的大雪，这是入冬以来的第一场雪。

人们对于雪的喜爱，绝不亚于对温暖阳光、清新空气的喜爱。久居尘世之后，难免会看到角角落落里的肮脏秽物，然而雪的到来却可以埋葬一切，带给人们一个清新洁净的世界。

可是渐渐地，雪却越来越少光顾人间了，这看起来似乎是它让人们失望了，但实际上却是人们让它失望了。人们喜爱它，却不尊重它，人们不尊重自然的规律，不尊重生态的平衡，以至于时常遭受一些这样那样的报复，说起来也都是自作自受。

学校里下雪后的世界其乐无穷。堆雪人、打雪仗这些从孩童时代就玩的游戏，到现在仍然爱不释手。课间十分钟的空闲里，可以带上相机出去拍一组雪景，留待没有雪的季节随心所欲地欣赏；可以独自走在阳光照耀下的皑皑白雪上，眯起眼睛只听脚下'咯吱咯吱"的声响；还可以恶作剧地抓一把雪塞在别人脖子里，让雪凉透他们的脊背却暖透他们的心。

下了雪的这天早晨，陈朝晖的父亲来了。

陈父是带着一身尘埃来到学校的。他们镇分布在南河两岸，由于多年失修，整条河道都不像个样子了。三伏天一发水，河水漫灌，把两边大片大片的田地冲得支离破碎，再不整治整治，可就真的连龙王庙也见不到踪影了。

入冬以来，镇里组织了一场大规模的冬季会战，对南河的河道进行彻底治理。近一个月来，陈父每天都早出晚归奔波在家与工地之间。

现在下了大雪，工地停工，终于可以歇息两天了。坐在家里的火炉边，想想自己忙忙碌碌、吵吵嚷嚷了大半辈子，到今天竟落得个形影相吊，陈父心中蓦地涌出一股前所未有的孤独感。按理说，像他这样的三口之家，没有台阶似的孩子需要抚养，没有生活不能自理的老人需要照料，本应是安安稳稳、和和乐乐的，但现在怎么就成了这种状况呢？

陈父无事可做便想起了自己的儿子。大冬天里，天寒地冻的，应该给他送点什么去才是。可又该送什么好呢？也许是因为一直失于关心的缘故，此时的陈父竟一时不知如何是好。

他的确很少想着去关心一下陈朝晖，因为在他眼里，陈朝晖早已是个大人了。将近一米八的个子，长得很壮实，饭能吃，活儿也能干，一年到头都没病没灾的，即使是一个二三十岁的青壮年也不过如此。

对了，该给他送副手套的，他的手老是冻。陈父忽然想到了，小的时候，一到冬天，陈朝晖就在外头没日没夜地乱窜，跑到河里去溜冰，跑到地里去打雪仗，爬到墙头上去掰冰凌子……把两只手都冻得漆紫烂黑的。再往后，只要天一冷，他的手就会生冻疮，不到来年二三月里就好不了。

没错，真应该给他送副手套了，陈父骑上车子就往城里跑。在百货商场里，他看见柜台上陈列着各式各样的手套。该买两副才对的，他又想。于是他就给陈朝晖买了一副单的，一副棉的。单的上课时戴，棉的骑车时戴。陈父把手套装在提包里，依然戴上自己那副破手套，急匆匆地往学校赶去。

陈父老远就看见陈朝晖和他母亲从教室里往外走了。不知为什么，他却把车子推到楼后边躲了起来。直到眼看着陈朝晖把他母亲送出了校门，陈父才出来。

母亲刚走了，父亲又来了，他们这么一前一后地来看他，真让陈朝晖说不出心里是什么滋味。在同学们看来，他或许是幸福得不得了的人，父母都这么疼他，这么关心他。是啊！这也不错，可他们既然都疼他，都关心他，又何至于这样呢？

"我妈刚回去，你怎么不带她一块来啊？你知道她的腿不好，天一冷就老是疼。"陈朝晖看着父亲的脸问。

"她，她……"父亲说，"她嫌我啰里啰唆地麻烦，就自己先来了。"

"爸！"陈朝晖的心口仿佛压了一块千斤巨石，憋闷地喘不过气来，"你们别在这哄我玩了行不行，我妈刚才也给我送了两副手套，咱家又不是钱多得烧手，这点事儿我还看不明白？我妈是不是又搬到大姨家去住了？"

父亲干笑了两声，尴尬却又无可奈何，除此之外他什么话也没说。

后来父亲就走了。看着他推着车子在雪地里踽踽独行的模样，陈朝晖长长地叹了口气：这么两个大好人，为什么就过不到一块去呢？

三

雪天的到来，也给冯军带来了不少灵感。伫立窗前，面对着外面白茫茫的世界，纷乱的脑海不一会儿就一片澄净，不管去想什么，思路都无比顺畅。

新的世纪已经到来了，景象是新的，起点也是新的，整装待发的人们此刻又在想些什么呢？

第十一届亚洲运动会是在中国举行的，吉祥物是国宝大熊猫，取名"盼盼"。

千百年来，勤劳勇敢的中华儿女祖祖辈辈都是在期盼中度过的。战争年代盼和平，和平时期盼发展。改革开放二十多年来，中国大地上发生了天翻地覆的变化，可解决温饱问题的人们还是在时时刻刻期盼着。

盼着祖国统一，盼着民族强盛，盼着取消特权，盼着根治腐败，盼着实现各自理想当中的人生价值……这一切，都让龙的传人盼了多少年？

刚刚过去的一百年，风雨变幻。有战争，也有和平；有屈辱，也有光荣；有遗憾，也有骄傲。一百年走来，整个世界都成熟了许多。

想到这些，冯军就有按捺不住的激情，他一直都有一个浪漫的情怀。再想想自己，一点都不错，自己虽然曾因为道路不顺而自暴自弃过，曾为了出人头地而暗用过心机，但他至少还在一直朝前走。有这一点，就比什么都重要了。

冯军想，老天对他们这一代真是厚爱，出生在和平年代里，成长在幸福时光中，不曾吃过苦，不曾受过累，完全是蜜罐里泡大的一代。所以不管怎么着，也都得知足了。

想着想着，他就对自己的未来充满了信心，他是有目标的，他要成功。通往成功的道路或许真的很曲折、很艰难，但他有足够的勇气去面对。到明天，摆在面前的哪怕是刀山火海、哪怕是毒蛇猛兽，他都不会害怕，他都不会停止前进的脚步。

最后，他又以惯用的方式把激情变幻为诗句，并给它取名《随梦飞翔》。

冯军曾经做过许多梦，为了梦，他丢弃过许多东西，当然他也丢弃过许多梦。但是现在既然还有梦，他就要继续去努力。梦是什么呢？是启明之星，是引航之灯，是希望之火，有梦就会有动力。冯军的梦是金色的，站在新的起点上，他想对所有的人说：我要随梦飞翔！

冯军动笔的时候已是午饭后，课上课下时断时续的，一写就是一个下午，放学了也刚好写完了。冯军本想趁热打铁再仔细修改一下，无奈值日生要扫地，教室里灰尘飞扬，只好等吃过晚饭了再说。

然而在他吃完饭回来后，却怎么也找不到刚刚写出来的草稿了，当时他的第一个反应就是让人给偷了。也许是临出教室前心有旁骛的缘故，竟忘了把它收起来，这下好了，竟然被偷走了！可是后来他仔细一想，也许并没有丢，说不定是掉在地上让值日生给扫走了呢？看到值日表中有谭华的名字，就去问她。

他说："你好好想想，我是用稿纸写的，有三四张，我那稿纸比别人的质量要好。你好好想想，仔细想想。"

谭华见他着急的那副样子，敲着脑袋想了半天，还是不敢肯定："好像是扫走了那么几张吧，当时我见上面乱七八糟的，还以为是废纸呢！"

"乱七八糟的就对了，"冯军一听高兴地说，"你把垃圾倒哪儿去了？"

"当然是垃圾坑了！"

冯军听完扔下一句"谢谢"就一溜烟地跑了出去。谭华见给他惹了大麻烦，心里过意不去，随后也跟着到了垃圾坑边上。

垃圾坑本来是一个齐着地平面砌成的一米多深的大池子，现在垃坂满的反倒堆成山了。

冯军就像个捡破烂的一样在上面翻来翻去，弄得纸片满天飞尘土四处跑，不过他最终还真给找到了。

手捧着失而复得的《随梦飞翔》，小心翼翼地吹吹上面的脏东西，就像宝贝一样，心中更是觉得比以前珍贵了许多。

谭华出于好奇，探过头来看了半天，稿纸上写写画画，画画写写，她只看清了个题目。

"你很喜欢做梦吗？"谭华问。

"喜欢。"冯军说。

"都梦见什么了呀，说来听听呗。"

"梦见你了，"冯军顽皮地一笑说，"梦见你把我的稿子弄丢了。"

四

雪晴以后，这个冬天最冷的时段就真的来临了。俗语说"三九四九冰上走"，指的也就是这时候了。从此开始，万物都被不声不响地冰封起来，直到第二年春风吹来才能得以真正复苏。此时的世界死气沉沉。

大而干燥的西北咧子风整天整夜地刮着，直刮得沙飞石走，露出大地纹络清晰的筋脉。泥土冻住了，河里也结上了厚厚的一层冰，惹得小孩子们一放学就在上面溜来溜去，非要等父母揪着耳朵往家里牵才老实回家。

每当看到这些，年事渐长的人们不禁又重拾回一些多年前的旧梦，也难免会再做一番时光如水、岁月荏苒之类的感慨。

为着前途着想的同学，埋下头来钻进书窟里不肯出来；什么也不管不顾的同学，纵然再想溜出去疯玩，但慑于严冬的寒冷也都收敛了不少。学校在这时也是死气沉沉的。

校长室里很冷，胡书明刚写了会儿材料，手就冻得冰凉了。天气预报上说，来自西伯利亚的寒流很快就能到达本地了，再过两天肯定还要冷。前些年那么冷都不怕，现在的冬天已经暖和许多了，怎么反倒觉得更难熬呢？

胡书明起身倒了杯热水暖暖手。校长室里有五六个暖瓶，可热水连一暖瓶都装不满。就在刚才，烧水的老吴还来向他诉苦：说学生浪费热水太严重，洗头洗脸洗手洗脚洗衣服全都用热水，一打就是好几盆，用不完的随便乱泼，一点也不知道珍惜。以前烧上一锅炉半天用不完，如今一天到晚盯在锅炉房里还供不上。

这些情况胡书明又怎么会不知道？他也想好好整治整治，可每当看到学生们那因为天冷而冻得发紫的脸和手时，却又常常狠不下心来了。那毕竟都是自己的学生，就像父母之于子女一样，他对他们也有一种本能的怜爱。见学生们遭罪，他心里也不好受，这更容易使他联想到自己工作的不到位。学生们来到你的学校，就是对你莫大的信任，可你身为校长，却连给他们创造一个舒适环境的能力都没有，只凭这一点，就没有人会说你是个合格的校长。

他这个校长是越来越难当了，通过元旦以后这一段时间的深入观察和认真思考，他发现阳光中学暴露出来的问题也越来越多了。从他自己到学校的领导班子，到师资队伍，到后勤建设，乃至到下边的各个班级，都存在着这样那样的问题，而且往往还是旧的问题没有解决，新的问题就又出现了，真是让他一筹莫展。

资金问题虽然是目前最主要的问题，但他发现已然不是唯一问题了。

元旦一过就进入了农历的腊月，临近年关了。祖祖辈辈的山里人都把过年看作是一个起点，一个充满希望的新起点。现在的胡书明心里也有这种想法，他总觉得过了年以后，学校的境况就会好起来，仿佛年能带给他无穷的信心和力量一样。

然而年前他还要面对学生的期末考试，还要面对年终的各项工作，还要面对张副主任的最后通牒，哪一个都是烫手山芋。

对于张副主任给他定的指标，他知道连一点指望都没有。阳光中学开办一年多来，学生成绩的确一直在上升，但相比于县上的公办中学也还有不小的差距。

依蒙县总共有四所高级中学，分别是一中、二中、实验中学和阳光中学，其中一中的办学历时最久，师资力量最雄厚，实验中学虽然起步较晚，但却是后起之秀。期末考试成绩要超过全县平均水平，那就预示着排名最末的阳光中学，要超过老牌的二中，甚至还要超过实验中学才可能达到。这样的指标，也未免太赶鸭子上架了。

而且，胡书明认为，喊着全面实行素质教育的口号，却仍旧大搞应试教育那一套，学生学来学去，只是为了最后的考试成绩，这样的教育模式到底可取不可取？一提到教育，人们都会说百年大计，但有些教育部门的领导，真的是从百年大计的出发点考虑问题吗？

《社会力量办学条例》中明确规定，国家对私人办学要积极鼓励和大力支持，可是作为直接主管的县教委，又给了阳光中学多少鼓励和支持？

每当想想这些，胡书明都觉得无比灰心和愤懑。

前不久刚刚得知，阳光中学作为依蒙县唯一的一所私立学校，参加了市教委组织的"社会力量办学先进单位"评比，这是近半年来，胡书明收到的唯一好消息。胡书明还是很重视这个评比的，如果评上了，对学校下一步的发展无疑具有极大的推动作用。

方欣曾经劝他放弃阳光中学，她怕长此下去会拖垮阳光大酒店。在内心深处，胡书明认可妻子的说法，假如没有阳光中学，阳光大酒店的效益可能早就翻好几番了，然而胡书明还是没有放弃，因为他根本就不想放弃。

胡书明的目光又落在墙上那副对联上：有志者，事竟成，破釜沉舟，百二秦关终属楚；苦心人，天不负，卧薪尝胆，三千越甲可吞吴。

他写完之后，让方圆拿出去找人给裱了起来，且不管字写得有没有水平，胡书明在乎的是话里的那股精神。

第十四章

一

这个学期剩下的日子，在怒号的寒风中如一缕烟尘般很快消逝而去。冬天的寒冷使同学们不得不忍痛割爱，放弃掉许多原本十分热衷的室外活动。另一方面，期末考试又快到了，不管想不想学，总要对家人有个交代的，就算只为过个安稳年，也得逼着自己去多学一点儿了。

从时令是说，现在已经临近二十四节气中的最后一个节气——大寒。大寒里，整个北方地区的气候最冷、最有冬天的味道。不过，大寒一过可就要到春天了。

阴历十二月份中旬，学校和全县的进度一样，进行了为期三天的期末考试。虽说有大批师生都对这种考试机制深恶痛绝，但相信短时间内，谁也改变不了这个现状。

这次考试，让胡书明很为难，张副主任给他定的指标他实在没能力完成，但同时他心里也很明白，如果完不成将会产生什么样的后果。虽不至于真的取消他的办学资格，但今后的日子也必定更加不好过了。

怎样给张副主任一份满意的答卷呢？哪怕是自己一点儿都不满意也好，胡书明反复思考了很久很久。

考试前夜，各班的班主任都对着自己的学生着重强调了这样一句话：对于这次考试，学校的原则是要同学们凭真本事去对待，尽量不要弄虚作假。

这样一句前不着村后不着店的话，让很多同学如坠五里云雾。从小学一年级到现在，三天一大考，两天一小考，做过的试卷没有一千也有八百了，就光这期末考试也已经考了十年了。怎样去应付考试，学生们早已是家常便饭了，这些班主任何以还要如此郑重其事地交代呢？

在第二天的考场上同学们找到了答案。头一场考完下来，细心的同学发现了一个很奇怪的现象，那就是这次的监考老师都有些心不在焉，眼神也不怎么好使，下边一个个都抄得很疯狂，他们还都注意不到。第二场考试，情形依然如此，坐在考场里的同学们便恍然大悟了，原来班主任反复强调的不是那句话，而是那句话背后的想象空间。明白了这一点，也就没什么可以顾忌的了，在接下来的考试中，他们如鱼得水。

考考考，老师的法宝；抄抄抄，学生的绝招。在校园里，这也算是一句历史悠久的名言了，然而当学生的绝招得以合法施展时，老师的法宝也便随之失去了意义，从而使其最丑陋的一面暴露无遗。

那三天里，胡书明不停地穿梭于各个考场之间，做贼心虚的他不敢抬头正视那一张张或喜或忧的脸。他知道这样做很不对也很不好，但张副主任看的是成绩，学生家长看的是成绩，社会上那些人看的也是成绩，面对着这一道道无形的枷锁，胡书明别无良策，他只有向成绩低头。

期末考试的第三天，天上又飘起了雪花。雪下得很快，一会儿工夫整个大地上已经是白茫茫一片了。这个冬天对于胡书明来说，可真是漫长啊！

本学期还没结束，胡书明已经得去为下一个学期做准备了，等到下一个学期——如果他还能将阳光中学带出这个冬天的话——又该怎么办呢？如果能挨到春天，学校是否就真的会重新焕发出勃勃生机呢？为了将学校带到春天里，接下来的路又该如何去走呢？伫立在风雪之中的胡书明不禁感到一片茫然。

二

期末考试过后，并没有立即让学生回家，而是把他们继续留在学校里再进行为期一周的补课，直到腊月二十六七真正的年终岁尾才放寒假。这是惯例，从初中开始就一直是这样了，所以学生们虽不情愿，倒也没有太过激的反应。况且谁都知道，这几天的补课其实就是熬日子，快过年了，恰好可以利用这几天时间和同学们好好聊一聊。

大雪持续了一天一夜，大地被包裹得严严实实。雪一下，天一冷，那些想偷懒的同学可就有理由了，早上睡到七八点也不起，被老师逮住就谎称感冒了，洗漱也不出宿舍门了，弄的满屋子到处湿漉漉的，甚至还有个别学生连脸都懒得洗了。

想想人也真是种奇怪的动物，有时候很聪明，能说出像"做女人挺好"这种无比精妙的话来，而有时候又很愚蠢，眼瞅着"吸烟有害健康"的警告，还是忍不住去往嘴里塞；人有时候也很勤快，为了尽快把沙漠引进来，总是天不亮就跑出去砍树，而有时候又很懒惰，看着堆积街头巷尾的垃圾，宁可一天踩脏三双鞋也想不到去清理一下。

付文强走出校报编辑部时，满脸都写着不高兴，一向愤世嫉俗的他越来越觉得最近学校的风气不正了，而且还是自上而下的不正。

刚才，已经和他久无瓜葛了的校报编辑忽然又把他叫了去，说是让他写一篇反映校园生活的文章，是为了做宣传用的。编辑老师告诉他，文章的题目和提纲都已经替你拟好了，你只管发挥就行。付文强接在手里一看，上面所罗列的那些校园生活，与他们当下的现实有着天壤之别，压根就像童话故事一样遥不可及。

也许，为学校编造一个童话故事，在宣传中可能真的会起到一些积极作用，但即便如此，付文强还是无法说服自己去那样做。宣传时吹得跟花一样，固然能多骗一部分学生前来，可学校的真实情况就摆在那里，这样的谎言瞒得了一时，能瞒得了一世吗？

还有期末考试的事，学校竟然在背后鼓动学生们往成绩里加水。这自然能迎合一部分学生，可那些原本学习成绩好的学生呢？给他们造成的伤害又该怎么办？刚一考完，一向满不在乎的林晓晴就气得直骂。而且不光她一人这样，也不光三个五个这样，据说有些学生家长知道后，都已经把状告到县教委去了。

对于胡校长，付文强原本一直是很佩服的，然而现在的他，怎么会把学校弄成这个样子呢？难道真的山穷水尽了吗？很难相信，阳光中学这座看似坚挺的大厦，底下已经变得摇摇欲坠了。

付文强边走边胡思乱想，一不留神差点撞到从对面过来的人身上。他赶忙躲闪，脚踩着积雪打了滑，险些摔倒在地上。

迎面过来的人是冯军，他们又一次默默地擦肩而过，就像两个毫不相识的陌生人。可事实上，他们从不曾有过什么深仇大恨，只是天长日久积淀下来的一种潜意识在作祟罢了，这种潜意识控制着他们的思想，左右着他们的言行，让他们的关系越来越疏远。

冯军手里拿着一份稿子，信心十足地往校报编辑部走去，付文强大概能明白里面写的是什么。或许，这就是他们之间的区别。

三

补课一直补到腊月二十六日中午，第二天开始正式放寒假。二十六日下午，各班都进行了年终总结表彰活动，受表彰的同学不但得到了金光闪闪的大奖状，而且还有许多十分诱人的奖品。这一刻，也的确勾起了不少同学好好学习的欲望。

除此之外，学校还专门下发了一份特殊的贺年礼物——校报《阳光天堂》。以往，校报每出版一期，各班顶多只有分到三五份，而这次他们每个人的手中就发到了厚厚一沓。这一期的《阳光天堂》是学校出资办的，质量特别好，设计印刷也非常精美。各班的班主任一边发着一边还再三叮嘱说，把校报拿回家以后，一定要让周围的邻居看看，特别是家里有初中生的人家。

胡校长真的想再抢先一步把宣传工作做到位，以免临时抱佛脚弄得一步跟不上、步步跟不上。可是他的良苦用心在很多学生眼里仍然一文不值。这一天，当他看见用校报叠成的纸飞机满校园乱飞时，心里难过极了。

下午四点钟，学校通过校园广播下达了各班自行组织开晚会的通知。正在收拾东西的同学们，听到通知先是一愣，好半天才明白过来，原来这是胡校长在兑现他元旦时许下的承诺。

明天就要回家了，今晚正好可以痛痛快快地疯一疯，同学们对于这个通知，都出奇地拥护。

冬天日短，这时候离天黑已经不远了，为了在有限的时间里尽快把活动搞起来，各个班级都忙成了一团。鉴于时间太紧张，什么东西都来不及布置，刘老师和陈老师商量了一下，决定一班二班合在一起搞个大联欢。

于是两个班的同学马上就聚在一起忙活开了，能写的写，能画的画，什么都不会的还可以打扫卫生收拾桌子，离家近的同学就自告奋勇跑回去搬电视机和影碟机。气氛一活跃，两个班主任也高兴，纷纷拿出各自的班费来买糖果瓜子。

马不停蹄一直忙到了六点半，终于把晚会现场布置得有了点样子，于是赶紧去吃饭休息，七点钟晚会正式开始。

开始前，同学们一个个都在台下自吹自擂，踊跃地不得了，可一上场却全抓了瞎。事先准备的几个节目，也像玉米筛子筛大米一样，唰唰溜溜地一滑而过，下边还没找到感觉呢，上边就演完了。由于是临时拼凑起来的，两个班还是各演各的，打擂台一样针锋相对，根本就不像个联欢的样子。如此勉强支撑了大半个小时，演的同学没情绪了，看的同学更没情绪了，全场乱成一片，眼看就有散伙的危险。

这可是好不容易得来的一个机会，大家忙活了大半个下午，结果却是这种情形，两个班主任也十分着急，赶紧找来各班的文娱委员商量对策。

这时候，二班的主持人王燕跟台下一帮子同学嘀咕了半天，然后走上台说："黑板上写的既然是'联欢会'，咱就得拿出个联欢的样子来。刘老师，陈老师，我提议咱们两个班各派一名代表，合唱一首歌来加深一下感情好不好啊？"

刘老师一看有了救兵，也来不及细想是什么主意了，就赶忙说：

"好啊！好啊！也别派什么代表了，你就直接点名吧，点到谁就是谁！"

王燕见阴谋得逞，笑嘻嘻地用手指着说："我就点你们班的付文强！"

"没问题，"刘老师慷慨地说道，"那你们那边呢？"

王燕冲着台下那几个同学大声问："我们这边点谁啊？"

那几个同学得了王燕的暗示，异口同声地喊道："林……晓……晴！"

刚才，王燕一边说着话一边向林晓晴挤眉弄眼，林晓晴就觉得有问题，没想到居然是这么捉弄她。不过，既然已经被同学们揪了出来，再想躲也已是躲不掉了。

王燕随后又大声问："唱什么歌呀？"

那几个同学又异口同声地喊道："《好人好梦》。"

这边的付文强一听有些心虚，忙说："啊？怎么唱这个呀？"

刘老师年纪大了，从不听流行歌曲，也不知道《好人好梦》是首情歌对唱。他怕付文强打退堂鼓让他下不来台，就竭力阻止说："好人好梦嘛！有什么不能唱的？你们一个个不都整天这梦那梦地喊个没完吗？快唱快唱！"

林晓晴自知挨不过去，倒索性大方起来了，她拽了拽付文强的衣角，说："唱就唱吧！"

说罢便跟随伴奏动情地唱了起来："烛光里你的笑容，暖暖地让我感动……"

付文强也只好跟着唱道："尽管这夜色朦胧，也知道何去何从……"

刘老师一听脸色就有些变样了，可自己是有言在先的，又不便制止，只好气呼呼地对陈老师说："你听听现在的这些歌，都是什么呀！不是情就是爱，白瞎了那么好听的名字。"

陈老师听了没有作声，他目不转睛地看着眼前唱歌的这两个人，心里想的似乎更远了些。

当他们一起唱到"亲爱的我永远祝福你，好人就有好梦"时，周围的同学们都拍着巴掌嗷嗷大叫起来，有的还吹起了口哨，害得他俩差点唱不下去了。

四

自从付文强和林晓晴唱完《好人好梦》之后，场上的气氛就大大活跃了起来，晚会又得以继续进行。其实到这时，之前报上来的节目也已经演得差不多了，再往后就全是自发进行的了。

地处沂蒙山区深处的依蒙县，就连老牌的一中二中也没有太多的课外娱乐项目可供学生们参与，因此自发演出的节目基本上都是唱歌，例外的只是陈朝晖打了一套少林拳，还有几个女生踊跃"献丑"跳了一段似像非像的傣族舞蹈。

然而这时候演什么，怎么演，都已无所谓，重要是可以尽情放纵、尽情狂欢。

也许是热烈的气氛感染了每一名同学，就连平日那些回答问题都磕磕绊绊的，也开始大胆地自我表现。这其中，还有不少人有意无意地拨动着自己心灵深处的某根琴弦。

赵红芳看到付文强和林晓晴搭配得那么默契，合唱得那么动情，心中不禁又激起了一阵酸楚，于是她走上台去唱了一首《等你爱我》。当她唱到"你在听吗"的时候，心中那份自以为深深掩埋的失落和忧伤，又都表露无遗了。

陈朝晖说要把《懂你》献给他所不懂的人，他希望所有的人之间都能够互相了解，都能够懂得对方，都能够不离不弃、和睦相处。

意气风发的冯军为本期的校报写了一篇高质量文章，刚刚得到了校报编辑的表扬，于是他满怀豪情地唱道："命运就算颠沛流离，命运就算曲折离奇，命运就算恐吓着你做人没趣味，别流泪心酸，更不应舍弃，我愿能一生永远陪伴你……"

谭华最近虽然很少和张国豪吵架了，却又隐隐约约地表露出一些冷漠来，这让张国豪有些担心，于是走上台去唱了一首《给你幸福》以表明心迹，而此时的谭华倒也很配合，立马就回敬了一首《将爱情进行到底》。

这两人一唱一和的，虽然嘴上没有明说什么，可大家都清楚是怎么回事，因此一下子就让本来已很热闹的场面瞬间火爆异常。

晚会进行期间，胡校长带着妻子方欣和女儿雪洁也过来坐了坐。雪洁是个十分讨人喜欢的小女孩，她不但从刚进门就开始甜甜地叫着"哥哥好""姐姐好"，而且还唱了一首非常好听的《让我们荡起双桨》。

他们唱累了就坐下来聊天，聊够了再接着唱歌，疯狂地折腾到半夜，终于得到了一次痛快淋漓的发泄和放松。

到最后，他们又一起合唱了那首不知已经传唱过多少遍的《明天会更好》：唱出你的热情，伸出你双手，让我拥抱着你的梦，让我拥有你真心的面孔，让我们的笑容充满着青春的骄傲，让我们期待明天会更好！

第十五章

一

真正的寒假从腊月二十七日开始，到正月初七结束，总共十天时间，地球只需轻轻地一转就会过去。早在放假之前，同学们就已经盘算好了，有的想学学电脑，有的想打打工，有的想走走亲戚，还有愿意学习的想趁机补补课，然而假期只有短短的十天，这使得他们所有的美好愿望都在这一瞬间化为泡影。

腊月二十七放假回家以后，感觉好像还没有喘过气来，大年三十已经来到了。而年三十这天的第一件大事自然就是贴春联。

趁着吃早饭的间隙熬上一锅糨糊，上午九点多钟各家各户就都忙着贴开了。把旧的残片一撕，新的春联一贴，景象顿时就不一样了。家里家外，大街小巷全都笼罩上了一层浓浓的过年气息。

付文强叫着刚上初中的妹妹瑞雪和自己一起贴春联，一会儿让她拿"门迎绿水臻百福，户对青山纳千祥"，一会儿又让她拿"天赐福一门喜庆，地生财五谷丰登"，而瑞雪呢，倒也忙得不亦乐乎。

一边贴春联，付文强还一边给瑞雪讲着一个很有意思的故事。说的是从前有一个县官，大年初一出去微服私访，发现有一户人家在大门上贴了这样一副春联，上联是"二三四五"，下联是"六七八九"，横批是"南北"。县官起初感到很奇怪，不过沉思了片刻便恍然大悟了，于是赶忙回到县衙里派人给这户人家送来了许多年货。原来这副春联的含义是"缺一（衣）少十（食）没东西"。

瑞雪听了，调皮地说："哥，要不咱家也贴一个吧，看看有没有人来给咱送年货。"

付文强拿刷子蘸了蘸糨糊，说："来，哥给你贴脸上，你到马路边要饭去吧。"

说着，还做出跃跃欲试的样子，吓得瑞雪一边喊着，一边跑去找妈妈告状了。

全部贴完以后，站在院子中央往四下里看看，鲜红明艳的是春联，花花绿绿的是门笺，过年的喜气便从这源源不断地流淌出来。

之所以上午贴春联，完全是为了下午的"请家堂"做准备。"请家堂"是指一个家族将自己的祖宗亡灵"请"回家过年的一种祭祀形式。不贴春联就不能算是真正开始过年，所以在"请家堂"之前一定要先把春联贴好。

"请家堂"一般由同族中最具权威的一家主持，其余各家均跟着随份子。"请家堂"时要带上祖宗的牌位、纸香、酒菜到一个特定的地方——通常都是在家族陵地附近——去焚香祷祝，恭请列祖列宗回家过年，仪式结束还要放鞭炮以示庆贺。

在这时，同族的各家都会不约而同地拿出最响的鞭炮来，大大小小的串接在一起，一放就是大半天，震得满山旮旯儿里响声不绝。哪一族的鞭炮最响亮，放的时间最长，就昭示着这一族的人丁最兴旺。

"请家堂"的仪式结束后，便把祖宗牌位带回去供在堂屋的大八仙桌上，让列位先人和后辈们一起过年，共享天伦。

供桌上的供品也是十分丰盛的，除了本家之外，其余同族的各家也都会来上供。每顿饭前，都要把最先盛出来的水饺端上供桌，以示对先人的敬重。

"请家堂"后当然还要"送家堂"，"送家堂"的时间在大年初二的下午，地点和方式都和请的时候完全一样。

事实上人们心里也都清楚，活着的时候不孝顺，死了以后就算供上千百万也无济于事。但人们之所以会不厌其烦地请请送送，主要是因为一年年来，一种文化传统的继承和延续，大过年的，如果没有了这些，也就热闹不起来了。

各家各户请完家堂之后，还会心照不宣地在门口横着拦上一根桃木棍。

年夜饭之前，还有一个被称作"发纸马"的重要仪式，就是在天井中央摆起香案，点起黄表、烧纸和金元宝，祭拜天地神明。一年下来，承蒙关照，人口平安、事事顺意、五谷丰登、六畜兴旺，趁着过年，略表一下心意，同时也希望众仙家在来年里还能一如既往地关怀照应。

年三十晚上的这顿饭是团圆饭，家里所有的成员都必须到场。在此之前，哪怕你已经饱得连个嗝都打不上来了，这一顿饭也不能不吃，尤其是水饺。因为这顿团圆的水饺是全家花尽心思才包出来的，里边包着各式各样的美好祝愿：吃到硬币的，来年就会财源滚滚；吃到豆腐的，来年就会福星高照；吃到花生栗子的，来年就会生个大胖小子……

吃完年夜饭，大人小孩就可以随心所欲地去玩了，放烟花、打扑克、看晚会……想怎么玩就怎么玩，反正今夜是灯火通明的不眠之夜。

快到零点的时候，家家户户早已准备好了一串长长的鞭炮。在这时，每个人的心里都是无比激动的，每个人的脸上都是洋溢着灿烂笑容的。就在零点钟声敲响的一刹那间，到处鞭炮齐鸣，烟花怒放，新的一年来到了！

二

当新年的第一缕阳光洒向这片大地的时候，勤劳欢悦的人们早已经忙碌半天了，彼此见面后的任何一个表情动作里，都包含着最真挚的祝福。

星罗棋布的小山村，往日里不管有多么杂乱肮脏，在今天都是整洁干净的；大街小巷的行人们，往日里不管是怎样地蓬头垢面，在今天也都是整洁干净的；甚至就连各家各户烟囱里冒出来的缕缕炊烟，在今天也难以置信地达到了整齐划一。

早在大半个月前，瑞雪就整天盼着过年了。今天一大早，她把自己精心梳洗打扮一番之后，换上漂漂亮亮的新衣服，就一溜烟地跑出去玩了。

对于过年，孩子和大人往往有着两种截然不同的态度：过年能给孩子们带来无穷乐趣，所以他们整天念念不忘的一句话就是："怎么还不过年呀"；而对于大人们来说，过年却代表着很多东西的流逝，因此他们常常会不经意地说："怎么又过年了啊。"

不过当新年真的到来时，每个人的心里还都是愉悦的，因为年是一个承上启下的过渡点，过去的日子里高兴也好，失落也罢，如今都一翻而过成了历史，而无限光明无限美好的未来，又已像千里长卷般展现在眼前了。正像春联里写的那样：一元复始，万象更新！

大年初一的头等大事就是拜年。虽然都在同一个村子住，可平日里各家有各家的事情，各人有各人的生活，彼此之间难得有时间来往。过年了，正好可以趁机到四邻八家去串串门，聊聊天。

为了招待好前来拜年的客人，每家每户都早已置办好花样繁多的果品点心和茶水香烟，同宗同族或关系较好的人家还为小孩子们准备好了压岁钱。钱是崭新的，刚从银行里换出来，折都未曾折过，打开鲜红的纸包，钱多钱少那是另一回事，大人孩子们图的就是这股新鲜劲儿。

拜年，作为一个代代相传的重要仪式，必须放在首位进行。拜完年之后，人们根据事先做好的约定或临时兴起的拉帮结派，就仨一群俩一伙地散开了。老年人的腿脚不是多么灵便，自然不会满街满巷地跑，他们通常会聚在一起，聊聊天，拉拉家常，对于今昔的生活变化，他们是最有发言权的，所以谈论的内容大抵都是忆苦思甜。父辈们忙忙碌碌了一整年，终于可以停下手中的活来歇一歇了，打扑克或是搓麻将的吆喝声能从村头一直传到村尾，常吵得婶子大娘们连电视都看不成，无奈之下只得哄着孩子另寻清静之处。

在这一天里，最浪漫最幸福的要数青年男女，他们出双入对，情意绵绵，或共骑一辆车子去兜风，或手牵手进城逛庙会，真有"何似在人间"的感觉。最高兴最开心的自然是小孩子们，他们用特有的方式四下里发发号令，一会儿工夫大队人马就能齐聚街头，放花炮，炫耀新衣服，或是比拼谁得的压岁钱多，完全一副"少年不识愁滋味"的模样。

大过年的，本该是开开心心的，可付文强心里却弥漫着一股深深的落寞感，在别人都成群结伴往外跑时，他却一个人无精打采地回了家。

这个时候，拜年的人群早已来过了，爸妈和妹妹也都出去玩了，家里就剩下他自己，百无聊赖。打开电视看看，各个频道都是春节晚会，演来演去，全是一个套路；看看书吧，心却怎么也静不下来。无奈无聊之下，他干脆坐在那里胡思乱想。

然而让他万分懊恼的是，想着想着，一不小心又碰到心底那根原本在极力躲避的神经上，结果使他乱成一团的心，更加理不出头绪了。

三

这样的年过得真没劲，虽然什么也不曾干过，却还是做苦力一样地累，心累，精神上倍受折磨，这比做苦力更让人难以忍受。

好不容易挨到了年初三，付文强在家里实在是待不下去了。

对于农村人来说，过年无疑是个休养生息的大好机会，然而实际上也只有那么短短的几天。过年以后的第一次正式出动一般都在年初三这天，当然，如果老皇历上说这一天不宜动工的话，那还是要再去另选黄道吉日的。大过年的，人们当然希望一切都是吉祥顺利的。

年一过就是春天了，虽然都说"三春不顶一秋忙"，可是由于春天很短暂，来去匆匆，还是得抓紧时间忙活。一年之计在于春，如果错过了春天的好时机，接下来就算拼死拼活地一直忙到下年底，也有可能颗粒无收。

年初三这天，大多数庄稼人举行一个简单的开工仪式，就去拾掇犁铧，运肥运料，打坝子，挖水沟，开始为热火朝天的春耕做准备了。

这一天付文强在家也帮不上什么忙，就骑上自行车打算去城里逛一趟。

临走时，妈妈问："大过年的在哪都一样，干吗非要往城里跑，就跟城里有宝贝一样。"

他说："我进城看看有没有好姑娘，说不定能领个媳妇回来。"

"看把你美的，"妈妈揪了揪他的耳朵说，"你当是城里的好姑娘都排队等你挑呢！"

不过说归说，该去的妈妈还是让他去，母爱的无私和伟大，就渗透在这不起眼的点点滴滴当中。

天气较年前暖和了一些，毕竟，一个新的春天已经在人们的期待中姗姗而来了。

沿途的村庄千篇一律，就像是拿一个模子刻出来的一样。而且还有一个共同的趋势：就是有越来越多的人开始往公路两边聚集了。生活在山区，路便显得尤为重要，尽管当初修这条路时，很多人都不愿自己的田地被占用，可现在，这条路给沿途带来的便利也让他们不由得不认了。

年前接连下了几场大雪，现在天气虽然开始变暖和了，可背阴处还是未能完全化尽。从远处看去，就像是谁家的一堆棉花被大风吹了个满山遍野。看到雪，付文强感到了一种久违了的亲切。

由于大气层遭到急剧破坏，温室效应也越来越严重了。记得六七年前的冬天还是一个雪的世界，那时候，全都要穿着笨重的棉袄棉裤在雪地里过，而现在仅有一身并不算厚的毛衣毛裤就足以应付过去了。如果一直这样发展下去，说不定用不了一百年，人们就再也不知道雪花为何物了。

与农村相比，城里过年的变化倒是没那么明显，除了路旁的彩灯彩旗能透射出一点节日的气氛之外，其余的依旧还是老样子。付文强总觉得，年味儿，一定要在传统的四合院里才能得以完美展现，现代化的钢筋水泥丛林，只会让过年越来越没有特色。

付文强骑着车子在城里转来转去，老半天也没转出点名堂来，后来竟鬼使神差地转到学校门口去了。站在大门口向里边望去，只有不知谁贴的几副春联还能吸引住几缕目光。师生们才离开几天，学校看上去就有些荒凉了。付文强这才体会到：没有了老师和学生，学校也便没有了生机和希望。

离开学校，付文强又想起要到书店看看，春节期间肯定又进了不少好书，或许还能优惠打折呢！可是当他满载着希望赶到时却大失所望了，书店的大门上"铁将军"一夫当关。

就这样漫无目的地瞎转到了晌午，依然是一无所获。进城来到底是要干什么的，连他自己也糊涂了，只是心中那份莫名的惆怅依然挥之不去。

四

短暂而忙碌的寒假一晃而过，新学年的第一天，同学们见了面彼此之间都有很多话要说。虽然只是分别了短短十天，可心中仍有一种久别重逢的感觉。

为了将学生们的心尽快带入学校，胡书明已经提前找人把校园布置了一番。彩旗、横幅该挂的都挂上了，卫生该打扫的也打扫干净了，与年初三付文强过来时相比，已经有了天壤之别。

这十天里，胡书明又马不停蹄地从头忙到尾，就连大年初一也没能轻轻松松地度过。年前他曾答应雪洁过年要带她去游乐场玩的，可结果却又一次食言了，把雪洁气得一个劲地追问他说：当爸爸的是不是都说话不算话。

面对可爱的女儿，他心里很内疚，却也没有办法，阳光中学都成这样了，他实在没有心思也没有时间去干别的事。学校的一切事务，大到整体规划，小到琐碎杂事，他都得提前一步去谋划操办。为了让阳光中学还能沐浴到新一天的阳光，他必须全力以赴。

虽然只有短短的十天时间，可当他再次看到自己的学生时，还是无比地惊喜和欣慰，他真担心哪一天自己来到学校时，连一个学生都看不到了。

新学年的第一天，他站在校长室的门口，看到寒假归来的学生们一个个春风满面、笑逐颜开，心中又燃起了希望。

过了一个年之后的同学们，脸上的笑容的确又灿烂了许多。毕竟，站在一个新的起点上，他们也有各自的新希望。

见面时，难免都会互致一声问候，以表达一份别后重逢的想念和欢喜。

让陈朝晖分感意外的是，他在今天遇见的第一个人竟然是白老师。确切地说，离学校还很远时他就看到白老师了，他们是一起走进校园的。

时隔几日再相见，如果不是以学生，而是以一个异性朋友的视角来看白老师，她显得更加成熟了，浑身上下闪耀着迷人的魅力。

说真的，在成长和求学的道路上，白老师对陈朝晖的影响都是不可估量的。对于一个刚刚步入成年人行列的男孩来说，表面看来的确是天不怕地不怕的，有时三句话不合还会剑拔弩张，可他们依然有其脆弱幼稚的一面，仍然离不开耐心细致的呵护。

本来，他是一个十分厌学的学生，在学校里抱着一种得过且过的想法。之所以上学，只是觉得学校是一个避风港，在这里可以躲开身边的许多烦恼，而对于将来的事，他从没认真考虑过。

白老师却通过短短的几节课改变了他许多年来的固有看法，让他从喜欢历史课开始，渐渐变得爱学习了，这不能不说是一个奇迹。

陈朝晖在学习上不但没让白老师失望，而且还给她带来了许多感动，以至于让白老师觉得虽然付出了那么多，却还是非常值得的。

为了使这个学生能以更大的热情投入到各科学习中去，白老师没有少费心思。一次次地找他做促膝长谈，长辈对晚辈般，姐姐对弟弟般，朋友对朋友般地谈，变换各种方法进行启发引导。有时为了寻得一个更能让他接受的形式，她甚至都会彻夜难眠。

在她如此用心良苦的帮助下，陈朝晖的变化渐渐明显起来。课本、作业本翻得勤了，各科的成绩也开始提高了。听其他老师反映，无论在什么课上，他回答问题、讨论问题的积极性都比以前提高了许多。然而这还都不重要，重要的是他真正地充实了自己，不管是"关公战秦琼"也好，"瓦特发明起重机"也罢，那样惹笑话的历史都被慢慢改写了。现在他的总体成绩虽然并不是多好，但是他坚信，只要自己还在努力，可喜的变化就还会继续。

当老师的，如果能使一个态度消极、不思上进的学生彻头彻尾改变自己的观念，从而向着积极良好的方向发展，就凭这一点，也可以说这个老师没有白当。

然而白老师仍然心有所虑，那就是她慢慢发现陈朝晖是有心事的，而且，他的心事还隐藏得很深。就像现在，在她的课堂上他都会走神，那就更不能不去在意了。

在陈朝晖眼里，白老师时而像个老师，时而像个朋友，时而又像个长辈。在白老师那里，陈朝晖得到了许多一直想要却又得不到的东西。白老师的到来，给他消除了许多疑惑，为他排除了许多烦恼，也让他明白了许多道理。有时候连他自己都会感到迷惘，白老师到底是他的什么人呢？

由于心中激荡着众多的情感，反而使他在见到白老师后连一句话也说不出了，就像傻了一样默默地跟在白老师自行车后边。

快到学校了，白老师见他还不开口，就很奇怪地问他："陈朝晖，你怎么连一句话都不说啊？"

陈朝晖一听，心里莫名其妙地紧张了一下，他支吾了半天却说："老师……我，我说什么呀？"

"我怎么知道你说什么呀？"白老师扑哧一声笑出来，逗他说，"大过年的，见了老师都不问声好？"

谁知陈朝晖倒是很听话，白老师说完，他就真的傻愣愣地说了句"老师过年好"。

白老师一看他那副傻乎乎的样子，更是笑得不得了，陈朝晖见白老师笑，自己也随着笑了起来。

陈朝晖不开口，白老师都催他开口，而付文强好心好意去主动打招呼，居然还有人不领情。

刚一开学，哪儿都得收拾，一上午忙得不可开交，他见到林晓晴时已经快吃中午饭了。

"过年好啊林晓晴。"付文强真心实意地说。

本以为林晓晴会很开心的，没想到她却指着手表一板脸说："到现在为止，今年都过去七天零十一个小时零三十九分钟了，你这声好也问得太早了吧？"

"没过十五不都是年嘛！"付文强不好意思地说道。

过年时付文强也想问候她一声的，可心里不知为什么却凭空生出一股胆怯，害得他跟做贼一样心虚，想来想去还是做罢了。

"那你就不能早点问啊？"林晓晴依然不依不饶的，"你是不知道我家电话啊，还是不知道怎么打电话啊？"

"可是，可是我们家没电话啊。"付文强狡辩说。

"这也算理由？你们家没电话，你们邻居家也没电话啊？一个多星期的时间，现安电话也够时间了！"林晓晴嘟着嘴说。

付文强被她逼得没办法了，只好求饶说："就算今年我欠你了，这句替明年问行不行啊？"

林晓晴忍俊不禁笑了出来，可还是说："不行！"

付文强干脆撇开这个话题，问她："这个假期你都干什么啊？"

"在家里玩啊！"林晓晴说。

"十来天的时间，全在家玩啊？"

"对啊，"林晓晴说，"大过年的，不在家玩去哪玩啊？"

"那……初三初四也没想着到城里逛逛？"付文强终于问道。

"没有，"林晓晴摇摇头说，"城里有什么好逛的，一过年连个人都找不到。"

"整天待在家里，你闷不闷呀！"付文强的眼神中滑过一丝不易察觉的失望。

"不闷哪，"林晓晴说，"我们家房子透气性可好了。"

林晓晴本来是逗付文强的，可付文强听了却没笑。

他这是怎么回事？从今天的表现来看，总给人一种说不清的怪怪的感觉。到底是哪里不一样了呢？难道短短的十天时间也能改变很多东西吗？

第十六章

一

开学没过几天，就迎来了一个让所有年轻人都为之心动的节日——情人节。

二月十四这天一大早，就有人把孟庭苇的那首《没有情人的情人节》从箱子底下翻出来反复放个不停了，借着歌声，也暗暗表达出了一种渴望而又无奈的心声。

学校三令五申禁止谈恋爱，大多数同学还是都没有情人的，就算心里有，也不敢光明正大地曝光出来。能做到不为众人异样的目光所动，手捧玫瑰高调示爱的恐怕只有张国豪一个。

一段时间以来，谭华对他都是一种看似漫不经心的态度，这让张国豪有些无处适从。趁着情人节的大好机会正好表现一下，一来可以哄谭华开心，二来又可以向别人炫耀炫耀。

除他之外，就再也没人敢这样明目张胆了。

这天有白老师的一节历史课，按说陈朝晖应该听得特别认真才对，但令人难以置信的是，他在课堂上竟然走神了。

情人节里，陈朝晖满脑子想的全是酒井法子，因为二月十四日也是酒井法子的生日。

陈朝晖那副茫然失神的模样被白老师看在了眼里。白老师是位负责任的老师，她不允许在她的课堂上出现这种情况，尤其这人还是陈朝晖。

可白老师又不想让他出丑难堪，当一个人陷入某种迷茫时，往往都是过度敏感而又脆弱的，生怕自己的心事被别人揭穿。如果这时候你光明正大地去刺激他，他说不定会有什么样的过激反弹。

所以白老师并没有当众点他的名字，而是在别人都低头做题的时候，悄悄走到他的课桌旁，轻声地说："陈朝晖同学，今天这日子可要专心点儿啊，万一——不留神把手中的玫瑰花送错了人，那可就麻烦了。"

陈朝晖这才回过神来，他看着白老师，尴尬地笑了笑，开始动手翻课本了。

二

这天刚下课间操，张国豪又像往常一样拿着一沓从邮递员手中接过来的信，兴高采烈地跑了回来。

一般情况下，邮递员都是在课间操这个时间来送信的，摸准了这一点，张国豪差不多能一逮一个正着。这回的信里，没有一封是他的，可他还是高兴，因为同样也没有谭华的。他一直关注着谭华的通信情况，但有一段时间以来，却再也没有见过那个神秘大学生的来信。张国豪不知道其中的缘由，可这毕竟是值得高兴的，他真的不想让那个幽灵般的影子把他和谭华之间原本就不太牢靠的关系搅得更加动荡不安。

今天太阳真是打西边出来了，从来没有收到过信的江新，终于收到了他来阳光中学后的第一封信。

如此惊人的喜讯，张国豪肯定不会藏着掖着，他还未进教室就开始大喊大叫了："快来看呀！江新可是打破零纪录了，有他的信呢，有他的信！"

一转眼工夫，那封信便传遍了整个教室，同学们边传边七嘴八舌地喊叫着：

"字写得这么秀气，一看就知道是个女的写的。"

"还是从杭州寄来的呢，杭州出美女啊！"

"江新你小子时来运转啦！"

……

等到那封信传到江新手里时，已经被弄得皱巴巴地不像样了，不过那一刻江新仍然无法掩饰自己内心的喜悦之情。

长期被别人排斥在一边的江新，整天与孤独为伍。其实他也很想牵住每一个同学的手，和他们一起谈天说地，一起嬉笑打闹，但每次努力争取到最后都是自讨苦吃。没有人愿意和一个只比白痴强不了多少的他在一起。

看到别人可以天南海北的到处交笔友，他也想，不用太多，只有一个就够了。能够经常和他保持联系，能够听他说一些心里话，也能够让他分享一些对方的喜怒哀乐，这该多好啊！但是面对着那么多的交友启事，他还是不敢去写信，他不知道有谁会喜欢他，生怕自己的信脱手之后又变成了一发不可收拾的连篇笑话。

后来，他积攒起自己所有的聪明才智，终于想出了一个好主意：他花了十块钱，在一份不太起眼的杂志页脚处登了一条交友启事，把自己的真实情况原原本本写了出来。这样，这个世界上如果真有愿意和他交往的人自然就会给他写信的，说不定还真能因此得到一个朋友呢。

从那期杂志的出版之日起，他就开始默不作声地天天等、天天盼了，到今天为止已经过去了整整二十八天。他用二十八天的时间等来了今生第一个主动愿意和他交朋友的人。江新心里的兴奋劲难以自抑，他真想让全世界的人都看看，他江新也一样可以凭着自己的本事交到朋友。

可是他刚拆开信，就听见刘咏波和几个调皮的同学在一边大声念信上的内容：亲爱的江新同学，你说你有点傻，老是被别人愚弄，可我觉得你也不是太傻，最起码你还能知道自己傻……

他们念的，和信上写的一字不差，刚一听到，江新还以为他们是在偷看呢？可看清楚之后才知道，原来他们几个的手中也有相同内容的一封信。没过多少时间，江新就全明白过来了，即使是再傻再不开窍的人，此刻也不会不知道自己是被别人耍了。

这根本就不是一封什么笔友信，只不过是他们在看到自己的交友启事后，为了寻开心而玩弄的一点小手段罢了。

江新又羞又气，伤心极了，他感到自己许多天来所憧憬的一切，已经被别人毫不留情地踩在了脚底下。他没有再说一句话，就把那封用二十八天时间盼来的信撕了个粉碎，随后又气急败坏地扬得满教室都是。而那几个阴谋得逞的家伙却在一边高兴地哈哈大笑。

就在教室里坐着的赵红芳真真切切地看到了这一幕，她很是气愤。她理解江新，也同情江新，她深深体会过自己一腔热情地付出，却得不到别人丁点儿回报的滋味。

那件事平息之后的一段日子里，她本以为自己已经彻彻底底地放下了，但到了年前那次晚会上她才发觉其实并没有，要真正忘记一个人并不是很容易就能做到的。唱着那首《等你爱我》，她的心里还是有种想说"我依然会在这里等着"的冲动。

每每独自一人的时候，她时常还是会想他，她真的不忍心放手。不过她也清楚，不忍心归不忍心，事情的结局是无法改变了，她也不能再苦苦纠缠着他不放了。一切都结束之后，留下来属于自己的只有那份隐隐约约的心痛。

如果说每个人的成长都需要付出代价的话，这也应该算是一种成长的代价了。

当一个人经历过一些事之后，就会很容易地深入到有类似经历的人心中，去了解他的心情，体会他的感受，甚至分担他的痛苦。

赵红芳见江新的一片真诚却成了别人的笑料，她想，如果自己的事也被传开的话，别人是否也会肆无忌惮地嘲笑她呢？如果真是那样，她的心里又将是多么难过啊？

所以她看到了刚才那一幕后很同情江新，而且脑海里一下子就冒出一个奇怪而强烈的念头来：她要帮助江新，就算全班全校全世界都排斥江新，她也一定不会。在他们面前，江新是弱者；在他面前，她是弱者。弱者就应该同情弱者、帮助弱者才对。

在反复想了很久之后，她毅然找了个机会，大大方方地对江新说："我想和你交个朋友……"

三

日子就是这样过的，想它快的时候总感觉很慢，想它慢的时候反而又感觉很快，自始至终总是和人们的愿望背道而驰。

这些日子以来，春天留给大地的足迹已经很明显了，绿色和新意正在星星点点地展现。春风吹了，春水活了，春天的脚步也真的来临了。

周围大大小小的农村里，已经陆续开始忙着春耕了，雪亮的犁铧划过，大地母亲赖以哺育众生的蓬勃生机便展现出来。三五成群的孩子扔掉鞋袜，撒欢一样在新翻的还带有冬天气息的泥土上疯跑，把一串串脚印留在了地下，把一串串笑声撒向了天空……

走到外边感受一下，迎面吹来的春风里，虽然还有些许的凉意，但那尖刀般的刺骨寒气早已荡然无存。明艳的太阳洒下万道金辉，一切生命的奇迹便在这时开始孕育了。

这是周末放学回家的日子。付文强在离开母校一年半以后，今天终于提起勇气迈进了南河中学的大门。

在母校三年，他从没觉察出学校对他有多么重要，然而现在在他心头那份挥不去、放不下的情愫，分明就是一种绿叶对根的依恋。

这个时候学生们都已经回家了，偌大一个校园空荡而寂寞。时光真如流水，三年，一千多个日日夜夜恍如一瞬，在母校中曾经拥有的一切都像浮云一样远去了。有人说青春是一本太仓促的书，来不及细看就已经到了结尾。其实人的一生又何尝不是一本太仓促的书？又何尝不是来不及细看就已到了结尾？

付文强推着自行车径自朝卢老师家走去。卢老师是一个好老师，如果说，人的一生总要有一个启蒙老师的话，那么卢老师无疑就是他的这个启蒙老师。遇到卢老师之前，他还是个孩子，整天做一些七彩的幻梦，为一点微不足道的成绩而沾沾自喜；遇到卢老师以后，他才慢慢成长起来，才慢慢去了解人生。

卢老师的语文课自然是没说的，他在大学毕业后教第一届初中班时就完全显示出了非凡的才华。有幸的是，付文强他们正是这一届学生。卢老师讲课不落窠臼、形式灵活，只要是他觉得不合理了，连教学大纲都会抛开不用。学校也曾为此而惊慌不已，可结果是，每次考试，他们班的语文成绩都遥遥领先。如果非要拿成绩说话，这无疑是最具说服力的。

一年不见，母校也没有太大的变化，只不过物是人非而已。卢老师之所以会在这里有家，是因为他在教学期间结了婚，学校分了他一个小小的家属院。但是他的婚姻并不美满，没过多久，他们又离婚了。据说那女的不愿跟卢老师过这清苦日子，就离婚到南方找大款去了。

当时学校规定，只有成家的老师才能分给房子，后来卢老师离婚了，不知房子让学校收回去没有。

付文强上前叩响了曾经很熟悉的那扇门，开门的是一个陌生的女的，长得不是很漂亮，却很文静。付文强以为走错门了，就说："我找卢新华老师，他以前是住这儿的……"

女子闪开身微笑着说："进来吧。"

付文强将自行车靠在门口，而那女的却出来又给推起来，她说："还是放在院子里的好。"

付文强狐疑地问道："你是……"

那女的说："我是他爱人。"

这时候，卢老师听到声音，也从房中迎了出来。开门一看是付文强，他显得十分高兴，不过却先说："是不是学习比较紧呀，看你又黑又瘦的。"

进屋以后，付文强见里边还贴着大红的"喜"字，这个新师娘想必是刚娶进门不久。

卢老师的爱人给付文强倒了杯水之后，知道他们师生很久不见一定会有不少话要说，就随手拿起一本《读者》到里屋去了。

卢老师陆续问了一些付文强的情况，付文强虽然难免有羞于开口的时候，却也不想隐瞒什么。卢老师其实很早就知道他去阳光中学上学的事了，并且一再勉励他好好学习，说哪里都是一样的，关键还在于个人，过去的不管怎样都已经不重要了，重要的是把握好眼前。

付文强明白卢老师指的是落榜的事，他坐在那里听着，只一个劲地点头。

后来卢老师也谈到了自己，他说他在这里是越待越没有信心了。学校所推行的那一套实在让人无法容忍，评价一个老师的标准不是教书育人的能力，而是资格是否够老，背景是否够深。前段时间评职称，他的报告学校不予理睬，原因竟是他太年轻了，让他等明年或后年再写。

卢老师说："我倒也不是多么在乎这个职称，可他们这种做法就是太气人，按这样说的话，那么大家都在学校里熬好了，反正熬到一定的年龄就会得到有一定的职称。"

相聚总是短暂，两人聊着聊着，付文强发现屋里不知什么时候已经开灯了，他知道自己该走了，尽管卢老师夫妇一再挽留他吃完饭，可他还是走了。

夜幕已经降临，付文强必须加快速度，才能在天黑透之前赶回家。迎着晚风，他长长地出了一口气。

四

这天中午在教室里，当林晓晴听说大门口有个叫吕飞的人找她时，吓得灵魂都出窍了。这时她才后悔为什么没听妈妈的话。

星期六回家时，妈妈对她说："吕家小三可是又来提亲了啊，我跟你爸说什么都没用，人家说就等你一句话，还说你要是再躲着不见他，他可要跑到你们学校找你去了。"

吕家小三就是吕飞，他上边还有两个姐姐。很明显，那两个姐姐都是他出生前的铺路石，他才是父母真正期盼的主角。鉴于此，他也很自然地成了全家人的掌上明珠，从小就十二分地被宠着护着。

吕飞和林晓晴差不多大，还是在五六岁的时候，他们的父母常在一起干活，而他们俩也经常在一起玩过家家游戏。有一回吕飞的母亲见他们挺像一对的，就说："咱给这俩孩子定个娃娃亲吧，看他们现在就这么好，长大了一定会更好的。"

林晓晴的父母只当这是一句玩笑话，谁也没往心里去，可事隔多年，吕家小三竟真的跑来提这事了。而且不只是"提"，简直就是"逼"，光是年后这段时间里就已经来过三四回了。

林晓晴真是恨死爸妈了，他们真是的，当年为什么就不把这事给说开呢？只要一句话就够了。自己也真是的，闲着没事干啥不行！非要和人家玩"过家家"，这下可好，假戏真做，想赖都赖不掉了。

林晓晴听完妈妈那句话，心里有气，就说："他愿意提亲就让他提去好了，关我什么事！"

"那你也得尽快跟他说明白啊，就以吕小三那性子，说不定还真会跑到你们班里闹个天翻地覆呢，你说你一个大姑娘家，往后还怎么见人啊？"

林晓晴心里本来就很为这事烦恼，听妈妈这样一说，更是发愁得不行了。于是一转身回到自己屋里，把门"咣"一关，大声说：

"我不管！"

然而现在吕飞真的找上门来了，她却没法再说不管了。林晓晴从窗户上往外一看，吕飞果然在大门口像个夜游神一样晃来晃去。

小时候，林晓晴和吕飞是挺好的，整天在一块玩耍，可说到有朝一日要和他生活在一起，她却是八辈子都不曾想过的。

吕飞上小学时成绩还可以，到了初中离家一远，父母都管不着就开始混天聊日了，旷课早退，抽烟喝酒，结伙打架，什么都干，结果还没上到初三就退学回家了。

不上学了以后，父母托人在市里给他找了份工作，他也不好好干，整天拉着一帮子狐朋狗友四处惹是生非。这样的人，别说是和他定亲了，就是见了面林晓晴都要绕着他走。

可是既然他已经找到了学校，自己想藏也藏不住了，要是惹急了让他跑进教室里大闹一番，那以后可就真没脸见人了。

林晓晴没有办法，只好硬着头皮去面对，大有一副英雄赴死的悲壮气概。不过刚走到楼梯口，就迎面碰到了付文强。万般无奈的林晓晴仿佛突然遇到了救星，他抓着付文强的胳膊说："求求你了，快救救我的命吧！"

吕飞在大门口老半天不见林晓晴出来，都等得不耐烦了。他一会儿甩甩额前那几缕染成五颜六色的头发，一会儿按按"太子"摩托的喇叭，百无聊赖。在社会上晃悠了两三年，他也找过几个女朋友，可不是没出俩月他就腻了，要不就是人家折腾上一阵子把他甩了，找来找去都没找到一个中意的。

今年过年他看到放假回家的林晓晴时大吃了一惊，真是女大十八变啊，几年没注意，她居然变得这么漂亮了，让吕飞看得两眼发呆心里直痒痒，咬牙切齿地发誓一定要把她追到手。

回到家里，他便和父母提起了林晓晴，妈妈笑着说："当年，我们还给你俩定过娃娃亲呢！要是晴晴真成了你媳妇，那咱家人脸上可就有光了。"

吕飞从不知道还有这么一回事，一听立刻高兴得不得了，当下就要去林家提亲，他妈妈在一旁劝他说："你急什么啊，人家还在上学呢！过两年再说也不晚，反正要真是你的，早晚都跑不了。"

可吕飞等不及，他早就已经偷偷去林家提过好几回了。可气的是，他老是碰不到林晓晴，而她父母又一直推三阻四，这次他来就是要亲自找林晓晴问一问，实在不行就进去闹，到时她脸上挂不住了，就会乖乖答应他！

吕飞一边吸着烟一边美滋滋地盘算着，不经意地一抬头，却见林晓晴已经出来了。吕飞把手中的半截烟头往旁边一弹，心里骂道："啥情况，怎么还带了个男的？"

付文强在迈出学校大门的那一瞬间，一下抓住了林晓晴的手，还顺势把她往自己身边拉了拉，让他们之间原本很明显的那段距离缩小了许多。

在楼梯口，林晓晴颠三倒四说了半天，也没把事情说明白，不过眼下他倒是知道自己该扮演一个什么角色。

吕飞一看到付文强拉着林晓晴的手，脸色当时就不好看了："这谁呀？"

林晓晴一听这话很不顺耳，可心里又有些发虚，结结巴巴地说："他……他是……"

付文强接过来说："我是她男朋友。"

吕飞瞥了他一眼说："没问你。"然后转向林晓晴又问了一遍说，"他谁呀？"

林晓晴脸一红，说："他真是我男朋友。"

"那咱俩的事怎么办？"吕飞又问。

"哎呀，咱俩之间有什么事啊，过家家玩的你也当真！"林晓晴又是生气又是无奈地说，"天底下好的女孩那么多，你别老缠着我了行不行？"

吕飞瞪着眼半天没说话，突然又气冲冲地问付文强："你真是她男朋友？"

付文强也很不客气地说："你叫什么叫，我本来就是他男朋友！告诉你，以后要是再来骚扰她，看我怎么收拾你！"

吕飞一听，抡起拳头就要打，付文强一把抓住他手腕说："来啊，不服就试试！"

吕飞看着个头比他高的付文强，试了几试又把拳头放下了，然后气急败坏地说："好，你牛，你厉害，你给我等着！"转身跨上摩托车呼啸而去。

好半天，林晓晴才长出了一口气，如释重负地说："唉，总算把这个混蛋给打发了。"

付文强看着吕飞远去的背影，流露出一脸厌恶。

谁知这时林晓晴的调皮劲又上来了，她歪头盯着付文强问："这位先生，你可不可以先放开我的手啊？"

付文强这才发觉自己还紧紧地抓着人家的手，被她这么一说，一时倒不好意思了。

第十七章

一

　　课外活动的时候，付文强在宿舍里半躺在床上看小说。宿舍里光线很暗，不用说，这样看书肯定对眼睛没好处，可是学校又不允许在教室里看课外书，他也不好老是违反纪律。

　　付文强记不起自己是从什么时候开始爱上看课外书的了，只记得当初坐在家门口的大槐树下看《孙悟空三打白骨精》那会儿，好多字还都不认识呢。

　　学校也有图书室，而且还对外声称藏书几万册，但是真正借给学生看的，不用掰手指头也能数得清。不过有一点倒是名副其实，那就是"藏书"二字。在一般人的印象中，凡是藏书，大都比较陈旧，图书室里就是这种情况，所有书的纸张一律发黄，古董一样，真怀疑是不是在哪家老书店清仓处理时捡回来的便宜货！

　　为了能看到自己喜欢看的书，付文强常常勒着腰带攒零花钱。前几天去书店看到了一本新出的小说，买回来后刚看几页就爱不释手了。

　　付文强看着看着，突然有一撮烟灰正好落在了他的书上。他抬头一看，上铺的陈朝晖伸在床外的一只手中夹着半根烟，现在都快烧到手指头了，还全然不知道呢。

这小子最近中了什么邪了？老是恍恍惚惚的，现在还抽上烟了！

想到这，付文强放下手中的书，翻身爬了上去。陈朝晖耳朵里塞着耳机，正目不转睛听得出神呢，以至于连烟头快烧光了也不知道。陈朝晖见付文强上来了，赶忙把烟掐灭在床头的一个易拉罐里。

付文强拔下耳机来一听，是个女人唱的外语歌，叽里呱啦的，一句也听不懂，不禁问："这是什么呀？"

"《难忘你的笑容》。"陈朝晖的双眼依然失神地盯着上方。

"《难忘你的笑容》是什么东西？"付文强依然迷茫，"谁唱的？"

"酒井法子。"

"酒井法子？你喜欢听酒井法子？"

"喜欢。"

付文强看了看旁边挂的那幅乔丹画像，一时倒是迷惑了，陈朝晖的偶像应该是这种类型的才对，现在怎么对酒井法子感兴趣了？

"拉倒吧你，"付文强说，"你小子在发哪门子神经呢？"

陈朝晖心不在焉地应了一句："心里烦！"

付文强照着他的脑门"啪"地来了一下，终于把他飘忽不定的魂儿给拍了回来，"你有心事啊？"

"我？我哪有什么心事？"陈朝晖冲他笑了笑说。

"不可能，"付文强说，"你肯定有事瞒着我！"

"跟你说个事，"陈朝晖故意岔开话题说，"在兴隆大世界旁边新开了一家高档礼品店，你猜是谁开的？"

"爱谁开谁开!"付文强见陈朝晖故意避开他,生气地说,"反正不是你开的。"

"是'弓长张'开的,"陈朝晖自说自话,"那天我去买礼物来着,一看是她,吓得赶紧跑出来了。你不知道'弓长张'现在变化有多大,对谁都满脸堆笑,跟见了亲爹似的,可不像给咱们教历史那会儿了。"

这倒是让付文强始料不及的,不过他又从这话里听出了端倪:"你要给谁买礼物?还去高档礼品店?"

陈朝晖一听,赶忙掩饰说:"没有没有,我就是随便瞎逛着玩的。"

二

刘老师在面对着手中的教科书和桌上那一摞摞作业本时,心中难过极了。

本来他已经功德圆满在家里安享晚年的,可鬼迷心窍又来"发挥余热",仅仅一年半的时间,他竟然从辉煌的顶峰跌入了失败的谷底。

上课铃已经打响了,其他有课的老师也都走了,办公室里只剩下他自己。一个教了几十年书的老师一听到上课铃声,就像放牛娃听到牧笛,采茶女听到山歌一样,会不由自主地心潮起伏,但是现在哪个班都不需要他,他只有在这里干坐着的份儿。

从前年九月来阳光中学,到现在已经有一年半了。这些时间,对于一个年近花甲的老人来说并不算短。过去的一年半,刘成民仿佛在炼狱里经过了水深火热的淬炼一样,难受极了。

刚来的时候，他的确是满怀信心的，他自信教了三十年书的自己依然是轻车熟路。私立中学也好，高中生也罢，在他这个教了大半辈子初中的老师眼里根本算不了什么，反正他面对的还是学生，是学生他就自有他的办法。三十年的成绩都摆在眼前了，他绝对不相信这几年他会教不好。

可结果就真的令他难以置信，学生们对他服服帖帖、恭恭敬敬也仅仅是头几个月的事，再往后就都会给他出难题、找麻烦，甚至是光明正大地作对了。他继续一如既往地教，一如既往地管，可想象中的效果却一点都没有收到。

有一天他忽然想到了学校的真实情况，他明白了，并且深信不疑了——学校里招的都是中考落榜生，他们之所以会落榜，之所以成绩差，肯定都有这样那样的问题，说白了，这就是一群问题学生的集合。面对他们，要是不难以应付才怪呢！

然而刘老师依然怀有信心，三十年了，什么样的学生他没见过？还不信他们能把天捅个窟窿！

日子一天天地过着，面对着他的严厉管教，学生跟他作对的现象愈演愈烈，他生气的时候也愈来愈多。学生们的劲头上来了，可他受不了了，他累了，因为他已经老了。人一老，很多事就都力不从心了。

有时候，实在气极了他也想，算了吧，何必跟他们这些小毛孩儿生气呢？他们就是冥顽不灵了，他们就是不肯悔改了，就算真的把自己气死了又能怎么着？还不如轻轻松松、舒舒服服地混过这两年去算了呢。什么事都不管，什么事都不问，谁想造反就让他造去吧，反去吧！大不了就送到学校教导处，在那里自有人管。

可是他想到自己还是个老师，还是个班主任，如果就这样对自己的学生放任自流，那将是极不负责任的，也失去了为人师表者最基本的职业道德。

慢慢地他又发现，学生们并不是对哪一个老师都不友好，也并不是把哪一门功课都不当一回事。他虽然生气，但更多的却是疑惑，难道自己三十年来屡试不爽的教学管理方法，已经不适用于眼前这些学生了？起初他还不能接受，不过渐渐地心就软了下来，他想只要是为了学生们好，自己就尝试着去换一种别的方式吧！总之，能平平安安、顺顺利利地教完这一届，他也就心满意足了。

人与人之间之所以能长久地友好相处，其最牢靠的根基就是感情，是人都注重感情，那么以真心感人，以真情动人应该是不会错的了。想到这一点的同时他也觉察出了自己的一些不足，设身处地地为学生们想一想，他们也不是没有自己的难处，再说又都年轻气盛，带点"刺儿"也是难免的。当老师的，不就是要给学生拔"刺儿"吗？而自己的做法有时也的确太过于顽固和苛刻了。

接下来的日子里，他就开始对学生动之以情，晓之以理，试着从学生的角度出发，去体谅学生；也试着慢慢走进学生的世界，去了解学生。的确，他真的因此而得到了不少宽慰，也反省了不少过失。可时间一长，新的问题还是会暴露出来，他和学生之间的深层矛盾依然没法解决。

他真的迷惑了，左也不是，右也不是，这也不行，那也不行，问题到底出在什么地方呢？他心灰意冷，失望了甚至是绝望。就算每条路都是死胡同，那也总该有个原因吧？

接下来，他就开始着手寻找原因，日夜不停地寻找，从自身也从学生那里，从学校也联系社会。他仔仔细细地考虑着每一个环节，每一个因素，实在想不通时，他还会真心实意地向别人请教。经过了再一次炼狱般的煎熬之后，他终于明白过来了：问题的根源固然是多方面的，学生有，其他地方也有，但最关键的还在自己身上。他真的老了，跟不上学生的脚步了。他所拥有的那个时代，对眼前这些学生来说，已经过时了，而学生们所需要的时代，他又全然无法给予。这是两种不同世界的差距啊，根本无法用感情填平。

现在，全社会都在呼吁教育改革，原来，改来改去，真正要改的在这里啊！国有企业改革中，很多工厂都一锤砸烂了旧机器，到现在为止，还没有人来砸烂他这台旧机器，他也该知足了。然而话又说了回来，难道他还真的要在这里等着别人来砸吗？

一个当老师的，就算再无能，总也不应该成为阻碍学生成长进步的绊脚石吧。既然已无法更好地教书育人，那么剩下的路也就只有一条了。俗话说得好：旧的不去，新的不来。

学校的情况他一清二楚，胡书明的困难他也一清二楚，所以他无论如何都不会再给学校再给胡书明增添麻烦了。这样想着，刘成民老师从抽屉里取出了那本《依蒙县骨干教师联谊会通讯录》。

三

吕飞的事虽然已经过去了，可到底还是在林晓晴心里留下了阴影，为此她又安静了好几天。在这几天里，她出奇地想了很多事，很多以前经过的事。想着想着，她慢慢发觉自己长大了许多，也成熟了许多。

不过长大归长大，成熟归成熟，过去的事情想多了之后，心里就会感到一种压抑，好像有什么无形的东西堵在心口一样。林晓晴很想让自己好好放松一下，于是就趁着中午的时间偷溜出去玩了。

林晓晴出来得很巧，今天正好是城里的大集。依蒙县这几年发展得很快，虽然和一些发达地方比较起来还有相当大的差距，可毕竟也已经初具规模了，人丁兴旺，物产阜盛，仅从这个集上就可以略见一斑。

集市设在县城的西南角上，面积很大，都占据了大半个商业区。再往外有一个人工湖，集市正好沿湖滨路排开，纵横延绵一里多路。集市上的各种货物应有尽有，一道道衣服架子比皇帝寝宫里的屏风还要多，一排排小吃摊比办喜事摆的流水席还要热闹。除了形形色色的日常商品之外，还有卖奇货的，卖花鸟的，卖宠物的，甚至还有一个老大爷推着小车来卖书呢！

林晓晴在集上转了大半天也没发现有什么要买的东西，本来，她出来也不是想买东西的。林晓晴一个人在熙熙攘攘的人群中，东看看，西瞅瞅，活像个落入凡间的精灵。

突然她发现了一个样子很漂亮的发卡，嗯，对，是该买个发卡了，自己头上那个，还是去年夏天买的，也应该换个新的了。

这样想着，林晓晴抬头要问多少钱时，却愣在了那里。世界原来真的就这么小，摊主是两个女的——"晚香姐妹"。她们曾一声不响地去深圳闯天下了的，还扬言要开着宝马回来，可时隔半年之后，林晓晴万没想到会在这个集市上再次相遇。

她们的衣着打扮倒是没有怎么变化，还是半年前见面时的那个样子，只是眉宇之间多了几分沧桑的痕迹。

"……你们……"林晓晴老半天才说出了这么毫无意义的两个字。

她们中红头发的那个微微一笑说："嘿，没想到吧，咱们又见面了。"

"你们……不是去深圳了吗？"又过了半天，林晓晴又问。

"是啊，"她轻轻叹了口气说，"在那没意思，就回来了呗！"

去深圳的经历，也许并不是这么轻描淡写就能概括得了的，但此时此刻又能说什么呢？很多故事，只有她们自己知道。

三个人一时无话，旁边黄头发的那个指着林晓晴手中的发卡，说道："喜欢吗？送给你得了。"

"噢，不用了，我只是随便看看……"林晓晴这才反应过来，赶忙放下发卡，又说"那个……快上课了，我得赶紧回去了。"

话还没说完，她已经像丢了魂似的跑开了。

她真后悔自己为什么要偷溜出来赶这个集。

四

冯军遇上了这么一个对手，真的是连一点脾气都没有，付文强就像别人说的那种大好人一样，打不还手，骂不还口，任凭冯军再怎样咄咄相逼，他都没有一点反应。

冯军有时想想就很恼火，这倒像是人家故意让着他，不和他一般见识一样。更让他受不了的是，付文强都这样不动声色了，每每到了作文课上，刘教师还是先表扬他，然后再表扬冯军，甚至经常会说："冯军，你的写作水平提高得很快，可也别自满，还是要继续学习呀！多向付文强同学学习。"

这在别人眼里似乎是拉近了他们的距离，事实上却是加深了他对付文强的妒忌和仇恨。他想付文强到底有什么好的，值得他们这样夸过来夸过去的。第一印象毕竟还是很重要啊，他们从一开始觉得付文强比他强，就永远觉得付文强比他强了。

但是他就不信这个邪，他非要扭转乾坤不可！

所以他才一直想着超过付文强，他拼命地学习各种写作技巧，自然，写作水平也提升很快。但是，被他当作对手的付文强却始终没有一点动静。时间一长，他也就没什么激情了。

他刚当上班里的通讯员时，老想着付文强会到他这里来交稿子，然后他就趁机好好羞辱他一顿，报从前的一箭之仇。说实在的，要是果真有那样一次的话，他对付文强的所有成见或许早就烟消云散了。

但是他左等右等却怎么也等不到这个机会。后来他得知和付文强走得很近的林晓晴也是校报的通讯员，就想，莫非他在通过林晓晴投稿？冯军此后就经常利用帮校报编辑整理稿件的机会偷偷地查找，但他还是从未看到过付文强的名字，就算付文强改了名换了姓，冯军也能一眼就认出他的字来，可是真的就没有。

后来有一天，他在编辑部里听两个编辑老师在聊天。

一个说："高二·一班那个付文强还真行啊，以前他来投稿时被我说了两句，谁知竟记下仇了，从那以后就再也不来了。"

"什么呀！"另一个说，"人家是看不上咱这小报。人家在外面的报纸杂志上发表的文章多着呢！"

"唉，现在的年轻人，眼界高啊，动不动就看不起这个看不起那个！"

这些话，冯军都真真切切地听在了耳朵里。他这才恍然大悟，原来付文强表面上不动声色，私下里却是一刻也没有停过！

他突然感到有点心慌，因为听编辑老师的意思，付文强墙内开花墙外香，还挺厉害呢！

刚过去不久的一天里，是他值日。打扫卫生时，他发现付文强的桌洞里有一个大信封，鼓鼓囊囊地好像装了什么东西，更重要的是上面印着某文学杂志的名字，这引起了冯军的极大好奇。等别人都打扫完卫生出去后，他偷偷翻出来一看，里边全是从报纸杂志上剪下来的文章，而且所有的文章都是同一个署名：依然故我。看过两篇之后他就知道这个"依然故我"是谁了。他想，他的对手付文强这是在积累资本吧，说不定哪天就一下子全公布出来，杀他个措手不及呢。

冯军坐在那里，小心翻阅着每一篇文章，全都看完之后，他惊奇地发现，里边有几篇竟然是专门写他们两个的。虽然没标名也没标姓，但冯军还是能够对号入座。

在那几篇文章里，付文强说了很多像亲兄弟般推心置腹的话，付文强说真的不想和他争什么，斗什么，付文强说我都躲这么远了你还追着打，付文强还说其实他们完全可以成为好朋友……

为什么会这样呢？为什么付文强会和他想象中的不一样呢？这个付文强，到底是软弱呢，还是大度呢？

随后的两天里，冯军试着静下心来仔细想了想，他和付文强之间真的没有什么深仇大恨，付文强不是他的杀父仇人，他也未曾拿刀砍过人家，他们甚至都没有大声说过话。既然如此，那又斗什么呢？争什么呢？

说到底，还是年轻气盛啊，只不过是在争一口气罢了。这么长时间里，自己一直在不停地养精蓄锐，一直在不停地厉兵秣马，可到头来却发现只不过是一厢情愿。

想到这里，冯军又觉得自己很可笑。付文强说的没错，其实他们完全可以成为好朋友的，更何况，在刚上高一时，他们本来就已经是朋友了呢。

说真的，能和付文强做朋友也还是不错的吧，就像陈朝晖那样，但折腾到现在的地步，又让他怎么去交这个朋友啊？

　　慢慢地，那个很久以前就有过的念头又一次浮现在了他的脑海里。

第十八章

一

下午放学时，太阳刚刚落山，春天的这个时候还有些发凉，不过更凉的却是谭华的心。虽然已经是饭后了，可她并没吃什么东西。她在那棵柳树底下等着张国豪。

柳树已经发芽了，带来了春天的希望，但却没有带来她的希望。这是她第一次在这里等张国豪，或许也是最后一次了。

今天中午，让张国豪一直暗暗提防的那个大学生——她的表哥来找她了。她知道表哥为什么会来，因为很长时间以来，她都不给他写信了，也不让他再写信。表哥把谭华叫到学校外边很远的一个地方，她想这样也好，免得老让张国豪疑神疑鬼的。然而他们还没来得及说两句话，张国豪就来了。原来他是一路跟踪而来的。

张国豪二话不说，上去就打她表哥，尽管谭华拼命地拉着，可表哥还是被张国豪打得鼻青脸肿，眼镜也被打碎了。

谭华彻底失望了，她想有个男朋友怎么会这么累啊！他张国豪一个堂堂的男子汉，怎么就这么多疑呢？都告诉过他多少次，那人真的是她表哥，他们之间什么也没有，可他最后还是这样！都说女人小肚鸡肠，男人又何尝不是？

仔细回想一下和张国豪交往的这一段时间，多长呢？大约有一年吧！三百六十五天。原来永远也可以理解成三百六十五天啊！当初，他们彼此许诺的都是永远，可现在想想又是多么的可笑！

如果在刚刚交往的时候能明白这些，也许就没有这么多烦恼了，但她还是一直相信会有新的希望，慢慢地她就中毒了，同时张国豪也中毒了，他们俩都越陷越深，可彼此的距离却越拉越远，他们谁也抓不住对方。

年前开晚会的时候，其实她已经心灰意冷了，之所以唱那首歌，是想告诉张国豪："将爱情进行到底，并不像说的那么容易"，希望能以此给他最后一点启迪，但结果又是枉费心思。

想到这一切，谭华心痛极了。

然而张国豪却在她等了很久以后才姗姗而来。张国豪就是想趁机报复一下，让她也尝尝等人的滋味。一次又一次，都是张国豪在这里傻愣愣地等她，左等，右等，人都快等死了她还不来，这还不算，接下来张国豪还要拉着脸皮跟她说好话，求她，哄她，千方百计地逗她，她以为她是谁呀？

况且，她还必须要为中午的事负责！以前每当他问起来，她都是一副不耐烦的样子，什么表哥，朋友，甚至还说过不认识。现在好了，俩人都钻到小树林里去了，她心里就是有鬼！

张国豪一直都相信，这个人只要存在，他就一定能逮住他，如今真相已经大白，看谭华还有什么好狡辩的。

他们两个人默默地站在柳树下，都在等待先说话。

过了好久，张国豪实在忍不住了，终于开口说道："你倒是说话呀！我在等着你的解释呢！"

"我有什么好解释的？"谭华一扬头，看着他说，"张国豪，你给我听好了：我谭华，在感情上从来都没做过对不起你的事，不管你信与不信我都要说，自始至终，我只喜欢过你一个人！"

张国豪没想到她说的竟然是这样的话，可让他更没想到的是，谭华顿了顿，平息了一下心中的波澜，又说："但是这一切都结束了，从现在开始，咱俩完了。"

"完了？"张国豪一下子没反应过来，问，"完了是什么意思？"

"完了的意思就是你走你的阳关道，我过我的独木桥，从此井水不犯河水。"谭华斩钉截铁地说。

张国豪冷不丁打了个寒战，又问："为什么？"

"为什么？为什么？为什么……"谭华歇斯底里地说，"因为我想要的男朋友是一棵树！"

"一棵树？"这句没来由的话，让张国豪更加发晕了，"一棵树是什么意思？"

"一棵树的意思就是顶天立地，为我撑腰，让我依靠！"

"那我呢，我是什么？"

"你？呵呵……"谭华冷笑着说，"你只是一根藤而已！你只想把我缠在你的手心里，你从来不替我考虑，你把我当成什么了？我是一个活生生的人！我有我的思想我的生活我的自由，我不是你的附属品！"

张国豪傻在那里了。

"再见！"谭华说。

张国豪想伸手拦她，可她却倔强地对他摇头。就在谭华转身离开的一刹那，泪水"哗"地一下子全涌了出来。

看着谭华离他而去的背影，张国豪内心里竟说不出是什么滋味，直到谭华消失得无影无踪了，他才从懵懂中苏醒过来。他恼怒地一拳拳打在旁边的柳树上。

二

接下来，张国豪一连两天都不见踪影。由于他向来属于那种"三不管"的学生，所以同学们也没怎么当回事。

不同的只有谭华。每次走进教室，谭华都要先往他的位子上看一眼，但是他却一直没有出现。谭华想去找他，她知道在什么地方能找到他。现在还没到周末，她已经等不到周末了。

张国豪是在第三天中午回来的。他的两眼血红，人也疲惫地几乎虚脱了，一回来就趴在桌子上睡得不省人事。

这两天里，他一直在游戏厅、网吧、溜冰场之间来回地跑。然而不管在哪里，他都没能一本正经地玩上十分钟。

在游戏厅里，凡是遇到卿卿我我的游戏画面，一律乱杀一气；在网吧里，除了"最美的谎言"之外，其余凡是女的，一律张口就骂；在溜冰场里，他更是蛮不讲理，只要看到一男一女手牵手的，一律直接撞开，有几个女孩甚至都被他撞得哇哇大哭起来。

尽管这样，可他还是一点都不开心，一点都不解恨。两天两夜一刻不停地折腾下来，他已经没有力气了。

张国豪回来之后跟谁都没说一句话，就趴在桌子上睡着了，一节课一节课地睡着，也没人敢过来惹他。就连几个上课的老师都知道他是个"刺儿头"，这样睡觉反倒是不惹乱子了。

在一起的时候，整天被他气得要死，可现在都已经这样了，谭华却又无比心疼他。在他趴在桌上呼呼大睡的时候，她连倚桌子都是轻轻地，生怕一不小心会惊醒了他。

她知道张国豪不好受，可她就好受了吗？那天她一口气跑回宿舍，把别的舍友全都轰到门外，自己一个人在床上蒙头大哭。这毕竟是她的初恋啊！对于他，她付出了一个女孩十七年来最真的感情，她也梦想着能和他天长地久，可现在这美好的一切都像小孩子吹起的肥皂泡一样，"啪"地一下全消失了，心底那份痛苦是她怎么哭都哭不出来的。

张国豪不在的时候，她去给他擦桌子，一不小心把他的课本碰开了，这时她才惊奇地发现里边从头到尾有很多地方都写着她的名字，有的一写就是好几张。当时她差点又哭出来，真不知道跟张国豪做这样的了断，到底是对还是错。

"你就相信她吧，她的心里只有你一个人。"

"你凭什么这么肯定？"

"因为我是女人，我比你更了解她。"

"可你是她吗？"

谭华反复回想着这段曾经的对话，不禁喃喃自问：如果告诉他，我就是"最美的谎言"，我们是否还可以从头再来呢？

这个问题在她的脑海里盘旋了很久，不过最终她还是对自己说：算了吧，她和张国豪各自所需要的爱情，终究不在同一轨道上。现在分手了，后悔和心痛固然很难承受，可就算从头再来，谁又能保证不会再有新的痛苦呢？同样是痛，短痛只痛在一时，长痛却要痛上一生一世。既然如此，又何必再想回头？

三

张国豪两天两夜没合眼，回来趴在桌子上一直睡到晚上放学。他不知道是谁在一次次地拍他的肩膀，只知道睁开眼时，教室里就只剩下他自己了。

他一起身才发觉手脚全都麻了，一个趔趄把旁边桌上的书碰得满地都是。这时候，窗外似乎有个人被吓着了，但他没去在意。都已经这样了，还会有谁在乎他的死活呢？

回到宿舍以后，别人都在沉睡，他反倒一点也不困了。发了疯似的两天过去了，怒吼的大海安静下来，很多东西也就随之浮出了水面。

他的床是下铺，紧挨着前窗，明亮的月光透过玻璃窗，如水一般泼洒进来，给他一种清清冷冷的感觉。

冷静下来，他出奇地想了很多。与谭华的分手对他来说实在是太突然了，突然到让他至今还难以接受。今天的结果到底只是因为那个大学生，还是另有别的原因呢？是谭华一时的冲动，还是她早就谋算好了的？

他真的希望谭华能对他再坦诚一些，彼此都透明，没有什么秘密可言，也不会存在什么猜忌和提防，那样双方都能脚踏实地。但是当谭华跟他说那些树与藤的道理时，他失望了，也后悔了，他这才知道他们彼此所期望的，都没有在对方身上找到。

回来之前，他刚刚在网上碰到了"最美的谎言"——这是他们相识以来，在非周末时间里的第一次相遇。

至于她这次为什么会不顾自己的好学生形象偷跑出来上网，张国豪没有心情过问，只是开门见山地说："我跟她分手了。"

"最美的谎言"听到这个消息后似乎并没有吃惊，只是劝他说："天涯何处无芳草。"

"可我真的是很喜欢她。"

"你既然真的喜欢她，那又为什么不好好珍惜她呢？"

"我也后悔……"

"我劝过你多少次了？我跟你说我比你更了解她，可我说的话，你为什么不听？"

张国豪的后悔又增加了几重。想想与谭华之间的一切，他不禁感慨地说道："曾经有一份真挚的爱情摆在我的面前，但是我没有好好珍惜……"

"最美的谎言"看了这些，好久都没有动静，后来，她才说："算了吧，世上没有卖后悔药的，失去了，就不会再来了。"

"你不明白我的感受……"张国豪痛苦地说。

"不明白怎样，明白了又怎样？""最美的谎言"说，"你知道假如我是她的话，此刻最想对你说什么吗？"

"说什么？"张国豪一听赶紧问，他的确很想知道。

"忘了我，管自己的生活。"

张国豪对着电脑屏幕思忖了半天，然后说："这句话我好像在哪儿见过。"

"这是鲁迅的临终遗言。""最美的谎言"说，"假如这能使你重新振作，就算当她已经死了又有什么关系呢？"

"……"

难道真要像"最美的谎言"说的那样吗？忘了她，管自己的生活？

自己的生活又是什么样子呢？再想想来到这个世界上的十八年，

他怅然若失。从小到大，在家里衣来伸手，饭来张口；在学校里调皮捣蛋，到处惹是生非。好不容易碰到一个让自己动了真心的女朋友，本来都说要一生一世的，可没过多久，他们的爱情就如昙花般稍纵即逝了。

张国豪躺在床上又看到了那只蜘蛛。不知从什么时候起，在他上方的床板上竟住上了一只小蜘蛛，日夜不停地忙着织网。他曾不止一次将蜘蛛网给扯破，可现在展现在他眼前的仍然是一张完整的网。蜘蛛结网是为了网别人，而人结网却是在网自己，张国豪觉得人活着还不如一只蜘蛛呢！

蜘蛛仍在它自己结的网上忙碌着。记得以前曾听老师讲过，英国有个叫威灵顿的将军就是从蜘蛛结网里得到启示，从而东山再起，一举打败了拿破仑。如果威灵顿将军能活到现在的话，张国豪真想和他谈一谈。

这一回，张国豪没有再扯破那张蜘蛛网。

四

当春天的脚步越走越近时，学校发布了春游通知。通知上说，本周六将组织全校师生集体爬蒙山。

这无疑是一个让人振奋的消息，整天都觉得自己像只笼中鸟的同学们，又有哪一个不想出去放放风呢？

对于这次春游，陈朝晖表现得异常积极。这天中午，他一口气借来三个照相机，非拉着付文强一起进城去买胶卷。付文强说："买胶卷也要两个人啊？你怎么变得跟个小女孩似的？"

"我这可是借了给全班用的，你还堂堂副班长呢，好意思吗你？"

陈朝晖故意激他说。

付文强一听，磨不开面，只好丢开刚做了一半的作业跟陈朝晖出去了。本来，学校小卖部也是有胶卷卖的，可同学们一听要春游，三下五除二就给抢光了，害得老板娘一个劲地喊进少了。

下得楼来，付文强看天气晴好，就说："要不，咱们就走着去吧，权当提前预热一下了。"

"得了吧，"陈朝晖故意笑他说，"刚才还不愿出来呢，现在又玩起诗情画意了！我可没兴趣陪你溜马路。"

说着，便取出自己的自行车，说："算了，我驮着你吧，咱们早去早回，我还要收拾东西呢！"

二人刚进城没走多远，就找到了一个商店，陈朝晖把车子往门口一停，进走边调侃说："为民商店，多好听的名字——又土又实在！"

付文强也笑着随后进去了。

为民商店的店面不大，不过货物倒是摆得很满。老板是一个四十多岁的中年人，挺和善的样子，此刻他正悠闲自得地哼着小曲向店外张望呢！

"来六个胶卷，要乐凯的。"陈朝晖一进门就说。

还没等店主开口，付文强倒是先吃惊了："你小子要疯啊，怎么买那么多？"

陈朝晖掰着手指头给他算："一个胶卷才照三十来张，咱们班有六十多人呢，哪个不都得来上两三张？"

可惜小商店不给面子，居然只剩下四卷了，他俩没办法，付了钱正要离开时，老板一拍脑袋又说："你们先等等啊，箱子里好像还有几个。"

说着，便拖着笨重的身体爬上凳子，在货架上方的箱子里翻来翻去。老板一边找胶卷，还一边和他们俩攀谈起来。

正在这时候，店里的电话突然响了，老板站在凳子上，想转身接起来，可是又太远够不着，只得又艰难地从上面下来，一边接电话，嘴里还一边嘟囔着骂，不过等接通电话，却立马变得恭敬起来："喂……邱总啊……正装着呢……还得一个小时……不不不不，邱总您别生气……那就四十分钟……一定装完一定装完……我这不是人手不够吗……哎哎哎……好好好……行行行……"

挂断电话，态度立马又是一百八十度转弯，破口大骂道："不就一个破经理吗？还是副的，依蒙县的副经理多了！有什么了不起的？等老子把钱赚到手了……"

老板顾不得发泄了，对着后院气冲冲地喊了声："马三！马三！"

不一会儿，一个满头大汗的中年人跑了过来："郝老板，您叫我？"

郝老板问："还有多少呢？邱总又打电话催了，说是天气有变。"

马三回答说："这才刚装了一半呢，那么多箱货，就我们仨人装，也忒累了……"

郝老板一听又发起火来："你们三个废物，这么半天才装了这么点儿，老子一会儿不盯着，就给我磨洋工！"

那马三还想解释什么，郝老板就气急败坏地一甩手，让他赶紧回去继续装货。郝老板撒完气，一回头才记起柜台前边还有两个人，想了想，然后说："小兄弟，帮忙搬点东西行不行啊，完了以后我白送你们两个胶卷。"

他俩倒也不在乎什么白送不白送的，本来怕耽误时间不愿去，可经不住郝老板再三央求，也只好勉为其难了。

后院停着一辆大"东风"，车上有个壮汉正在忙忙碌碌地摆箱子，此外还有两个人正源源不断地从地下室里往车前搬箱子，其中就有刚才出去的那个马三。

他俩很快发现，箱子上印的全是各种名牌香烟的商标。郝老板一边走一边说："唉，当初真不该进这么多货的，卖也卖不了，放也没地儿放。"

在郝老板的指引下，他们进了地下室。

地下室里黑咕隆咚的，仔细一看也全是香烟，足足有上百箱。付文强搬了几箱后，感觉不对劲，就凑近陈朝晖小声说："他这小商店怎么会有这么多名牌烟？"

陈朝晖也觉得蹊跷，说："不会是假的吧？"

"这可没准儿，"付文强说，"要不然为什么鬼鬼祟祟的？"

"过一会儿趁他们不注意，我偷偷装一盒出去，抽两口就知道了。"

搬了一会儿，付文强突然想起电影里的情节，就问："你带相机了没有？"

"带了一个，"陈朝晖指了指随身带来的背包说，"本来我是要试胶卷用的，怎么，你想偷拍啊？"

付文强点点头说："说不定真能拍到重要证据呢！"

对于这个极富挑战性的提议，陈朝晖当下就拍手赞成了："没问题！这事就包在我身上了。"

于是，两个心怀不轨的家伙就一边搬箱子，一边悄悄研究怎么拍照片。等研究好各个位置点时，剩下的箱子也搬完一大半了。陈朝晖瞅准一个没人的机会，赶紧装好胶卷，小心翼翼地拍了起来。

真正行动起来才发现，偷拍这活还真不是一般人能干的。地下室还好说，只要那俩工人一出去，就立马安全了，可地上不一样，就这么大一块地方，还好几个人，随便一动都会被发现。

眼看着箱子就快搬完了，还是找不到合适的机会，陈朝晖很着急，就借口厕所，然后躲在旁边一堆废弃物后面偷拍起来。

可是他刚拍了两张，就听身后突然一声大喝："你在干什么？"

陈朝晖回头一看，店主郝老板不知什么时候已经站在身后了！

郝老板盯着陈朝晖手中的相机，又大声问了一遍："你在干什么？"

"没……没干什么。"陈朝晖结结巴巴地说，"搬累了歇会儿……我在试胶卷呢。"

"拿过来！"郝老板阴鸷地看着他，一伸手说。

陈朝晖一面往旁边退，一面抓紧倒胶卷，"我自己花钱买的胶卷，为什么要给你……"

这时候，那两个搬箱子的一看有情况，也都赶了过来。郝老板一挥手说："把他给我抓起来！"

马三和另一个工人一听，冲上前就要抢胶卷，陈朝晖一闪身从他旁边溜过，然后飞起一脚，正端在马三肩膀上。马三脚下一个没站稳，竟一下子撞到了墙上。

后面那个人一看陈朝晖还是个练家子，转身抄起一根棍子便要打，陈朝晖见势不妙，赶紧把胶卷扔给付文强，付文强接过来，塞进口袋就往外跑，可没跑几步就被从车上跳下来的壮汉给抢了回去。

陈朝晖正要再去抢，付文强却一把拉住他说："快走！"

陈朝晖着急地喊着："胶卷！"

付文强向他使了个眼色，说："不要了！"

跑出为民商店，他俩骑上车就找了个地方藏起来。陈朝晖掏出一根偷来的烟吸了两口，然后连连吐苦水，说："假的，难抽死了！"

"你敢确定？"付文强郑重地看着他。

"这烟我经常抽，味儿不一样，肯定是假的。"

付文强说："那咱赶紧去报警！"

不到一刻钟，尖厉的警报声就响遍了整个依蒙县城。

五

追捕那辆东风车的行动十分顺利。经过技术人员的检验确认，上面所装的的确都是假烟。初步估计，总价值不下八十万。

然而回过头来再去抓为民商店的老板郝为民时，却遇上了难题，他一口咬定自己是个良民，来了个死不认账。

再看那间地下室里，早已空空如也，别说是香烟，就是连个废纸箱子都没有一个了。

鉴于证据实在不足，刑警队的王队长一时间也拿他没了办法。

"你看这是什么？"付文强突然从衣兜里掏出一个胶卷来，"证据都在这里面！"

郝为民一愣，却说："什么证据不证据的，你少拿空白胶卷来糊弄我！"

"你那个才是空白胶卷呢，"付文强胸有成竹地说，"早被我换了！"

郝为民还想继续狡辩，这时的付文强却好似不耐烦了，他把胶卷交到王队长的手里说："队长您尽管抓人，这胶卷拿回去洗出来，就由不得他不承认了。"

王队长点点头，顺手将胶卷装进了包里。

郝为民见大势已去，这才软了下来，不甘却又无奈地骂道："真倒霉，没想到让这俩小毛孩子给搞坏了。"

王队长趁机说："铐起来，带走！"

一场战斗终于结束了，在场的所有人都暗暗地松了一口气。

这时，付文强又说："王队长，我们还有情况跟您汇报。"

"什么情况？"王队长一听，赶忙问道。

"我们在里边买东西时，这个郝老板……额，这个犯罪嫌疑人郝为民，还接了一个电话，称对方为邱总，大概是负责接头的那个人，不知对你们破案……"付文强说。

"这个线索很重要，"王队长说，"谢谢你们两个小伙子，回头我给你们请功。"

这一下可把他俩弄得不好意思了，付文强一挠头说："这可不敢当，我们就是普通学生。"

"学生？哪个学校的？叫什么名字？"王队长又问。

"这个，就不要说了吧？"他俩一时变得难为情起来。

"不说？"王队长把脸一板，"不说我把你们也铐起来！"

他俩一听，吓得赶紧老实交代了。

王队长哈哈大笑起来，说："跟你俩闹着玩呢，别当真。"然后又对着他俩行了个礼，说："再次表示感谢，我们还有任务在身，就不多耽误时间了。"

第十九章

一

星期六终于在全校学生的热切期盼中来临了。这天一大清早就有好多人开始埋怨今天的太阳，说它早不睡懒觉，晚不睡懒觉，偏偏在人都睡不着的时候去睡懒觉。同学们等啊等啊，都等了老半天了，太阳还是没有出来。

等到太阳真的出来时，学校租来的大客车早已经一字排列在操场上了。每辆车的车身两侧都贴上了阳光中学的大幅标语。

看到这些，同学们都兴奋得不得了，于是又重新跑回宿舍再收拾上一番。其实该收拾的东西在此之前早已收拾妥当了，只不过是因为一停下来就会感到坐立不安罢了。

对于这次春游，学校规定各班必须有老师带队，高二·一班班主任刘老师年纪大了，没有去，就临时安排白老师负责。听到这一消息，陈朝晖兴奋异常，所以借相机买胶卷的事，还没等白老师安排呢，他就提前完成了。

就在大家准备出发之际，胡书明却发现了一件怪事，全校六百多名学生中，绝大多数都没有按规定穿着校服。本来通知早就下达过的，今天所有学生一律穿校服出去，可现在怎么会是这样呢？

之所以搞得这么轰轰烈烈，胡书明也自有他的目的。

过了年以后，阳光中学的日子仍然不好过，甚至可以说是步履更为艰难了。年前风风火火、马不停蹄地忙了那么多天，总算是把各项事务都应付过去了，期末考试的成绩虽然虚了些，可到底也哄住了张副主任和社会上那些只注重分数的人。

然而胡书明朝思暮想的"社会力量办学先进单位"还是没有拿到手，这对他来说，无疑是个很大的打击。

有人说是市教委看阳光中学确实不行，没给通过，也有人说是张副主任知道了试卷透水的事，一生气给压下来了。不管怎么样，结果都是竹篮打水一场空。

最近，社会上又有人传言说阳光中学快办不下去了，马上就要破产了。如果任这些流言继续传扬下去，将会对学校十分不利，胡书明今天的举动正是要让外人看看，阳光中学依然存在，阳光中学的队伍依然浩浩荡荡。

所有的学生都把校服穿出去，这至少能把那些人的嘴堵住，也能让更多的人记住"阳光中学"这个名字。只要人们记住了这个名字，将来自己的孩子要考高中时，说不定就会多出一种选择。

可眼前这些学生们的举动，实在是让他大为恼火。

不少人都认为学生的校服太单调也太粗糙了，拿几块破布随便一拼就要学生整天穿在身上。这也确实不假，社会发展到今天，传统的校服已经远远跟不上时代的审美标准了。正因如此，胡书明才专门到服装厂请人设计了一套款式新颖、颜色亮丽的校服。刚发下去穿在学生们身上时，也没听几个说不满意的，可到了关键时刻怎么都突然变卦了呢？

胡书明很不理解，就站在全体学生面前，大声问道："你们为什么不穿校服？都给我讲出一个合适的理由来！"

下边鸦雀无声，老半天也没有一个人回答。

胡书明急了，他干脆走下台阶来，指着前边的一个学生问："你，说，为什么不穿校服？"

那个学生被吓得不知道该说什么好，只站在那里左右不定地来回看。

"看什么看，回答我的问题！"

"因为……因为……因为一穿校服出去，别人就能认出我们了，我们怕人笑话……"实在没办法了，那个学生才说道。

接下来胡书明又问了好几个人，结果答案全是一样的。

竟然会是这样！其他地方的学生都会以自己的学校为荣，而阳光中学的学生却以自己的学校为耻，这让胡书明好半天说不出一句话来。

其实，在此之前他并不知道，同学们穿着校服出去后，经常会面对一些外校生这样的质疑：

"你们阳光中学真是个学校吗？"

"你们那里学的跟我们一样吗？"

"怎么现在还有人？不是听说早就倒闭了吗？"

……

年轻人特别爱面子，他们谁都怕在大庭广众之下出丑。渐渐地，走在外面的阳光中学学生，就都变成没有"户口"的黑人了。

胡书明了解到真实的情况之后，走上台去默默地站了一会儿，然后说："同学们，我的能力有限，无法给你们一个更好的学校，这让我很惭愧，也很难过，因为外人在嘲笑你们的同时已经连我也嘲笑了。但我要说的是，既然我们都是有理想有追求的，都想着将来能有所作为，那又为什么会在别人的眼光下低头呢？我们难道就不能挺起胸膛来堂堂正正做人吗？同学们，我们穿上校服走出去，就是要让外边那些人看看，阳光中学是一直存在的，阳光中学的学生也不会被他们那些闲言碎语吓破胆……别在这里耽误时间了，都回去换校服吧！我们马上出发！"

台下先是静悄悄地，过了会儿有一个动的其他人也就都跟着动起来了。

二

同学们回去换上校服，默默地上了车。本来是定好七点半出发的，可现在都已经八点多了。

车在沂蒙人自己修筑的公路上飞驰，坐在车里的同学们，一会儿工夫便把出校前的不愉快全都抛到九霄云外去了。放飞心情的时候，谁也不愿躲在阴霾中。

十辆大客车顺次排开，以相同的速度飞驰前行，亮出一个很威风的架势。每辆车里都载满了欢声笑语。

公路两旁是清一色的农村，草房、瓦房和楼房相掺相嵌着，也一律是草房、瓦房遍地皆是，楼房才不过是凤毛麟角而已。

春天真的到了，田野里的一切都活了起来，热闹了起来。春耕已过，但春忙还在继续，到处都是一派热火朝天、欣欣向荣的景象。人们在田地里来往穿梭，继续播种着各自不同的希望，连片刻休息时间都不肯留。

只有这里的春天才是最真实的，一切都似出水芙蓉，天然雕饰般展现在人们眼前，全然不像那些现代化的大都市，都市里的春天，无论多美多亮丽，也只不过是人工制造出来的罢了。

沂蒙山，其实是沂山和蒙山两条山脉的统称，二者之中以蒙山较为出名。生长在沂蒙山区的人们，没有一个不知道蒙山的。

蒙山东西延绵百里，苍莽横卧在鲁中南大地上，铸成了沂蒙人坚强的脊梁。

《尚书·禹贡》曰："淮沂其治，蒙羽其艺。"《诗经·鲁颂》曰："泰山岩岩，鲁邦所詹。奄有龟蒙，遂荒大东。"《论语·季氏》曰："夫颛臾，昔者先王以为东蒙主。"《孟子·尽心》曰："孔子登东山而小鲁，登泰山而小天下。"这其中的"蒙""龟蒙""东蒙""东山"指的都是蒙山。蒙山主峰龟蒙顶海拔1156米，在齐鲁大地上仅次于五岳之首的泰山，故而又被称为"亚岱"。

传说当年泰山奶奶和鬼谷子王禅就曾同争此山，后来王禅使障眼法斗败泰山奶奶，把她赶到了泰山上，而自己却在这方圆百里的洞天福地整日闲游。

蒙山以它得天独厚的灵气哺育了智圣诸葛亮、书圣王羲之、算圣刘洪、宗圣曾参、大秦名将蒙恬、民族英雄左宝贵以及凿壁偷光的匡衡、卧冰求鲤的王祥等一大批彪炳史册的著名人物。

蒙山还是历代文人雅士吟诗作赋的好地方。诗圣杜甫就曾留下过"李侯有佳句，往往似阴铿。余亦东蒙客，怜君如弟兄"的诗句；宋代大诗人苏轼也曾这样写过："生长兵年早脱身，晚为元佑太平人，不惊渤海桑田变，来看龟蒙漏泽春"；明代文学家公鼐在《望蒙山》中这样写道："蒙山最高是双峰，上有云烟几万重。我欲峰头一伫立，却从天外数芙蓉"；清代戏剧家洪升游蒙山时赋诗曰："乱石绕东蒙，崎岖古道通。一身千里外，匹马万山中"；康熙、乾隆出巡江南，几次经过蒙山，也曾留下了许多动人诗篇，其中以康熙的"一片寒云向晓封，雪花应候慰三农。马蹄踏碎琼瑶路，隔断蒙山顶上峰"为妙；到了近代，指挥孟良崮战役的陈毅元帅也满怀豪情地吟咏道："临沂蒙阴新泰，路转峰回石怪，一片好风光，七十二崮堪爱……"

蒙山，真可称得上是一座不朽的神圣之山了。

三

1993年，蒙山被开辟为国家级森林公园，短短几年时间，就吸引了大量中外游客。这不仅提高了蒙山自身的声望，同时还给当地经济发展带来巨大活力。

阳光中学离蒙山森林公园不过五十里路，乘车一会儿就到了。春日里的蒙山格外欢腾，也格外热闹，山上山下都熙熙攘攘的。阳光中学的这群学生虽然都出生在蒙山脚下，甚至十几年来一直过着"开门见山"的生活，但不少人还是第一次来，至少是第一次和这么多同学一起来，因而兴致也极其高涨。胡校长刚一下令上山，他们就蜂拥而起，一溜烟地跑了，一边跑还一边不停地大声呼喊着，最前边扛校旗的同学也把鲜艳的旗子舞得猎猎作响。

白老师把高二·一班的几名班干部分成了三个小组，分别穿插在队伍的前边、中间和后边，各负其责。白老师素知付文强办事稳妥，就让他和陈朝晖在最后压阵。

山门外边的空地上，有一位满头银发的老太太正在卖东西。老太太那么大年纪了，却一点都不显老，依然在神采奕奕、满脸笑容地招揽顾客，还时不时地为他们唱上几句在沂蒙山区广为流传的山歌。

付文强不禁心向往之，趁着大部队往前冲的工夫，他干脆赖在小摊前不走了。老太太的小摊不大，可东西却是不少，什么小米煎饼、炒花生、炒栗子、山核桃、绣花鞋垫、香囊荷包等等，全都是些当地出产的土特产品。

老太太看见付文强老远就打招呼，一会儿让他看这个，一会儿又让他看那个，真叫付文强应接不暇。人少的时候，付文强便和她闲聊了起来。

"老大娘，您一天能卖不少钱吧？"

"那可不？俺在这随便吆喝两声，都比一个壮劳力一天挣得多！"老太太的喜悦之情溢于言表。

老太太显然是很健谈的，不等付文强再问，她就接着说："说到当初来这儿做买卖，还真有一截子话要说呢！那年春上，也是这个时候，俺家弄了半篮子山楂放那儿没人吃，俺觉得烂了怪可惜的，就寻思着拿出来看看有没有人要，谁想还真就卖了。打那以后，俺就时不时弄点儿咱自家里不稀罕的玩意儿来卖，别看都不起眼儿，可卖一卖就够贴补家用的。到如今，整个庄子上都学着卖开了，你说这不也是一条好路子？"

付文强暗暗吃惊，就是这么一位七八十岁的老太太，却为村里人找出了这么一条便捷的生财之道。与此相比，那些整天只知道大喊大叫的地方领导们又当如何呢？

付文强没来得及考虑更多，就听老太太又说："你说咱这山沟子里为啥富不起来？"她指了指自己白发苍苍的头，"还是这里转不过弯来，就是认死理儿，黄土坷垃里刨食。外边的人是天也能上去，地也能进去，可咱庄户人家就是走不出这山旮旯去！你说气人不气人？就拿俺家来说吧，五六口人没有一个下大力气的。儿子儿媳妇开客车，专从城里往这山上拉人；小闺女跟她对象在山下边开了个饭店，啥好东西都没有，就弄些咱这山里人不稀罕的兔子啊，鹌鹑啊，獾啊，山鸡啊什么的，你别说还就真有人吃不够；俺那老头子也是一样，整天在果园里就跟个神仙似的，可鼓捣鼓捣到了时候就能卖钱。你说这还能不富吗？想不富都不行！要命就要在有些人的头脑啊，还没有俺这老太婆好使呢！"

陈朝晖见白老师他们都走远了，他一个人百无聊赖，就拿着相机拍了几张风景照。他拍着拍着一扭头，见付文强和老太太头对头正聊得高兴呢，精神为之一振，这不也是道很美的风景吗？于是他举起相机"咔嚓"一下，便把眼前无比温情的一幕定了格。

付文强被深深地吸引住了，老太太还说，他们以后不光让游客们到山上去，还要让游客们到山下去，到咱平常百姓家去。

说到游客，老太太突然问付文强："小伙子，你见过洋鬼子没有？"

"电视上的见过，"付文强摇摇头，"真人倒还没有。"

老太太哈哈大笑起来说："那你还不如俺这老太婆呢！那回就有一群洋鬼子来俺这摊上买小玩意儿。一个个都头发焦黄，鼻子老长，说起话来叽里呱啦的。他们挑了一大把，就掏出带洋鬼子头的钱来给俺。俺当时想，洋鬼子是来欺负过咱，可那都是他们老祖宗干的事，现如今，人家大老远地跑到咱这儿旅游观光也不容易，俺就说了：你们相中几个就拿几个，俺一分钱都不要。俺一边说，还一边用手比画，等人家明白过来以后啊，一个个都乐得嗷嗷叫……"

付文强可是真入迷了，陈朝晖过来喊他好几遍了都喊不走。这时老太太笑着对他说："小伙子快走吧，当学生的来这里一趟也不容易，到山顶上去好好看一看，别老在这里听一个老太婆子瞎扯。再说了，俺也得做俺的买卖了，光在这里唠嗑可不行。"

老太太说着挑了两个漂亮的荷包，送给他们每人一个，说："来蒙山一趟，拿个荷包回去当纪念。不光好看，还能避邪哩！"

他俩推来推去不好意思要，老太太便哈哈大笑着说："快拿着快拿着，一会找个姑娘送出去，保准姑娘乐开了花！"

四

传说中，蒙山是玉皇大帝的后花园，每年都有七十二场浇花雨。现在说来，肯定没人相信，但几场春雨过后，各种花草树木真的都焕然一新，茁壮成长起来。尤其是满山遍野的松树，更是流淌着无尽的苍翠。

在苍松翠柏的掩映之下，洒落到地上的阳光碎成斑斑点点，杂乱无序地镶嵌在脚下的台阶上，捡都捡不起来。

春风拂过，松涛沙沙，新鲜的空气夹杂着泥土的气息，夹杂着花木的清香扑鼻而来，怡人无比，醉人无比。置身其中，可以尽心领略人间仙境、世外桃源的风韵。

顺着崎岖的台阶拾级而上，才能最真切地体会到什么叫"欲穷千里目，更上一层楼"。走着走着，人们一不小心就会被从路旁岩石缝里冒出来的歪首翘望的松树吓一跳。不过它无论何时都是善意的，因为它的名字叫"迎客松"。

付文强和陈朝晖都明白"登高揽胜"的道理，虽然还都东瞅瞅西看看，可也不由地快马加鞭了。

不想刚走到半山腰，就碰见林晓晴和王燕了。碰到林晓晴，还都很乐意，碰到王燕可就没什么好高兴的了，这个死丫头什么时候都能整得你哭笑不得。

果不其然，她不但把他们手中的荷包抢过去分了，看见他们有相机，还兴高采烈地说："你们来得可真及时啊，我俩正愁没人给拍照呢！"

陈朝晖倒也爽快，"咔嚓咔嚓"给她们拍了两张，谁知王燕眼珠子一转，又说："我提议咱们相互之间都拍上一张合影吧，好不容易才来一次，也留个纪念嘛。"

说完就推林晓晴和付文强去拍，林晓晴逃脱不肯，王燕于是就身先士卒自己去了，跟付文强拍完，又跟陈朝晖拍。

轮到付文强和林晓晴合影了，王燕又在一边叽叽喳喳个没完没了，一会儿说位置不好，一会儿说两个人离得太远，一会儿又说林晓晴的刘海被风吹乱了，弄得比参加选美大赛还郑重。

好不容易挑不出什么毛病了，可她又冷不丁冒出一句："青春作证，你们就是这蒙山上最棒的。"这让自信都有一些文学素养的付文强和林晓晴也听得一头雾水。

陈朝晖看到他们俩一个穿"双星"运动鞋，一个穿"双星"旅游鞋，也故意凑热闹似的喊出了那句广告词："双星double star, 伴你走遍天下！"

林晓晴被气得直跺脚，说："你们俩这是在干什么呢！再捣乱我可不拍了啊！"

好不容易拍完了，正要走呢，突然听到背后一个声音说："嘿，你们都成啦啦队了，还在这拍个没完呢！"

他们回头一看，竟然是白老师。白老师走热了，外套脱下来披在肩上，薄薄的毛衣把身体的曲线衬托得十分完美。

由于付文强的磨蹭，陈朝晖还一直担心被白老师甩太远了呢，没想到她竟从这里冒了出来，心中不禁一阵窃喜。

这时候，只听林晓晴说："白老师，你也来跟我们一起合个影吧。"

白老师微微一笑说："好啊。"

等他们把姿势摆好了，白老师又说："陈朝晖，让别人给拍，你也一起来吧。"

其实陈朝晖本想给他们拍完，再单独跟白老师合影的，现在听她这么说，也就不好意思了。他把相机给了一个从旁边经过的同学，就走过去站在了白老师身后。

就在那位同学喊出"123"的同时，陈朝晖又悄悄往白老师身边靠了靠……

五

付文强他们到达山顶时，见同学们大部分都聚在顶上的小亭子里，有听单放机的，有吃零食的，还有自告奋勇讲蒙山故事传说的。

站在山顶上四下里望望，就会蓦然发现世界变大了。最近处的依然是群山，山的外边有小块平原。平原上的小路纵横交错，几个村落星星点点地散布着，人也变小了，还不如个蚂蚁大呢。由此再往外的世界可就模糊了，茫茫一片，那恐怕就是海天相接住着神仙的地方了。

张国豪和刘咏波、朱飞三人坐在不远处的一块大石头上，此刻的刘咏波正口若悬河地讲个不停。

"你们知道不，赵红芳和江新那傻子好上了。"

"不会吧？"朱飞滴溜个小眼，想极力表达自己有多么吃惊，"她对人家有那、那、那意思了？"

"这不是秃子头上的虱子——明摆着吗？就你这白痴还弄不明白。"刘咏波连讽带刺地说。

"凭什么呀？这也太不可思议了！"

"凭什么？"刘咏波哼了一声，"就凭江新比你白痴，她比江新更白痴！"

朱飞依然在摇头："不信，打死也不信。"

"谁要你相信了？自作多情。"

别看刘咏波整天吊儿郎当的，可他还是很喜欢和张国豪在一起的，一来张国豪能够满足他许多欲望，二来他觉得张国豪这人够哥们。他见自己今天说了这么多都没能引起张国豪的兴趣，于是挖空心思想了半天又说："张大少，你听说没有，学校最近正在评选校花呢！候选人有六七个。"

他的话音一落，朱飞就迫不及待地问："都有谁啊？快说来听听！"

"有谁没谁关你屁事儿？就凭你这模样，连母夜叉都不会喜欢你。"刘咏波实在不愿和朱飞说话。

"好好好，就算我癞蛤蟆想吃天鹅肉行不？你倒是说呀！校花又不是你家的，干吗跟宝贝一样藏着掖着？"

看张国豪一天都闷闷不乐地，刘咏波本是想开导开导他的，可让朱飞这么死皮赖脸地一掺和，刘咏波简直都快气死了。

"有四班的江海燕，有二班的林晓晴，就是整天和咱付大班长粘在一块的那个。"刘咏波推开朱飞，对张国豪说道。这时候，林晓晴和付文强几个人正好从远处走过来，刘咏波便偷偷指了指，低声说，"说曹操，曹操还真到了。"

"那还有谁呢？还有谁？"朱飞追着问。

"还有咱班的一个呢，"刘咏波四处寻找了一下，然后拍着张国豪的肩膀说，"你看，她就在那儿。"

张国豪顺着刘咏波手指的方向看去，阳光正好从那里直射过来，猛刺着他的双眼，老半天他也没有看清那张脸，然而就算闭上眼睛他也知道那个人是谭华。

"不过，"刘咏波又说，"据说人气最旺的是高一·三班的萧雨。那女的我见过，简直太漂亮了，什么张曼玉啊、林青霞啊、藤原纪香啊，全都没法和她比！"

事实上，刘咏波也知道张国豪和谭华之间已经没戏了，为了让他尽快忘掉谭华，刘咏波故意刺激他说："怎么样，张大少，你心里是不是又开始蠢蠢欲动了啊？"

张国豪听完很不屑地冷笑了一声。刚和谭华"划清界限"的他的确伤痛还没有痊愈，不知是出于什么心态，接下来他大声而放肆地说道："现在这些女人啊，我都懒得蠢蠢欲动了，别看表面上一个个都人五人六的，可内心里肤浅得很！你只要多给她点好处，她立马就跟在你屁股后边打转。"

这时刚好有两个别班的女生从他们旁边经过，一听这话都气得直瞪眼，其中一个还抗议性地骂了一句："放屁！"

"装什么纯情呀，再装琼瑶奶奶也不要你！"刘咏波毫无意义地反击道。

中午的时候，胡校长让大家在山顶上将就着吃点东西，再好好休息休息，下午两点半下山回学校。对于吃的东西，同学们肯定不止带了一点点，因此，这不动烟火的一顿饭也同样是十分丰盛的。

蒙山顶上的山风大一些，拂发掠面的感觉特别好。大家三五成群地围坐在一起，此起彼伏的欢呼声在山风中飘扬，在山谷中回荡。不知是谁突然放声高歌，四下里立刻就一呼百应了：人人那个都说哎，沂蒙山好，沂蒙山那个山上哎，好风光……

第二十章

一

林晓晴万万没想到，居然又一次在学校里看见了吕飞。当然她这次还是很机灵的，大老远地就悄悄躲了起来。

他都已经走了，为什么又再次返回来呢？如果他真的死皮赖脸地纠缠不休，林晓晴实在不知道该怎么对付才好了。上次付文强能帮得了她，这次可就未必了。

然而让她更没想到的是，吕飞来学校竟然不是找她，而是找付文强的。

付文强这两天可风光了，全校师生都知道他和陈朝晖帮助公安局破获了一起大案。昨天，几个警察叔叔还敲锣打鼓给学校送来一块写有"警民共筑钢铁长城"的镀金匾牌呢。

当然，不为外人所知的是，公安局的人此次前来还是想通过胡书明对邱国柱进行一些调查的，可惜胡校长出差了，没在学校里。

吕飞来到学校一声不响地把付文强叫了出去。起初林晓晴还不明白，可等他俩走出校门之后，她就恍然大悟了，随之也吓了一跳。

吕飞早已经在社会上混成"老油条"了，他怎么能咽下那样的气呢？自己自以为很聪明的一招，现在看来简直蠢透了，这不明摆着要把付文强往火坑里推吗？付文强也真是的，对方根本就来者不善，他怎么还逞英雄要去？

林晓晴急得像热锅里的蚂蚁，不知该怎么办才好。就算自己追上去也只有添乱的份，绝对帮不上什么忙。可不去行吗？说不定再等一会儿付文强就变成缺胳膊少腿的人了。

谁能帮得了他呀？她想来想去突然想到了陈朝晖。对，就找他！他可是不怕打架的，再说又是付文强的铁哥们，绝对不会见死不救。于是她赶忙把陈朝晖叫出来说："付文强被一个坏人带走了，可能要打架，你快去看看吧，再晚就来不及了。他们是顺着大门口的小路往东走的，你可一定要快点啊！"

陈朝晖听完二话没说，转身就向大门外跑去。当他找到付文强时，他们真的已经打起来了。吕飞这次叫来了五六个人，都是他的一帮狐朋狗友，他们听说竟然有人敢抢"吕大哥"的马子之后，一个个摩拳擦掌，非要将这人扒皮抽筋不可。

付文强不比陈朝晖，一个人没法单挑五六个，他们几个人合围着他，吕飞一边舞着钢管一边还说："我长这么大就从没让人耍过，你还真行，想跟老子玩是吧，看我不玩死你！"

说着，便抡起钢管向付文强砸过来，此刻付文强正在招架其他人呢，好几双拳头打得他根本腾不出手来，因而吕飞那一钢管结结实实砸在了他的胳膊上，付文强当时就"哇"一声叫了出来。

这一幕正好落入刚刚赶过来的陈朝晖眼里。他一见自己的好兄弟挨了打，当时就火冒三丈，不由分说把路旁一棵小孩手臂般精细的小树"咔嚓"折断，提起来就冲了上去。

陈朝晖从小也是个爱打架的主儿，身上又有些拳脚功夫，他的到来使付文强很快占了上风，十几个回合之后，吕飞一伙人被打得实在招架不住，都转身落荒而逃了。

陈朝晖追了半天没追上，再回头一看，付文强已经抱着胳膊疼得起不来了。

二

随后陈朝晖带付文强去医院检查了一下，万幸没有伤到要害，但需静养一段时间也自是不必说了。

林晓晴知道情况后，又是买东西又是拿药的，虽然没说多少抱歉的话，却也在温情百倍的关心着。

这天中午天气很好。吃过午饭，平常连拉都拉不出去的付文强却喊陈朝晖到操场上散步去，恰好陈朝晖心里也正烦着呢，就一起出去了。

围着操场默默地转了大半圈，付文强突然说了一句这样莫名其妙的话："我，我现在遇到麻烦事了……"

陈朝晖在一边听了没哼声，付文强又说："我的意思是说……"

"我看出来了，"陈朝晖这才开口说道，"你喜欢上林晓晴了对不对？"

付文强不说话了，因为这正是他想说的。到今天，他已然无法再回避这个事实了。

现在回过头来，仔细想想他与林晓晴交往的全过程，有很多事是想忘都忘不了的。

付文强对她的了解最初是从一个名字开始的，只因为这个名字乍一听很像林晓清——他曾经那个无奈退学的老同学。不可否认，想认识她也是源于他对林晓清那份深深的难以自遣的愧疚。

两个人的关系再熟一些以后，他发现林晓晴是一个很好的朋友，他们的相识给他带来了很大影响。她的乐观，她的开朗，她的积极向上，都在一天天地感染着付文强，让他在喜欢的同时不知不觉又多了一份说不清楚的怜爱。

再后来，她又轻而易举地化解了他与林晓清之间的死结，打开牢笼同时放出了两个苦恼的人。到那时，她在他的心中已经悄悄生根发芽了，以至于让他在小青山上的亭子中，差点把心事泄露给另一个追求他的女孩。

但他还是竭力不想承认，他怕他们之间的感情会因变质而无法长久。他心里其实是很希望元旦前自己拿笔友的事去试探她时，她能给他一个明确否定的答案，来挫伤一下他的心。如果真是那样的话，或许他还能回得了头，但是她却没有。

他之所以深陷到今天这种程度，也和她并没有始终保持无动于衷有很大关系。在他们的交往中，她经常会让他感觉到一种若即若离、若隐若现的亲昵，以至于让他觉得在他们之间确实有默契存在，就像晚会上合唱的那样：我和你走过雨走过风，慢慢地把心靠拢。

等到过年放寒假时，她的影子在他脑海已经挥之不去了，彼此分离后的那份思念折磨得他寝食难安，他想她，却又不敢告诉她。所以年初三进城时他才会东颠西跑地四处寻找，不为别的，只是天真地希望，能在某个街头忽然看见她的身影。

事情到了这种地步，接下来很快就一发不可收拾了：因为一张合影，让他把蒙山之旅深深地记在了心里；因为一次演戏，让他自认为林晓晴真把他当成男朋友了；因为一声呵护，让他完全忘记了自己的胳膊有多疼……

　　既然是这样，付文强想，躲是躲不过了，倒不如索性来面对的好。该面对的事就勇敢去面对好了，如果一直这样躲躲闪闪，那只能说明自己是懦弱的。

　　陈朝晖见付文强跟他提的是这件事，心里好像是受到了感染，他又默默地走了一会儿，终于还是开口了："其实，我现在也跟你一样……"

　　"我也知道。"付文强说。

　　"你知道？"陈朝晖当即大吃了一惊。

　　"本来我并不知道的，可那天去白老师办公室时，发现她的抽屉里有好多酒井法子的磁带，所以我就知道了。"

　　白老师喜欢酒井法子，他也喜欢酒井法子，白老师眼里的酒井法子是远隔重洋的一个女明星，而他眼里的酒井法子却是近在咫尺的白老师。

　　"那次你说去'弓长张'的礼品店买礼物，是不是给白老师的？"付文强想起了从前，继而问道。

　　陈朝晖点点头承认了。

　　"买了吗？"

　　"买了好久，不过还没有送出去。"

　　"你要送给白老师的是什么？"

　　"水晶恋人，我觉得只有这个才能配得上白老师。"

　　"什么叫'水晶恋人'？"付文强听完和他开玩笑说，"你小心点可别碰碎了啊。"

　　谁知陈朝晖一听却急了，"好啊，你现在就开始咒我，小心我去报复你的林晓晴！"

　　付文强也知道处在这种状态的人听不得半点不吉利的话，就不再往下闹了，赶忙说："我错了我错了，我这是跟你开玩笑呢，你千万别当回事。"

"咱俩现在都这样了，你说该怎么办呢？"陈朝晖终于说出了心中的苦恼。

这个问题其实也是付文强一直在思考的，现在又想了半天，他忽然说："我看说出来算了，有什么大不了的，喜欢一个人，就要大胆告诉她！"

"呵，看不出来，这事儿你倒是挺勇敢的。"陈朝晖笑着说，"别是为人家挨了一棍子，觉得不够本，想要趁机得点儿补偿吧？"

"什么呀，我只是觉得，既然已经喜欢了，就应该光明正大地喜欢，老是憋在自己心里有什么用？爱是让人幸福的，不是让人痛苦的。"付文强动情地说道。

"说得好！"陈朝晖一拍手，"就凭你这句话，我决定要给白老师写情书了。你呢？敢不敢一块儿写？"

"咱们这算怎么回事儿？就连这个都要一块儿！"付文强一听不禁笑了，"本来我是想等到她过生日时再说的，不过现在一块儿就一块儿吧，也不差那几天了。"

正午的阳光下，在他们俩的心中，各自展现出一幅锦绣图画。

三

冯军把告别的时间选在了下午，夕阳西下本身就是一种离别，在这样的时候说再见，也许能让彼此的感觉都更加深刻吧。

今天，冯军要告别的人有两个，现在他面对的是其中一个——他曾经的朋友也是曾经的对手付文强。

"我要走了，离开这个学校。"冯军说。

虽然过年以后学校里接二连三地走人，但这句话对付文强来说还是来得有些突然，他真的想不到冯军有朝一日也会走。

事实上，在很早之前，冯军就已经有要走的打算了。最初他想走也的确是因为付文强的出现，冯军不想变成另一个人的影子，这一度曾让他很是懊恼。

但后来他慢慢发现，外面的世界很大很宽广也很精彩，可以任人自由飞翔，而他所处的地方却太小太约束人，挣也挣不动，迈也迈不开。冯军觉得自己像个侠客，应该过那种浪迹江湖、四处漂泊的日子。

然而虽然他一直都在想，却迟迟没有走，因为他觉得那样灰溜溜地走了会心有不甘了，仿佛是被吓跑的。不管怎样，他要再跟付文强争一争、拼一拼，他要争一个结果，一个他胜利的结果。

现在结果出来了，完全出人意料，他和付文强无所谓谁胜谁负，一切都仿佛一场梦境。他不愿接受这样的结果，却又不能不去接受，所以他才决定真的要走了。人一走就什么都抛开了，到了另一个地方，他又变成了全新的自己。

况且，对于他的走，家人一直都持赞成态度，并且连地方都早已给他找好了，爸妈总是说，他在阳光中学学到最后也学不出什么名堂。

马上要走了，那个原本怎么都看不顺眼的付文强，却突然给了他一种惺惺相惜的感觉。这份感觉很奇怪，也很强烈，以至于让他决定再来面对面谈上一次。

然而和他面对面地站在一起，付文强却显得有些不能适应，这让冯军不禁暗暗想到：这个被我一直当成劲敌的人其实也很普通，也不过是个十七八岁的高中学生而已，和周围的人并没有什么不同。

"我看过你发表的文章，你写的的确比我好。"冯军在最后分别的时刻这样说。

"你看过？在哪里看的？"付文强这才开口说话。

"在哪里无所谓，反正是看过了，"冯军说，"说实话，我其实挺佩服你的。"

"你要走，是跟我有关吗？"付文强问。

冯军哈哈一笑，声音听起来很爽朗："你觉得呢？"

"那又是为什么？既然要走，总不能没个理由吧？"

"因为……因为我想浪迹天涯，去看看太阳到底落在了什么地方，去看看大山里面有没有住着神仙。"冯军开玩笑似地说。

付文强听了，说："到头来，你还是个浪漫主义者。"

"浪漫主义者有什么不好？"冯军笑着说，"总比那些天天喊叫'无才可去补苍天，枉入红尘若许年'的人要强，你说对吗？"

付文强没说对，也没说不对，只是也跟着笑了起来。

冯军要告别的第二个人是谭华。付文强走后，他在原地等了很久，他相信自己一定能够等到她。

在那段时间里，他竭力回想有关他和谭华的事情。然而很可惜，即使他把脑海中的全部内容全都翻出来，也实在是太少了，少得屈指可数，少得不忍心去想。

谭华终究还是来了。快上晚自习时，从宿舍去教室的她正好从这儿经过。

冯军把自己要走的消息告诉了谭华，可她却并没感到吃惊，他很想谭华能对他说些什么，她却也没有说多少。冯军的心里一阵黯然，或许他们的关系真的是太平淡太平常了，甚至连相熟都算不上。

他不知道自己为什么会喜欢上她，是因为她那份少女早熟的风韵，还是因为她那份另类叛逆的气质？冯军没去仔细想过。总之他是一直暗暗喜欢着她的。

从前，因为谭华早已心有所属，也因为他的心中重重顾虑，所以虽然喜欢，也一直没有表白过什么，今天，或许是他最后的机会了。

谭华已经走出好远了，他终于没能忍住，还是喊了一声她的名字。

可是就在谭华回过头的那一瞬间，他却突然决定什么都不说了，喜欢一个人，并不一定就要告诉对方，倒不如埋在心里一辈子，偷偷地珍惜着，偷偷地相守着，这又有什么不好呢？

"还有事吗？"回过头来的谭华问他。

"假如……假如咱们从此再也不会见面了，你是不是还能一直记得我呢？"

谭华站在原地送给了他一张笑脸。虽然是夜幕降临的时候，可在他心中永远如同阳光照耀般清晰明亮。

"当然了，怎么会不记得呢？咱们不管什么时候都是老同学嘛！"谭华笑着对他说。

四

冯军的走，让付文强大感意外，可更为意外的却是，没过几天，班主任刘老师竟然也走了。

正班长曹菲基于将来的考虑，不想再在其他事上浪费时间，就向刘老师提出辞去班长职务，从此专心学习，以备高考。刘老师见留不住，就只好同意了，并决定让付文强来担任这个正班长。

这是刘老师安排的最后一件事了，他先在班上宣布了任命，随后就把付文强叫到办公室里，亲口告诉了他自己要走的消息，从此永远地离开这三尺讲台，也永远地结束了他这辈子的教书生涯。

付文强大为震惊，可同时也真真切切地看清了刘老师脸上那份依依不舍和落寞无奈，付文强什么都明白了。

说实话，在心底他也曾想让刘老师走，可希望一旦变为现实，他又觉得自己的想法太过残忍和自私了，有心要再挽留，可刘老师却一个劲儿地说旧的不去，新的不来。

付文强不敢断定什么是新的，什么是旧的，只知道这么多学生离不开一个班主任。可刘老师却说，新来的班主任很快就到，班里也很快就会有个全新的气象了。

后来刘老师又把那次收的每人二十块钱的纪律保证金如数交给了付文强，让他退还给同学们。当初付文强就知道了，刘老师这么做的目的只是为了督促学生，然而现在想想，这已经变得多么可笑了。

付文强当然没有笑，直到这一刻，他才突然意识到刘老师有多么好，多么伟大。他的心里蓦然涌起一股负罪感："老师，您真的别走了。从今以后，我一定会尽全力帮您把咱班管理好，以前的我，太不用心了。"

刘老师听完，苍凉而知足地笑了笑，说："你能这么想，老师也就放心了，只不过老师已经非走不可了。"

付文强一时不知该说什么好了，傻愣愣地站在那里，刘老师又说："我相信咱们班只会越来越好，今后你多用心帮助新来的班主任，多用心帮助你的同学，也就等于是在帮我了。"

付文强见再说什么都已没用，只得口口声声答应着，并且保证绝不会让刘老师失望，也绝不会让新来的班主任失望。

此刻，他嘴上虽然说得信誓旦旦，可内心深处却在承受着无尽的苦恼呢！

付文强和陈朝晖相约同去向自己的心上人表白，得到的竟也是同一个结果——石沉大海般杳无音讯。

白老师方面倒还好些，她还是一如既往地上课，一如既往地和谁都有说有笑，这其中也包括陈朝晖，至于那封情书，她好像压根没有见过一样。到林晓晴这儿就完全不同了，林晓晴原本是在无微不至地关心照顾着付文强的，可表白的事一旦发生，便什么都没了，甚至连她的面都看不到了。

林晓晴可真像是一只小鸟，远远地观望，她会对你很友好，可当你伸出手来想碰碰她时，她却警觉地跳到一边，然后飞走了。

付文强真没想到会是这种结果。原本他以为，这个世界上只有答应和不答应两种选择的，当然他也一直觉得林晓晴会"十有八九"答应他。可是现在，林晓晴不但没有给他任何回应，反而就这么凭空消失了，真是让他彻底不知道该怎么办是好。

五

然而，作为难兄难弟的另外一个，陈朝晖的境况还不如他。当然，白老师并没有消失。

陈朝晖的糟糕来自于家里，这个周末回家，爸妈很正式地告诉他：他们要离婚了。

他们先是碰撞摩擦，后是吵吵闹闹，再后来是分居两地，一直闹到今天的地步，在陈朝晖看来，似乎也并不出乎意料，可他还是无法接受。

想着即将消失的家庭，陈朝晖痛苦万分，他不能没有家，他不能失去父亲母亲中的任何一个。哪怕家已经名存实亡，可那终究还是个家；哪怕父母都变成了老年痴呆，可那也终究还是父母。

但是现在父母却要把这个家拆散，他绝不答应！

星期一有白老师的一节课。看到白老师，陈朝晖真想跑到她面前大哭一场，然后，白老师就会哄他、帮他，还会关心爱护着他。

今天的白老师又是笑容满面，从她的脸上陈朝晖看不出一丝异样的神情来。陈朝晖多么希望白老师能对他说："没事的，陈朝晖你不要怕，从今往后，所有的事咱们一起扛，无论你遇到什么伤心难过，我都和你不离不弃！"

白老师提着一大袋子糖来到教室里，笑嘻嘻的发给在座的所有同学，清澈的眼神中流动着幸福，然后她走上讲台对大家说："占用同学们几分钟时间，宣布一个好消息：我订婚了，就在昨天。我未婚夫是个助理工程师，人很好，也很有气质。现在我们正装修新房，等装好了，欢迎大家来我家玩。"

对于发生在陈朝晖身上的变化，白老师早先也曾有所注意，包括听酒井法子的歌，包括看她时的眼神，也包括在蒙山上拍的那一张合影，甚至她都想到陈朝晖是喜欢上她了。她给陈朝晖带来了很大影响，交往时又忽视了保持应有的距离，这的确很容易导致他对她的盲目崇拜与迷恋。但她总以为那只不过是一时的误区，等她适当地冷落他一段时间之后就会过去了。可万万没想到，陈朝晖有朝一日竟会大胆地将情书塞到她的手里。

既然出现了这种情况，她知道陈朝晖已经是情种深埋了。这个时候再去控制事态，自然不宜用正面的方式，那样很容易伤害到他，毕竟他还很年轻，承受不了太大的打击。白老师打算让结果出现在无声无息之中，其他人都丝毫觉察不到，同时又让陈朝晖能慢慢地死心。

恰好在这时她订婚了。想来想去，她决定要好好利用一下这个机会，把她的婚讯告诉同学们，也说给陈朝晖听，这样也许就能让陈朝晖悬崖勒马吧。

白老师兀自盘算得很好，可她并不知道今天的陈朝晖还有着另外一份痛苦。

白老师面对着所有的学生，又说："再讲讲我的一点感情心得吧，希望这对你们会有所帮助。无须隐瞒地说，上中学时我也偷偷喜欢过自己身边的人，甚至也梦想着会天长地久，可最后的结果并不美好。为什么会这样呢？其实很简单，因为这不是真正的爱情，真正的爱情要有牢固的根基才行，绝不可以是空中楼阁。然而现在的你们，连自己的未来都还没有牢固的根基，又奢谈什么爱情？所以我想对同学们说，心里有喜欢的人没有错，但最好还是不要用情太深，真的还没到那个时候。现在与其把海誓山盟说得动听，不如把承载海誓山盟的根基打得牢固。等你们再长大一些就会明白的，原来梦中情人并不是只有一个，随着我们慢慢长大，更适合你的那个人一定会出现在眼前。"

这些话，多多少少带给了同学们一些启迪。她说完之后，下边的同学都不约而同地鼓起掌来。从小到大接触的老师数不清了，却还极少有对他们讲这些的，所以他们都十分欢迎。

全班一声不响、一动不动的只有陈朝晖。

第二十一章

一

晚上放学，付文强来到宿舍时陈朝晖已经睡着了。这样也好，睡着以后，就什么都忘了，哪怕只是暂时的也好。

付文强照例用热毛巾敷了敷胳膊，伸手到裤兜里掏止痛膏时才想起中午换完药忘在教室了。俗话说"伤筋动骨一百天"，有心不管它吧，可胳膊依然肿得老高，依然疼得厉害，没办法，他只好带上钥匙再回教室。

这时已经九点多了，快要打熄灯铃了，付文强到教室拿了止痛膏就急匆匆往回走，结果不小心把桌上的英语课本碰到了地上。他弯腰去捡的时候，发现了从里边掉出来的一张信纸。

付文强展开一看，脸上顿时变了颜色。他连教室的门都没来得及关，就发疯似的跑了出去。

信纸上的字写得匆忙而潦草，可他依然认得——那是陈朝晖写的。

陈朝晖在信上说：哥们，当你看到这封信的时候，该有什么事发生，你一定都知道了。别说我傻，我心里什么都清楚，就是接受不了。

楼道里的灯都关了，黑得伸手不见五指，付文强发疯似的往下跑，震得楼梯"咚咚"作响。

信上还说：我这人你知道，性子急，脾气暴，碰到难以处理的问题就会用拳头解决。可这次，就算我长着一百个拳头也用不上了。仅仅这么两天时间，我还没有喘过气来呢，就突然什么都没有了，我真的无法面对这样的结果。

后来不知为什么我竟一下子想到了死，反正早晚都得死，人一死也就一了百了了，去他的狗屁亲情、狗屁爱情吧，老子下一辈子也不再相信了。

夜黑得看不到边，付文强一路狂奔进宿舍，二话没说，踩着旁边的桌子就冲到了上铺，他拼命地摇着陈朝晖，"陈朝晖！陈朝晖！你醒醒！"

陈朝晖静静地躺在那里，任付文强把床摇得乱晃，他也一动不动。

这个时候，其他舍友大都已经上床躺下了，被付文强进来这么一阵吵闹，一个个都目瞪口呆地愣住了。刘咏波从被窝里探出头来不耐烦地说："吵什么吵啊，大班长还让不让人睡觉了？"

付文强回头瞪了他一眼，说："闭嘴，陈朝晖自杀了你知不知道！"

整个宿舍一听顿时就乱了套，大家纷纷爬起来上前帮忙，付文强一边和几个舍友往下抬昏迷之中的陈朝晖，一边对傻愣愣站着不知干什么好的朱飞说："快呀，打急救电话去！"

朱飞刚跑出去，付文强猛然间才想起来，办公室和小卖部这两个有电话的地方现在肯定都没人了，去也没用。于是又对另一个舍友说："打电话可能不行了，你快到伙房门口把那辆三轮车推过来。"

朱飞去了半天果然没找着电话，这边付文强已经把陈朝晖抬上三轮车了，关键时刻张国豪提出来要帮忙蹬车，不过付文强一把拉住他说："让我来。"

一群人簇拥着一辆车刚到大门口，却发现大门已经被锁上了，接着又有人自告奋勇去拿钥匙。

门口的人都心急如焚快撑不住了，拿钥匙的还是不见踪影。付文强跳下车来，两三步冲进传达室，问："钥匙呢？"

传达室的大爷不在里边，要钥匙的人急得团团转，"钥匙，钥匙还没找到……"

付文强也等不及拿钥匙了，见桌子底下有把锤头，抓起来便跑了。

起风了，瞬间就变成一头咆哮的狮子，直吹得飞沙走石。春天的晚上，难得会有这么大的风。

付文强一连砸了七八锤，大铁锁还是丝毫未损，他顾不上胳膊的疼痛，抡起锤头又狠狠地砸了下去，一串火光过后，拳头大的铁锁终于被砸开了。

在无边的夜里，在怒吼的风中，三轮车呼啸着向县医院疾驰而去。

二

县医院里灯火通明，人人都在奔波忙碌着。经过好长一阵的步履忙乱、人影穿梭之后，才渐渐静了下来，急救室前只剩了折磨人的等待了。

　　陈朝晖的父母已经赶到了，他们的眼圈都红肿着，陈母还在哭个不停。到了现在他们才明白过来，平日里无论怎么吵，怎么闹，孩子仍然是他们共同的牵挂，他们离不开孩子，孩子也离不开他们。

　　也许，那无数次的吵闹，到头来只不过是因为多一句话少一句话罢了，夫妻本是同林鸟啊，会有多深的仇恨呢？大半辈子都过来了，到今天为什么就没法过了？针尖对麦芒不假，人争一口气不错，可两口子居家过日子，又何至于会这样呢？

　　夜已深了，急救室门口的红灯依然亮着。

　　夜更深了，所有人都一声不响地默默等待、默默祈祷。

　　夜太深了，走廊尽头的冷风长驱直入吹到人们的心底。

　　夜已沉了，陈朝晖的父亲终于把大衣披在妻子的身上。

　　夜更沉了，陈朝晖的母亲终于把头靠在丈夫的肩上。

　　夜太沉了……

　　当明媚的阳光照进窗户的时候，陈朝晖终于脱离了生命危险。其他同学安慰了他大半天后，都回学校去了，只有付文强还留在这里。

　　陈朝晖的父母一边哭一边自责，说那天不应该说那些没头没脑、没轻没重的话。他们和大多数人一样，只知道陈朝晖的自杀是因为他们要离婚，并不知道还有别的原因。好半天，陈朝晖实在听不下去了，就说了一句"我这不是没死吗"，弄得他们想说什么都不是了。

　　陈朝晖说自己没事了，让父母去吃点东西，好好休息一下，可他们却怎么也不肯走，就怕一转眼工夫陈朝晖又要寻死觅活。没办法，付文强在旁边说道："叔，婶，有我在，你们就放心吧，他没那么娇气的，你们担心朝晖，朝晖同样也担心你们呀！"

付文强的意思他们都明白，为了让陈朝晖放心，他们手拉着手出去了。

陈朝晖坐在病床上想了半天，终究还是说："我……真傻。"

在经过了一夜生与死的较量之后，他终于明白了生命的宝贵，他真庆幸自己还能看到今天的阳光。

"你知道自己傻，就说明还不算太傻。人一生中，谁还没做过几回傻事呢？"出于安慰，付文强才这样说。

听到这话，陈朝晖很感激，同时又有些得意，说："其实死一回还是有不少收获的，你看我爸妈都手牵手了。"

付文强捶了他一拳，善意地嘲笑说："行了吧，说你胖你还喘起来了，这种玩命的把戏，你真好意思说收获！"

付文强想给陈朝晖倒点水喝，可是刚一提暖瓶，胳膊上就是一阵钻心的疼痛，害得他差点把暖瓶掉地上。

陈朝晖看到了，伸手拉过他的胳膊，一下把袖子撸了起来。陈朝晖呆住了，付文强先前就肿得老高的胳膊现在肿得更厉害了，陈朝晖知道这都是因为他的缘故。他看着付文强，不知该说什么才好。

付文强把他的手扔到一边，说："你同性恋啊？"

陈朝晖说："你的胳膊……我……"

"行了，别婆婆妈妈的了，是不是大老爷们呀？"付文强说，"还有更难办的事等着你呢，好好想想吧！"

"什么事？"陈朝晖一下子愣住了。

"这件事，你怎么跟白老师交代？"

陈朝晖傻了。是啊，这该怎么向白老师解释呢？本来，他是想一死了之的，可现在没有死成。既然活着就得去面对应该面对的一切。白老师要是知道了这件事，还说不定会气成什么样子呢！

陈朝晖真的不知该怎么办，正当他准备开口问付文强时，病房的门突然被推开了，白老师就出现在门口。大概是由于跑得太急了，她在那儿好一会儿都没缓过气来。

陈朝晖愣住了，他怎么也没想到自己要面对的事会来得这么快。付文强赶忙把白老师让进房中，知道他们要有话说，便找了个借口出去了。

三

病房中只剩下两个人了，陈朝晖立刻就感到局促起来，他嗫嚅地说："老师……我……"

白老师一句话都不说，却结结实实给了他一巴掌，接着便坐在一边呜呜地哭起来。

白老师打得其实并不用力，可陈朝晖还是被这一突如其来的举动惊呆了，他不明白白老师为什么会打他。然而如果打他能让白老师好受一些的话，他也心甘情愿了。

白老师是怎么来的，他并不知道——大清早，白老师刚到学校就听到陈朝晖自杀的消息了，白老师的心一下子就提到了嗓子眼，她知道这一定是与她有关的，是她用那自以为聪明的蠢方法，把陈朝晖逼到这一步的。

忙乱中，她甚至都忘了骑自行车。白老师一路跑啊跑，踩乱了清晨的宁静，也踩碎了朝阳中的剪影。白老师一边跑一边在心里说：陈朝晖啊陈朝晖，你要是有个三长两短，让老师怎么交代呀！？白云啊白云，你又是怎么当的老师？

白老师哭了好一会儿，才擦擦眼泪说："吓死我了你知不知道？"

陈朝晖又是后悔又是羞愧，吞吞吐吐地说："老师，我真是傻死了，对不起。"

白老师定下神来看着眼前的陈朝晖，经过了一番生死考验之后，他憔悴了不少，脸上也挂上了几道沧桑的痕迹。此刻，他正像一个做错事的孩子一样，正可怜兮兮地盯着她，等待得到她的谅解。

看到陈朝晖这副模样，白老师心中又生出一股怜惜之情，她说："这也不能全怪你，老师也有很多不对的地方，老师也是刚开始工作，没有多少经验……"

"老师，您别自责了，都是我的错，真的，我太傻了。"

白老师靠过来，拍拍他的肩头说："听老师的话，把那些事都放下吧，你的年龄小，真的还不能想那么多。好好调整心态，尽快投入到学习中去，你还是老师眼里最好的学生……其他的大道理老师也不讲了。行吗？"

陈朝晖的目光本来已经黯淡了的，可听完这些话后又重新有了光彩，他默默地想了两分钟，然后郑重地点点头："老师，我会做出个好样子给您看的……还有，这次您订婚的喜糖我没有吃，不过等您结婚时我一定要去。"

四

付文强刚走出医院，就看见陈朝晖的父母在一旁的小摊上吃面。窄窄的一张小桌，他们面对面坐着，头几乎要碰在一起了，在旁人看来，他们是多么恩爱啊！

陈朝晖的父母也看见了付文强，他们都起身迎了上来。陈母赶忙问："你怎么出来了，朝晖他就一个人在里边？"

虽然刚刚发生了这样的事，可陈母的焦虑还是让付文强很感动，真是可怜天下父母心！他说："学校派白老师来看朝晖，现在正说话呢！"

他们这才把心放下。这时，一脸憨厚的陈父又拉着付文强的手说："过来吃碗面吧，这回可是多亏你了，也没啥好谢你的。"

付文强本不好意思，可一想白老师还没出来，要是陈朝晖的父母急匆匆地赶回去反倒不好，于是就坐下来说："那就不客气了，我可是真饿了。"

付文强边吃面边往医院门口看，当他快要吃完的时候，正好看见白老师从里边出来了。白老师远远地跟他招了招手，意思是说我走了，你再回去照顾他吧！

白老师能这么快出来，事情的结果想必不会太坏吧！

吃完饭，陈朝晖的父母心里惦记着陈朝晖，便急着要回去。付文强四下里看了看，见有一个水果市场，就说："叔，婶，你们先等一下。"

他到市场里买了些香蕉，提回来交到了陈母手中，陈母说什么也不肯要，说你看你这孩子，怎么能这样呢？

付文强一边跑开一边回头说："叔，婶，你们跟朝晖说一声，我先回去上课了，下午再来看他。"

付文强走在清晨的阳光里。天地间，最后一缕薄雾也已经散尽了，太阳的光芒水泄下来，有些刺眼。

大街上来来往往、川流不息，人们又开始忙碌奔波了，为着自己那或难或易，或简或繁的一摊子。不管怎么样，很多事纵然心中不想面对，可事实上却也是不容回避的。或许，这就是滚滚红尘中的人们所必须要过的一种生活吧！

经过了这样的一夜，付文强也成熟了许多。陈朝晖的事犹如一把大锤一样砸在他的头上，让他切切实实地痛了一下，同时也清醒了不少。

陈朝晖的事已经结束了，而他的还没有。无论如何，该面对的总要去面对，狂风暴雨也好，斜风细雨也罢，既然已摆在面前，他就不能再躲避了。

付文强抬起头来，迎着慢慢升高的太阳走了回去。

五

付文强已经决定不管出现什么结果，自己都会勇敢面对了，但林晓晴却还在继续躲避着他，根本不给他留任何解释的机会。

付文强心里压抑得很，这天晚上一放学，他就跑出了教室，打算到操场上去散散心。以往心情不好的时候，他总爱一个人跑到操场上去，什么都不干，有时甚至什么都不想，只是瞎溜达。如此溜达上两圈之后，心里也的确会变得好受一些。

操场这边可是安静多了，在路灯的斜射下，垂柳的万千枝条都随着柔和的清风缓缓摇摆。这样的夜晚，有着说不出的温馨。

可是，这会儿是谁躲在黑暗中偷偷哭泣呢？付文强循声走了过去，意外地发现竟然是林晓晴。林晓晴躲在柳树后边，哭得很伤心，消瘦的双肩不停颤动着，付文强都已经走到她的身后了，她还全然不知。

林晓晴本来对自己的能力已经有些信心了的，可没想到真碰上事之后，还是一点主见都没有。也真是的，这样的事自己又从未经历过，更别说有什么经验了，能不慌才怪呢！

陈朝晖自杀的事她也听说了。有不少同学都在议论，陈朝晖不惜以生命为代价来挽救那个无爱的家庭到底值不值得，然而林晓晴却知道他的自杀还和白老师有关。平日里看陈朝晖什么事都满不在乎，就像铁塔一样坚不可摧，然而却是这么经不起打击。要是换作付文强呢？结果又会怎样？万一自己处理不好，致使他也像陈朝晖一样……她都不敢再往下想了。

其实，出现今天这种局面，林晓晴也是多少有些预感的。毕竟，书上都不知说了多少遍了：哪个少女不怀春，哪个少年不多情？在这一点上，林晓晴没有理由去反驳自己。

自己不也希望能天天见到他吗？自己不也会因为想他想得太多而心跳加速吗？自己不也拿着和他在蒙山上的合影而偷偷高兴好几天吗？甚至于她在梦中都曾见到过这样的情景：一碧千里的草原上，有她在迎风轻舞，而他则骑着一匹纯白如雪的骏马，手捧着七彩花冠，从天地相接的地方缓缓向她走来……

但是，那都不一样，她只是在心里默默地想着而已，可他却已经走火入魔了，他在那封"信"中说了许多赤裸裸的话，让她一想起来心里就会咚咚地跳个不停。

付文强在平常的一举一动中，早就把心事透露给她了。贺年卡上面的朦胧祝福，情人节里的闪烁其词，还有笔友送他幸运星的事，林晓晴心里又何尝不知道，那分明就是在故意试探她。

她不否认付文强帮了她很多，也对她很好，这让她一辈子都感激不尽。正因如此，她才更加为难了，一口拒绝的话很不好，再说也不是她真心情愿的，可继续发展下去显然又不可以。这份感情要如何去定位呢？友情？爱情？还是介乎两者之间的朦胧状态？

林晓晴满脑子乱哄哄的，完全理不出一点头绪，实在恼火极了，她又开始埋怨自己：林晓晴你也真是的，他忧郁不忧郁跟你有什么关系？吃饱了没事儿干什么不好，偏偏自作多情地要把他拉回到阳光里，你以为你是谁呀？救世主还是观世音？

这下可好，拉着拉着，自己也掉下去了。

林晓晴越想越难过，一直在哭，真不知要哭到什么时候。付文强在她身后默默站了好久，才终于开口说道："林晓晴，你想说什么就都说出来吧，别这样老是憋在自己心里了。你放心，不管什么结果，我都不会像陈朝晖那样做的。"

林晓晴当即吓了一大跳，她怎么也没想到付文强就站在她身后，惊慌之下，她拔腿就跑。付文强你可真是阴魂不散啊！我都躲到这里了，还是被你找了来。林晓晴在心里没好气地说，快点跑，快点跑，就算他喊破了喉咙，你也绝不能停下来！

可是当她听到那声"回来"时，还是不由自主地停住了脚步，因为那不是付文强喊的。这时的付文强也大吃一惊，他们谁都没有想到在这里竟然还会有第三个人。

话音刚落，二班的班主任陈老师就从另一棵柳树的阴影里走了出来，铁青着脸，瞪着他们俩。

眼前刚刚发生的一幕最终还是印证了他先前的怀疑。作为一个班主任，他绝不允许自己对这样的事情视而不见，尤其还是发生在林晓晴的身上，他实在是太怜惜林晓晴了，就像是他的亲生女儿一样。

"看看你们才多大点孩子，就搞起这些来了，别以为自己学习成绩不错就可以胡作非为，你们都懂些什么？我告诉你们，赶紧给我悬崖勒马，悬崖勒马知道吗？要不然看我怎么收拾你们！"

陈老师停了停，又语重心长地说道："孩子们呀！千万别再执迷不悟了，你们都走错路啦！现在要是浪费了这大好时光，一辈子都是个罪人！"

六

这一天夜里，陈老师把林晓晴叫了过去，告诉了她一个她一直都很想知道的答案，那也是陈老师心里最深最大的隐痛。

陈老师说他有个小女儿叫陈希，今年已经二十一岁了。陈希从小也和林晓晴一样讨人喜欢，陈老师整天像捧星星捧月亮一样把她捧在手心，连被蚊子叮一下都会心疼上半天。

陈希很乖也很聪明，没上学之前就已经学会了很多古诗和算数题。后来她上学了，不光学习好，其他的也样样都行，一年下来能带回家好几个奖状。陈老师把奖状都给贴了起来，结果没到五年级就把整面墙都贴满了，谁见了谁夸。

上了初中之后的她依然品学兼优，而且三年过后还以全县中考第七名的优异成绩被录取到了市重点中学。一夜之间，她成了许多人眼里的金凤凰，陈老师也高兴地整天合不拢嘴，一辈子没能圆了大学梦的他，把全部的希望都寄托在女儿陈希身上。

可进入高中后过了一个学期，她的成绩却突然降了下来。起初陈老师以为是课程深了的缘故，再说又是重点高中，选进去的全是尖子生，她的压力一定是过大了，暂时还没能完全适应。可她的成绩也下降得太吓人了，而且不光是这，就连整个人都变得恍恍惚惚、魂不守舍的。

陈老师担心了，也着急了，在他一次次的苦苦追问之下，陈希终于吐露了实话，说她喜欢上了班里的一名男生，并且那个男生也喜欢她，他们说好要考一样的大学，报一样的专业，等大学一毕业就结婚成家。

陈老师听完伤心极了，他说你们既然要一起考大学，可又为什么不好好学习呢？谁知一向乖巧的陈希竟跟他狡辩起来，说不是不好好学，而是学不会，况且就以现在的成绩，考个普通大学也差不多了，重点高中的学生，基本都能有大学上。

陈老师从没想到自己的女儿有朝一日会说出这种话来，气得心口疼。苦口婆心地劝她求她赶快和那个男生断绝关系，可她说什么也不听，还是死心塌地跟人家好。为此，他们父女俩不知吵过多少架，陈老师甚至还因为气不过而动手打了她两巴掌。

一说到那两巴掌，陈老师到现在还难过，那哪是打在女儿的脸上，分明就是打在自己的心上，都过去这么长时间了，他仍然无法忘记。

后来，他们双方都妥协了，父亲说我答应你和他继续交往，女儿说我也答应你好好学习功课。

陈希后来真的刻苦了不少，一落千丈的成绩又开始有了回升。周末的时候，她偶尔也会把那个男生带到家里，陈老师细心观察了他一段时间，觉得他也确实是个聪明伶俐的孩子，他甚至都在想，如果将来真有这样一个女婿说不定也不错。

事情如果就这样结束的话就好了，可出乎意料的是，高三时，那个男生突然全家搬到北京去了，原因是那里考北大的分数线低，容易考。

这虽然让陈希伤心难过了一阵子，不过到底也没怎么着，心里只想着等自己也考上北大之后就能再在一起了，学习的劲头倒是更足了些。可谁知刚过了没几个月，去了北京的那个男生就提出要和她分手，说自己又有了一个女朋友，各方面的条件都比她好。

这个致命的打击最终将陈希推向了堕落的深渊。她在大哭了一场之后便开始自暴自弃，课不上了，家也不回了，整天就像孤魂野鬼一样在外边四处游荡，甚至于连人生中的大事——高考，都没有去参加。

再后来的有一天，她留下一封信，说那天是他们相识的第一千天纪念日，她要从这一天开始去北京找他。说完，什么也不带转身就跑了，到现在都过去两三年多了，陈老师还没有她的一点音信，就连是死是活都不知道。

说到这，陈老师已经是老泪纵横、泣不成声了，他抹了一把眼泪说："老天爷可真是瞎眼了，我好好的一个闺女，就这么被毁了，我怎么能不难过啊！"

陈老师又说，他见到林晓晴后的第一眼，就误以为是自己的女儿又回来了，尽管知道她并不是，可从此也加倍地呵护着，他不能让林晓晴受到一点儿伤害，更不能让她重蹈自己女儿的覆辙。

林晓晴听完之后感动得失声痛哭起来，面对着比亲生父亲还要亲的陈老师，她除了尽快把事情了结之外，还能再说些什么呢？

第二十二章

一

自从蒙山春游过后，校长胡书明就不见了踪影。学校里说他外出考察去了，可这根本没人相信，忽然不知从哪里传出谣言，说他学校办不下去偷偷跑了，甚至还有人说公安局都已经下通缉令了。

虽然没人搞清这些消息的来源，但鉴于学校目前的种种，很多人对此还是深信不疑。在这谣言的影响下，又有一大批学生退学的退学，转学的转学，也有一大批家长纷纷跑到学校里来要求退还学费，赔偿损失，让校领导们即使生出三头六臂都难以招架。

覆巢之下无完卵，学校都是这样了，下边的各个班中也概莫能外。

高二·一班的新任班主任卢老师已经来了好几天了，可在很多同学眼里还是跟没来一个样。这些天里，除了上过为数不多的几节课之外，他所做的事就是和学生打成一片。人们常说"新官上任三把火"，可他连一把火都没有，整天里，卢老师就知道和同学们乱谈一气，天南地北的，古往今来的，无所不谈无话不说。

对于班上的学生他更是放任自流，不管有事没事，只要请假就给准了；旷课迟到早退的也全当没看见；不交作业不交试卷的各随其便，就连光明正大谈恋爱的他都没怎么去过问。高二·一班的各种"歪风邪气"被这场"春风"一吹，都争相从各个阴暗的角落里昂扬地伸出头来。

所有想学习的同学差不多都有这样一个相同的看法：高二·一班这回算是彻底完了！

面对着这一切，付文强的心里说不出是什么滋味。刘老师临走之前，并没有告诉他新来的班主任是谁，所以当他看见卢老师走进这间教室时，一时颇为诧异，及至后来弄明白了，他高兴地差点跳了起来。一下课，他见人就说卢老师是他以前的班主任，是他最敬佩的老师，他讲课有多么多么好。

然而现在，同学们的声声谩骂都像钢针一样刺痛了他的心。难道士别三日当真要刮目相看吗？一直被他奉若神明的卢老师没想到今天竟也变成这个样子了。想想前不久去他家时，还完全不是这样的，在这段时间里究竟发生了什么事？又是什么原因使卢老师变成了今天的模样？付文强心里难过极了。

付文强百思不得其解，他决定要去找一找卢老师，把这一切的一切都问个清楚。

"找我有事吗？"办公室里，正盯着门口若有所思的卢老师看见他进来了，开口问道。

"有。"

"你是不是要问我，为什么对班上的事不管不问？"卢老师继续问道。

从这句话来看，他对自己的所作所为还是很清楚的，既然如此，那又为何……

"是。"

"你也对现在的状况很不满意吧？"

"是。"

付文强想问什么，卢老师仿佛早已一清二楚，他虽有许多话想说，可到此为止却只说出了这么几个毫无意义的字。

卢老师听完之后，脸上的表情很复杂，分不清究竟是悲哀还是喜悦。好半天，他才拍了拍付文强的肩膀说："给我一点时间，也请相信我，我会给你们一个满意答复的。"

不知为什么，当付文强听到卢老师说这句话时，心中竟莫名其妙地轻松了许多。他不由自主地点点头说："行，我相信。"

卢老师的确没有骗他。在一个星期之后的班会课上，班主任卢老师一走上讲台，就意外地说了这么一句话："同学们，从现在开始，我们班的混乱状况就应该结束了，以前是个什么样子，咱们全都抛开不管，但从今以后，我们班必须要拿出一个崭新的面貌来！"

他的话音甫落，台下便是一片哗然，谁也不清楚他葫芦里究竟卖的什么药，甚至还有人说他神经病。

听到了这些，卢老师做了个手势示意大家打住，然后很严肃地说："同学们，说句实话，我并没有想过会来这里教课，今天之所以能站在咱们班的讲台上，全是因为刘老师，是他找到了我，是他苦口婆心地把我劝到这里。"

同学都很吃惊，随后，卢老师便讲了刘老师许多辞职背后的故事，他还说，正是因为如此，他才更感责任重大，他才更不能冒冒失失地搞什么"新官上任三把火"。

前些日子里，他之所以对班上放任自流、不管不问，就是想要看到最真实的状态，要想了解他们，融入他们，从而更有针对性地去引导他们。

卢老师说："请同学们放心，之前不管你们做过什么出格的事，我都不会抓着不放，更不会对谁打击报复，我只想和你们一起，在这段并不平坦的青春之路上，同心协力，走得通顺，走得踏实！"

二

胡书明的整个人都快垮了，此刻的他不想见任何人，也没脸见任何人。刚才，方圆本想进来安慰安慰他，可话还没说出口，就被他没好气地赶了出去。

原定十五天的考察学习，到现在才刚刚十天。十天的时间并不长，然而当他再次回来的时候，一切就都变了。

女儿雪洁今年才上二年级。不久前的一天晚上，她还掰着手指头算什么时候才能到爸爸的学校里上学，她是那样的兴奋，那样的欢腾，仿佛天使般无忧无虑，可谁知一转眼就什么都没有了。

"是爸爸害了你呀，小洁，小洁……"坚强的胡书明泪如雨下。

前几天胡书明要出差，正好赶上他岳父七十大寿，妻子方欣让他等过了父亲的生日再走，可他说推迟不得，结果还是走了。在他岳父的生日宴会上，亲戚朋友都在说他的不是，方欣听了心里不好受，于是就在那一个劲地喝闷酒，结果一下子就给喝得住了院。

方欣住院了，胡书明又不在家，他的女儿雪洁就只能一个人往医院里跑，可也不知是哪个开车的瞎了眼，竟把雪洁撞倒在一个无人的路口……

胡书明抹了把眼泪，一抬头，似乎又看见了雪洁。雪洁站在温暖的阳光里，身穿洁白的衣衫，背上还长着两只洁白的翅膀。

胡书明看着雪洁，笑了，拍拍手招呼她说："小洁，快远来，让爸爸抱抱。"

雪洁听了也甜甜地笑起来，她张开双翼向他飞了过来。雪洁飞呀飞呀，飞得很安静，很轻盈。

雪洁张开双臂说："爸爸抱，爸爸抱。"

胡书明也拍着双手说："爸爸抱，爸爸抱。"

然而就在这时，不知从哪里猛然伸出了一只黑色的魔爪，忽地一下就把雪洁掳走了。胡书明大喊着起身去追，他的整个世界却陷入了万劫不复的黑暗之中。

"是爸爸害了你呀！"胡书明将手插入头发里，再一次地嘶声自责。

这时，出差前的那一幕又清晰浮现在他的眼前：

看着正欲出门的胡书明，方欣哀求道："后天就是我爸七十大寿了，你真不能晚走两天吗？就两天呀！我把一辈子都给你了，你就不能给我两天时间吗？"

"那么多学校，我都跟人家定好了，怎么能改呢？这可是我费了九牛二虎之力才求来的考察机会。"

这样的节骨眼，让胡书明也左右为难，但他停下来想了想还是说："你跟咱爸好好说说，他又不是不通情理的人，等我回来以后，一定带你和小洁去给爸爸好好补回来。"

然后，他调头就走了。

看着胡书明远去的背影，贤淑但已绝望的方欣歇斯底里地大声喊道："那个烂学校有什么好的，值得你这么卖命？我看你不折腾个家破人亡就不肯罢休！"

到今天，果真是家破了，人也亡了，是该罢休的时候了吧？

然而，真的要罢休了吗？

他又下意识地抬抬头，墙上还挂着自己亲笔书写的那副对联：有志者，事竟成，破釜沉舟，百二秦关终属楚；苦心人，天不负，卧薪尝胆，三千越甲可吞吴。

看着看着，胡书明笑了，笑得血泪飞溅，笑得肝胆俱裂。

不知过了多久，忽然响起了推门声，害怕见人的他正要发作，抬头一看，却是振蒙集团的董事长张中华。

通过前一段时间的几次接触，他们已经算是熟人了，对于张中华的进门，胡书明只是草草地看了一眼，甚至连座都没去让。

看到胡书明这副模样，张中华坐下来安慰他说："胡校长，不管怎么着，事情都已经发生了，你还是多往后面想想吧！"

胡书明把头埋在那里，依然没有言语。方圆悄悄进来给张中华倒了杯水，又悄悄地出去了。

"胡校长，"张中华又说，"我这次来，除了谈学校的事之外，还有一些关于雪洁的事要跟你说。"

"雪洁的事？什么事？"胡书明听到这话，一下子就抬起头来。

"据我们公司的两名职工反映，出事那天，他们正好在路边买东西，当时就发现有一辆没挂牌的黑色桑塔纳一直停在路口不动，可当雪洁走到路中央时，那辆车却突然加大油门撞了过去，然后一打方向盘，拐进旁边的小路就不见了。如果真是这样的话，我觉得雪洁的事可能就不是个意外了。"

胡书明听完后，整张脸都因痛苦而扭曲了，他发疯地怒吼说："谁干的？这到底是谁干的？我招谁惹谁了？和我有仇怎么不来撞我啊！"

好半天，等他渐渐平静下来了，张中华又说："这些情况我已经上报公安局了，你放心，总有水落石出的那一天。胡校长，光难过也不是办法，咱们还是再谈谈学校的事吧！"

胡书明颓然坐下，又露出了失神的目光。

三

在阴历三月刚刚到来的时候，县教委要召开一次规模空前的"全县教育教学改革研讨会"，届时，阳光中学将有百分之六十的老师需要参加。大会历时三天，主要议题为全面分析依蒙县当前的教育教学形势，初步确立如何贯彻落实素质教育。

针对此，阳光中学做出了放假三天的决定。不过在这三天里，学校也安排有几个值班老师，想学习的学生还可以正常住校。

三月三的这一天，赵红芳一大早就往学校里赶。前一段时间的学习很起劲，这更提高了她的积极性，自己的成绩也正以理想的速度上升着。照这样下去，要考个像样的大学是不成问题的。

这几天虽然放了假，可她还是不愿放松自己，只在家里休息了一天就回来了。她还没有忘记自己的目标——赶上付文强，甚至超过付文强。然而最近的付文强却……这让赵红芳真不知是该高兴好，还是该伤心好。

春天来了，大地早已复苏，天空也变得滋润起来。不知是谁家的录音机里正在高声放着一首老歌：春风她吻上了我的脸，告诉我现在是春天……

赵红芳觉得这分明就是在唱眼前的一切。她这一路上看到有不少工厂的职工正在做广播体操，不禁感到满眼生机。转眼又一看，马路两旁的杨柳在微风的吹拂下都尽情地扭动着腰肢，这不也是在做操吗？

是啊！窝蜷了一冬的万物是该好好舒展舒展了。

晨曦中，赵红芳看见陈朝晖正很起劲地向前跑着，把一串串晶亮的汗珠全甩在身后。这个刚逃出死神魔爪的男孩看上去还有些苍白，不过他的体格原本就很健壮，相信用不了多久就能完全恢复过来。

见了陈朝晖，赵红芳忽然想起昨晚在县电视台上看到的那则新闻来：近日，得到阳光中学两名学生的举报，县公安局刑警大队在建设路的为民商店内捣毁一个制假窝点，并追缴价值近百万元的赃物的一宗大案。

另据本台最新消息，此案的主要犯罪嫌疑人——原阳光大酒店副总经理邱国柱，同时也是车撞阳光大酒店总经理、阳光中学校长胡书明之女胡雪洁一案的幕后元凶。据邱国柱交代，他此举的动机是要逼胡书明家破人亡，进而由他一人独吞阳光大酒店。

看完之后，赵红芳一面为胡校长感到痛惜，一面也为她的同学感动骄傲，他们做得真棒，就应该这样，我们的社会需要每一个人都担负起责任来。

赵红芳紧蹬两下追上了他："跑这么远，能撑得住吗？"

陈朝晖回头看了看她，气喘吁吁但仍然满脸兴奋地说道："这一点算得了什么，路还长着呢！"

赵红芳也点头笑笑："是啊，路还长着呢！"

告别了陈朝晖，赵红芳又走了不远便看见张国豪了，他正往一家理发店走去。

他进理发店也许是为了剪掉那一头几乎可以扎小辫的长发吧？店门口的广告牌上有一句话说得很好，叫"一切从头开始"，进去的时候，不知他看见了没有。

在这大好春日里，每个人都在进行着自己的人生之旅。想想这些，赵红芳不禁也加快了速度，陈朝晖说得没错，路还长着呢！

四

又是一年三月三，风筝飞满天。

付文强出了校门往后边的小青山走去，这是一条崎岖蜿蜒的小路，虽然偶尔也会有些磕磕绊绊，可终究还是洒满了阳光。

今天三月三，是林晓晴的生日，过了这个生日，她就十八岁了。

前两天，林晓晴主动让王燕给付文强送来一张纸条，上面写着：三月三，我在桃花盛开的地方等你。

这是一句只有他们两个人才能心领神会的话，因为那个"桃花盛开的地方"本就是他们俩共同命名的。曾经有一次，付文强对林晓晴说：我在学校附近发现了一个桃花盛开的地方。林晓晴说：我知道，那个地方就在小青山上。

从此，那里就被他们称作是"桃花盛开的地方"了。

付文强是在山脚下碰到林晓晴的。山脚下蜂飞蝶舞，百花争艳，林晓晴就站在百花丛中。

林晓晴问："你来啦！"

付文强说："我来了。"

"我还真怕你不来呢！"

"我这不是已经来了吗？"

一番古龙武侠小说式的对话，把他们两个人都逗笑了，先前各自设想的那份拘谨和尴尬并未出现。

不用提醒，他们就心照不宣地向着山顶的小亭子走去。这也是一条不太好走的路，但是要想看到更美丽的风景，就得一步一个脚印地往上走。

路的两旁，除了桃树，还有许多苹果树，提早开花的枝丫上现在已经结出果实了。一颗颗玛瑙般的小苹果，很是惹人喜爱。

"付文强，我问你个问题吧，"林晓晴突然开口说，"苹果是春天的好吃呢，还是秋天的好吃？"

"当然是秋天的好吃了！"付文强未加思考，笑着说道。

"为什么啊？"林晓晴又问。

"因为只有到了秋天，苹果才会成熟，才会是甜的！"

林晓晴一下子歪过头来，目不转睛地看着他，问道："世界上并不只有苹果才是这样的，对不对？"

付文强这才恍然大悟，林晓晴之所以这么拐弯抹角，原来是有目的的。想到这，再想想林晓晴话里的意思，付文强不禁对她笑了笑。

但这样的答复林晓晴似乎还是不满意，她追着付文强继续问道："到底对不对啊？"

"对，当然对了，你说的话什么时候不对过！"付文强有些不很情愿地说。

"有些果实，还没到成熟的时候，我们就先不要去摘它，好吗？"林晓晴试探着问道。

"好。"付文强这次回答的倒是很干脆，也很认真。

林晓晴听到他这么说，俏眉一展，开心地笑了起来，笑得很动人也很迷人，不一会儿她还哼上歌了："今天天气好晴朗，处处好风光……"

到了山顶上，付文强才知道林晓晴其实是特意在山脚下等他的。亭子中，她早已经准备好了两只美丽的风筝。

林晓晴拿起风筝说："三月三是放风筝的日子，我们也来放风筝吧！"

付文强接过了一只风筝，爽快地说："今天'晴格格'过生日，只要你开心，怎么着都好。"

不一会儿工夫，两只风筝就飞入了云霄里。坐在芳香缭绕的山顶，看着翩翩起舞的风筝，他们仿佛都有一种放飞理想的感觉。

是啊！人生理想的线绳就像风筝一样掌握在自己手中，让它怎样飞，飞到哪里，也全靠自己去把握。

风筝在天上越飞越高，他们的心也被越带越远，看着眼前的风筝，付文强突然问林晓晴："你有没有听过野蔷薇的故事？"

林晓晴歪过头来看着他，说："是什么？"

付文强说："那是挪威小说家包以尔讲过的故事：有这么两个人，其中一个只是赞美野蔷薇好看，却憎恶它多刺；而另一个却拔掉那些刺，把它做成了漂亮的花冠。"

付文强接着说："这个故事被茅盾先生引用到自己的小说集《野蔷薇》里，而且他还说：人生便是这样的野蔷薇。硬说它没有刺，是无聊的自欺；徒然憎恨它有刺，也不是办法。应该是看准那些刺，把它拔下来！"

林晓晴一边听，一边思考，心里似乎是受到了一些触动。她想了半天，才开口说道："其实，我觉得青春路上也有这样的野蔷薇，想要穿过去，就难免会被扎伤，但我们不能怕，而是要勇敢地迈开大步往前走！你说是这个意思吗？"

付文强十分认可地点点头，说："没错，我们都还很年轻，脚下的路还长，不应该惧怕任何挫折、困难和错误，因为那些经历只会让我们变得更加坚强，更加成熟！"

五

星期一的早晨，阳光中学的全体师生整整齐齐地集合在学校大操场上，参加升旗仪式。

嘹亮的国歌响起，在几百双眼睛的注视下，鲜艳的五星红旗和新一天的太阳一同冉冉升起。

在这次升旗仪式上，同学们惊奇地发现了两个陌生人——一个是县教委的郭主任，另一个是振蒙集团的董事长张中华，也就是张国豪的父亲。

升旗仪式结束后，胡校长宣布了一个重大消息：从今以后，依蒙县的龙头企业振蒙集团将大量注资于阳光中学，董事长张中华正式成为学校的坚强后盾。

在一片唏嘘声中，张中华走上台，简单讲了两句话："胡校长告诉我说，我们是'穷国办大教育'，尤其是咱这个沂蒙山区，封闭、落后、一缺百缺！说实话，对教育上的事，我不太懂，但我知道自己的责任和使命：这些年来，是蒙山沂水养育了我，我永远是沂蒙人的子孙。如今，阳光中学需要我了，我没有别的话说，只能尽我所能为大家创造一个更好的学习环境！"

接下来，胡校长又请郭主任讲话。

郭主任走上台来，先给下面所有的人深深鞠了一躬，然后才说："今天，胡校长请我来给同学们讲几句话，我很荣幸，同时又很惭愧。如今，私立学校已经算不得什么新鲜事物了，可在我们依蒙县却刚刚起步。在这一方面，作为全县的教育主管部门，我们县教委所做的工作还远远不够。不可否认，我们也还存在着不重视、不愿管的思想，更有甚者，我们的个别领导还因为一己之私，处处为学校设置障碍。这是十分可耻的行为！今天我来到这里，不是为了做检讨，也不想立什么军令状，但是请同学们相信，从今往后，我们一定会努力把工作做好！"

到这里并没有结束，再接下来，就全都是胡校长在讲话了，他说："同学们都知道，原本我是一个商人，开着一家不大不小的酒店，多少算有点名气，可后来却办起了学校，当起了校长。今天在这里，我可以毫不掩饰地告诉大家，我最初办学的目的不是为了振兴教育，也不是为了培养人才，而是为了赚钱。现在回过头来想一想，这真是一种很愚蠢很可耻的想法。"

"可是，我也并没有一直执迷不悟，阳光中学教育了你们，同时也教育了我。刚开始，我以为自己种下的是棵摇钱树，可长出来一看却是棵其貌不扬的小草。我失望过，后悔过，也彷徨过。然而值得庆幸的是，我从这棵小草的艰难成长过程中，彻彻底底省悟过来了，我既然已经选择了这条路，既然已经付出了这么多，就没有理由不走到最后。作为商人，我已经彻底失败了，但作为校长，我还要努力坚持！"

"办学将近两年来，我并不合格，我离一名真正的学校带头人还差很远。可我却一直在思考，一直在钻研，一直在四处求教。前些日子我突然没了踪影，许多同学都以为我跑了，没错，我是去跑了，但不是跑掉了！"

"那些日子里，我跑了全国十几所知名中学和教育机构，向专家、学者、教授们请教学习。在这过程中，我遭过白眼，也吃过闭门羹，但是我要说这一趟我没有白跑，我的辛苦付出也没有白费……"

正在这个时候，远处县城的方向突然传来一阵响亮的鞭炮声，胡校长的话被打断了。一听到这鞭炮声，他的表情变得十分痛苦。过了许久，他才接着说："你们知道为什么在放鞭炮吗？那是庆祝新世纪大酒店开张大吉的！今天的新世纪大酒店就是昨天的阳光大酒店。为了让学校能继续办下去，也为了让自己能一心一意当好这个校长，我把阳光大酒店卖出去了！同学们，现在站在你们面前的胡校长已经到了破釜沉舟的时候了，如果我再失去学校，失去你们，那就真的一无所有了！"

尽管胡书明在努力克制着，但泪水还是涌出了眼眶。在这个瞬间，他想起他的阳光大酒店，想起了妻子方欣，想起了女儿雪洁，还想起了很多很多……

胡书明最后的那句话深深震颤了同学们的心灵，他们此前虽然多多少少都听说过胡书明的事，但万万没想到还有这些曲折。

操场上静得出奇，这时候，胡书明的声音再次响了起来："不过请同学们放心，就算没了阳光大酒店也不要紧，我们还有县教委的支持，还有振蒙集团的支持，还有全社会的支持，阳光中学是不会垮的！"

"亲爱的同学们，我还是那句话，我相信我们的明天是五彩缤纷的，是万紫千红的，是光辉灿烂的！"

火红的太阳腾空而起，金子般的阳光无穷无尽地挥洒出来，在这阳光的照耀之下，大地上的一棵棵新苗都开始茁壮成长！

这生机勃勃的春天呵！

尾　声

2011年7月31日，在依蒙县的沂河大酒店，阳光中学这群阔别十年的老同学终于再次相聚。

十年的时间，真的可以改变很多东西，如今的依蒙县，早已完全没有了昔日的旧影。十年的时间，也曾铸就了很多遗憾，就连当年的阳光中学，如今也已变成回忆了。

阳光中学自2000年初纳入振蒙集团之后，确实得到了很大的发展，最辉煌时，在校学生甚至曾达到过1800人。但是没过几年，随着我国民办教育行业的全面走弱，阳光中学也开始一步步下滑。特别是在2006年，山西南洋国际学校和临沂双月园学校两个民办教育神话双双破灭之后，全社会对于私立学校的认可度一落千丈，阳光中学在勉强支撑了一年之后，最终于2007年7月11日宣布停办。

付文强是一大早就从市里往这边赶的，赶到沂河大酒店时，已经快十点了。

付文强实现了与林晓清的约定，成功考入山师大，如今在市青年影视中心担任编导工作，虽说也算小有名气，但年轻时的那些文学梦想早已消磨殆尽了。

活动组织人张国豪第一个迎上来，说："嘿，几年不见，付大班长是越来越有派头了！"

付文强说："你这故意的是吧？再有派头，谁能比得了你张大少爷啊？"

张国豪高中毕业后，父亲张中华本来都给他安排好大学了，可他死活就是不肯去，父亲没有办法，只好把他扔在公司里暂且历练。谁知张国豪偏偏就是有经营头脑，没出几年，已经坐到了振蒙集团新科技产业园副总经理的位子。

张国豪又问："我们嫂夫人呢？光你来顶什么用啊？"

随后下车的林晓晴笑盈盈地说："我在这儿呢！"

林晓晴如今是《沂蒙早报》文化娱乐版记者。她和付文强坚守着那份默契，彼此相互鼓励，最终一同考上大学。他们的爱情马拉松，又经过了几番曲折坎坷之后，直到 2009 年底才修成正果。

林晓晴说："你说你们一班搞聚会，非拉我这个二班的来干什么啊？"

张国豪说："谁都不请，也得请你呀，你俩可是我们这群'早恋帮'里唯一的战果！"

林晓晴白了他一眼，说："去你的！谁早恋了啊，我们到了大二才开始谈恋爱的！"

张国豪打趣道："行了吧，谁不知道你俩是夫妻双双考大学啊。"

"你再说，我可要提某人了啊！"林晓晴佯怒道。

张国豪一听，赶紧求饶："别别别，人家都要出国了，还提她干吗呀。"

谭华大学报考了外事翻译学院，毕业后分到青岛的一家涉外酒店工作，据说新近找了一个会做泡菜的男朋友，下一步可能要去韩国发展。

他们闹了半天，张国豪才说："快进去吧，保证你们会有惊喜的。"

林晓晴便跟着付文强向里边走去。在酒店大门的两旁，摆满了他们高中时代的各种照片展架，而第一张便是胡校长在他们开学典礼上意气风发的照片。

然而可惜的是，阳光中学倒闭以后，胡书明心灰意冷，举家南迁，从此杳无音信。

在展架前，付文强看到了无数熟悉的面孔，比如曹菲，比如江新，比如刘咏波，比如朱飞。

曹菲不负众望，最终以全校第一的成绩顺利考上清华，读完本科又继续攻读研究生，研究生毕业后，一直留在北京。

江新进入高三后，不堪压力得了忧郁症，性格愈加孤僻，最终在一次和刘咏波吵架时，一气之下跳楼自杀了，而刘咏波也因此深受打击，离家远走，发誓终生再不踏入依蒙县半步。

至于小眼睛朱飞，高考落榜后，贷款买了辆大货车，在物流之都临沂市跑起了运输，日子过得很是滋润。

付文强看着这些老照片，曾经的一幕幕连番浮现在眼前，心中不禁感慨万分。他再往前走了两步，又有一张白老师端坐于直播间的照片映入眼帘。

白老师于2005年离开了阳光中学，当时正赶上县电视台公开招聘主持人，她凭借靓丽的外表和出色的口才成功入选，现在是依蒙电视台《晚间新闻》节目主持人。

"老付！"付文强听到喊声，回头一看，发现是好哥们陈朝晖来了。

陈朝晖从省体校毕业后，进了济南的一家健身俱乐部当教练。在他身边整天美女如云，可他却至今未婚。

付文强打量了一下越长越高的陈朝晖说："我这才刚看了白老师一眼，你就追过来了，啥意思啊？"

陈朝晖笑嘻嘻地说："你少说白老师坏话，她一会儿就来！"

林晓晴也过来说："陈朝晖你到底想找个什么样的啊，再不赶紧挑，可就连90后都没有了。"

"单身有什么不好的？"陈朝晖一脸满不在乎，"我倒是想找个嫂子这样的呢，可惜找不到呀！"

林晓晴笑道："那你把我领走算了，反正在家他也老欺负我，什么活都不干。"

陈朝晖冲付文强一乐，"老付，这事成不成啊？一会儿我可真把嫂子领走了啊。"

付文强说："怎么不成啊，你要是能领得走，就尽管领吧。"

林晓晴娇嗔地拍了他一下，"德行！就跟我成天赖着你似的。"

三个人就这样边走边闹进了宴会厅，只见正中间高高悬挂着"阳光中学九八级一班毕业十周年师生联谊会"大红条幅，条幅下面，那些多年不见的老同学，此刻已经来得差不多了。

付文强进门第一个就看见了卢老师，对他来说，这实在是太意外了。

卢老师曾一度成为阳光中学的语文教研室主任，学校停办后，被调入县一中。几年来，他谢绝担任任何行政职务，至今仍然专心从事教学工作。

卢老师看到付文强，也起身迎了过来，一别多年的师生俩再次拥抱到一起。

卢老师说："你的《八百里沂蒙》什么时候开播啊？"

"还早着呢，现在才刚刚写剧本。"付文强回答说。

在旁边的陈朝晖一听，急忙问林晓晴："嫂子，这家伙又要拍电视了？"

"嗯，"林晓晴满心欢喜地点点头，"这回是个纪录片。"

"啥时候的事啊？我怎么一点都不知道？"

"这个月刚签约的，省台要推一部'齐鲁文化行'系列片，咱们这边是他负责的。"

"那播的时候可要提前通知我啊，我天天守在电视机前等着看。"

"全省十几个地市轮流转呢，怎么也得排到明年了吧。"

"赶紧的呀，"陈朝晖说，"再不播都世界末日了！"

他们正说着，赵红芳从外面跑了进来，看到他俩，就说："你们快出来帮一下忙吧。"

赵红芳师专毕业后回到阳光中学当起了老师，并和另一个同校老师结了婚，现在女儿已经三岁了。阳光中学倒闭后，他们夫妻俩又在小区里办起了幼儿园，虽然不大，却也搞得红红火火。

付文强、陈朝晖随她来到了酒店外面，赵红芳一开车门，只见满头白发的刘老师坐在里面。

刘老师离开阳光中学后，一直在家过着悠闲自在的退休生活，一年前，因类风湿性关节炎加重，造成腿部瘫痪，不得不坐上了轮椅。

他们把刘老师抬上轮椅，推进了宴会厅，很多同学看到后，都纷纷向刘老师招手。这个时候，付文强忽然想起了从前的职责，于是赶忙喊了一声："起立！"

整个大厅的同学们，听到这声号令之后，竟齐刷刷地站起身来，用力喊道："老——师——好！"

虽然坐着轮椅，但精神矍铄的刘老师依然笑呵呵的同大家问好寒暄，恍惚之间，十年的光阴，转瞬又回到了从前。

活动开始后，主持人张国豪首先请两位班主任讲话。刘老师说看到大家都很好，他非常高兴，他行动不方便，也就不上去多说什么了，他的话，全由卢老师代表。

卢老师缓步走上舞台，就像十年前走上阳光中学的讲台一样。他说："十年了，我很高兴能看到大家都以各自的方式长大成人。如今的我们，富有也好，贫穷也罢，幸福也好，不幸也罢，命运与生活都已无可回避地展现在大家面前了。此时此刻，我想只有胡校长的最后一次讲话能表达我们的感受：作为一个实体，我们的学校已经不复存在了，但是阳光中学所经历的历史永不消亡，我们的师生情、同学情、家校情永不消亡，我们在这所学校所拥有过的成功、喜悦、挫折、泪水永不消亡……这一切的一切，都必将会伴随并影响着我们每一个人的终生！"

那一刻，所有人仿佛又看见了胡书明校长那悲壮的身影，看见了阳光中学那熟悉的面容。是的，校可亡，校史不可灭，阳光中学的一切，已然如肌肤血液般融入每个人的身体，悄悄地伴随他们走过青春，走向成熟！

活动进行期间，张国豪又请一个叫冯天羽的歌手为大家演唱歌曲《我们的青春岁月》。

林晓晴眼尖，看着正往台上走的冯天羽，对付文强说："快看，那不是你们班的冯军吗？"

付文强抬头一看，果不其然，眼前这个歌手冯天羽，不是当年在夕阳中与他挥手作别的冯军又是谁呢？

　　冯天羽走上舞台，轻轻拨动手中的吉他，那缓慢而忧伤的旋律便在整个大厅里弥漫开来：

　　我们的青春岁月，是一首淡淡的歌；

　　我们的青春岁月，我来唱你来和。

　　我们的青春岁月，是一团不灭的火；

　　我们的青春岁月，燃烧你也燃烧着我……